ハヤカワ文庫JA
〈JA1545〉

グイン・サーガ外伝㉗

サリア遊廓の聖女 2

円城寺 忍
天狼プロダクション監修

早川書房
8932

PAVANE FOR A PARAMOUNT PROSTITUTE
by
Shinobu Enjoji
under the supervision
of
Tenro Production
2023

カバーイラスト／丹野 忍

目次

本書は書き下ろし作品です。

サリア遊廓の聖女2

第五話　マリウス潜入す

1

（まさか、こんなことになろうとはね）

女はひとりごちながら、フードのなかから夜空を見あげた。湖から吹きこむ風がぬるい。

（やはりもう少し、はやく動いておくべきだったか）

足もとでは虫たちが秋の訪れを告げ、頭上ではイトスギの梢が風に鳴っている。周囲には弔いの香の煙がかすかにただよい、どこからか深更を告げる鐘の音が響いてくる。遠くに目をやれば、通りを行き交う松明がいくつも屋根に反射し、ときおり男どもの怒号も響いてくるが、それもこの場所の静けさを乱すまでには至っておらぬ。

（それにしても、こんな時間に、こんな場所で人を待つはめになるとは。なんとも酔狂なことだ）

女は自嘲しながら、フードを外して振りかえった。目の前には、黒々とした廟《びょう》が威圧するようにそびえ立っている。女はマントのなかで印を切り、そっと頭《こうべ》を垂れた。

（後生だよ。頼むから、あたしのことなんぞ呪わんでおくれ。他にも呪うべきやつなんぞ、たくさんいるだろう？）

その詮なき問いにこたえたかように、湖からふいに強い風が吹き、マントのすそを乱してゆく。女は身震いし、フードをかぶりなおしてふたたび印を切った。

西の廓《くるわ》、遊女鎮魂の廟――

この廟のまわりで鳴く虫は、大火で命を落とした遊女たちの化身であると云われる。梢を鳴らす風は、非業の死を遂げた彼女たちが故郷を思い、母を思って泣く声であると云われる。ことに故人の魂が現世に戻り、ゆかりの場所を訪れるとされる秋には、夜が深まると廟のそばの池の上を無数の人魂が乱舞すると云われる。そして、それを目にしたものは必ず呪われ、ひと月以内に命を落としてしまうのだと――

だから、西の廓のものたちは、秋の深更には決して廟に近づこうとせぬ。みな、それぞれに遠くから虫の音を聞き、梢のさざめきを聞き、亡き遊女の鎮魂を祈るのが彼らのしきたりであった。

だが、その夜――

まさにその秋の深更に、しかも西の廓を未曾有《みぞう》の惨劇が襲った直後の夜に、女はたったひとりで廟の前で佇んでいたのだった。迷信深いクムの女だ。魔道の心得があるとはいえ、気分の良かろうはずもない。だが女にはどうしてもその晩、そこにおらねばならぬ理由があったのである。

（それにしても遅いね）

女はいらだち、小さく舌打ちをした。と、それを合図にしたかのように、空気がかすかに乱れ、暗い廟の入口から足音が近づいてきた。女はほっとして目を向けた。現れたのは、ひとりの男であった。

「すまない。待たせた」

その男——女と同じく黒いマントに身をつつみ、フードを深くかぶった長身の男の声に、女は驚いた。

「おや」

女はてのひらに小さな鬼火を灯し、目をすがめて男の顔を見た。

「まさか、あんたかい。あんたが自分で来たのかい」

「ああ」

「驚いたね」

「どうやら、ただならぬことが起こったようだからね」

男は肩をすくめた。

「僕が来るのがいちばん話が早いだろう。それでどうした。なにがあった」

「どうやら――」

　女は鬼火を消し、低い声で云った。

「ワン・イェン・リェンが掠《さら》われたらしい」

「なんだと?」

　男の声に動揺が走った。

「いつだ」

「今日だよ。今日の夕刻だ」

「どこで」

「蓮華楼。忽然と消えたらしい。おまけにラオ・ノヴァルが殺されたようだ。自室でね。訪れていたガン・ローとラン・ドンも。蓮華楼はむろんだが、廓じゅうが大騒ぎだ」

「なんと――」

　男はしばし絶句した。

「下手人は」

「わからんようだね」

　女は首をふりながら云った。

「だが、ワン・イェン・リェンが掠われたとなれば――」

「やつらか」

「おそらく」

「くそっ」

男は拳で廟の壁を殴った。

「油断した。先を越されたか」

「ああ、ある意味ね」

「ちきしょう……」

男はぎりりと歯がみをした。

「やつらも大胆な──ワン・イェン・リェンを掠い、ラオ・ノヴァルを殺し──まあ、ノヴァルは自業自得というものだろうが……それにしても、ここまで思い切った手に打ってでるとは」

「ああ、そうだね。まあ、やつらはやつらなりに成算があってのことだろうが」

「しかし、これで西の廓も本気になるぞ。いまはおそらく、みな混乱しているだろうが、いったん落ちつけば、必ず東の廓に矛先が向く。となれば、闇妓楼《やみぎろう》も──」

「長くはもたないかもしれないね」

「いよいよ時間はないということか」

「ああ」

「くっ……」

男は唇を嚙んだ。

「これほどやつらがしつこいとはな。とにかく、はやくワン・イェン・リェンを取り返さなければ。あの娘を奪われてしまっては、これまでの苦労が水の泡だ」

「たのむよ。こうなると、あんたらにも出張ってもらわないとどうにもならない。むろん、こっちも頑張るけどね。そもそもの企てを台無しにするわけにはいかない」

「わかっている」

男はいらいらと云った。

「あいつと連絡は取れたのか？」

「いや」

女は肩をすくめた。

「いまは無理だね。むろん、できるだけ早く、とは思ってはいるが。なにしろこの状況だ。あんたに連絡できただけでも幸いってもんだ。それじゃあ、あたしは戻るからね。とにかく、ワン・イェン・リェンのことを頼んだよ。ことは一刻を争うんだ」

「承知している。そっちも頼んだぞ、メッサリナ」

「ああ、まかせときな、《冥王《レーデス》》」

女は背を向けて去りながら、軽く手をあげて振ってみせた。男はすばやくきびすを返し、廟の闇のなかへ姿を消した。女はしばらく闇のなかをそろそろと歩き続けてから、ころあいをよしとみて、携《たずさ》えていた手提灯に灯をともした。

そのほのかな灯りにフードの奥の顔がちらりと見えた。それは深い皺に埋めつくされた、どこが目とも皺とも判らぬような年老いた女の顔であったが——

もし、メイ・インとメイ・ウー——西の廓で最初に神隠しにあった双子の姉妹が、その顔をひと目でも見たならば、必ずや驚きの声をあげたであろう。なんとなればそれは、占い小屋から姉妹を呼びとめ、その運勢を占い、母に会いたくないか、と甘言《かんげん》をささやいた、かの魔女であったからだ。

魔女は湖と廓とをわける黒い塀に沿い、足を半ば引きずるように歩いてゆく。その小さな背中を追いかけるように、じりり、じりり、とまた虫が鳴く。湖からの風にのって白い霧が流れこみ、しんと静まりかえった西の廓の路地という路地を埋めつくしてゆく

——ゆらり、ゆらりと手提灯を揺らしながら、ゆっくりと、ゆっくりと歩く魔女の姿は、次第に深さを増してゆく夜霧のなかへ、まるで吸い込まれるかのように静かに消えていったのだった。

一方——

「これは――」

　廓第一の妓楼たる蓮華楼、その奥に設けられた離れの玄関で、用心棒と吟遊詩人は呆然と立ち尽くしていた。

　夕刻に毒殺され、祭壇の部屋に安置されていたはずのラオ・ノヴァルの遺体。それがなぜか玄関に無造作に放置されていたからだ。しかも、そのぼんのくぼには、小さな髪飾りが――この離れから忽然《こつぜん》と姿を消してしまったワン・イェン・リェンのものとおぼしき髪飾りが深々と突き刺さっていたのである。

「どういうこと――？」

　マリウスはぞっとしてつぶやいた。チェン・リーは黙って遺体のそばにしゃがみこみ、全身をくまなく調べている。マリウスも遺体の顔をおそるおそるのぞきこみながら云った。

「なんで、こんなところに遺体が……」

「知らん」

　チェン・リーはなおも遺体を調べながら、ぶっきらぼうに云った。

「どっかの馬鹿が運びやがったんだろう。死人が自分で歩いてくるわけはねえんだから」

「そうだけど、でも……それに、この髪飾り……」

マリウスはヤヌスの印を切りながら、おそるおそる髪飾りを抜いた。懐紙を取り出し、こびりついた血をていねいに拭《ぬぐ》うと、手巾《しゅきん》に包み込み、腰の隠しにそっとしまいこむ。

「毒で殺されたんだよね？　楼主は」

「ああ」

「じゃあ、この髪飾りは？」

「さあな」

ワン・チェン・リーは肩をすくめた。

「さっきは遺体に傷なんざあ、ひとつもなかったぜ」

「じゃあ、これは亡くなってから刺されたってこと」

「そういうことになるな」

全身の検分を終えた用心棒は、立ちあがって忌々しげに云った。

「まったく、ひでえことをしやがる。こんな、死者を冒瀆するようなことを」

「でも、誰だろう。まさか、ジャスミンが——ってことはないよね」

「そんなわけねえだろう。なんで、あいつがこんなことをする？　そもそも、女の力で遺体をここまで運んでくるなんてのは、どう考えたって無理だ」

「じゃあいったい、誰がこんなことをしたんだろう。わざわざ遺体を運び出して、しかもとどめを刺すみたいなこと。——ねえ、チェン・リー。クムにはなにか、こんな迷信みたいなものはあるの？　こうしておかないとなにか祟りが起こるとか……」

「いや」

　ワン・チェン・リーは乱暴に首を振った。

「ねえよ。そんなばかげた話は聞いたこともねえ」

「だったら、なぜ」

「さあな。ただの気狂いか……あるいは、ノヴァルさまによほどの恨みを抱いていて、遺体を傷つけずにはいられなかったのか――だが」

　チェン・リーはあたりをすばやく見まわしながら、マリウスに顔を寄せて云った。

「大事なのはそこじゃねえ。ジャスミンもここに来たはずだ。ということは、この遺体を目にしているに違いねえ。だが、もしそうなら、ジャスミンはそいつを知らせにとっくに戻ってきていなけりゃ、やっぱりおかしい。ということは、ジャスミンが戻ってこられねえような、なにかが起こったんだ」

「ああ、そうだね」

「だろう？　そしてたぶん、それもこんなことをやったやつの仕業だ。おそらく、ジャスミンとそいつはここでばったり顔を合わせたんだ。そうは思わねえか？」

「うん。たしかに」

「となれば、やっぱりジャスミンの身が危ねえ。きっと――」

と、チェン・リーが小声で云ったときだった。

突然、廊下の奥のほうで、ばたん、と大きな音がした。マリウスはびくりとした。チェン・リーは目をすがめて奥を見た。

「なんだ、いまの音は」

「戸が閉まったような音だったけど……」

「やっぱり、誰かいるな。ノヴァルさまに悪さをしやがったやつか、それとも――くそっ、ジャスミンが無事ならいいが。こうと知ってりゃあ、木刀くらいもってくるんだったな」

用心棒は軽く舌打ちをした。

「しかたねえ。とにかくいくぞ。俺が先に行くから、お前はついてこい。油断するなよ。途中に誰かが潜んでいねえともかぎらねえ」

「わかった」

ふたりはノヴァルの遺体をそのままにして、離れの廊下を奥に向かった。チェン・リーは手提灯を掲げながら、大またで歩いてゆく。マリウスは用心棒の背になかば隠れるようにしながらついていった。背筋に何度も怖気《おぞけ》が走る。

離れとはいえ、廓最大の妓楼の主が日々を暮らしていた館である。居間や寝室、食事処の他にも、楼主の世話をする下女や下男の部屋も用意されており、ちょっとした邸ほどの大きさはある。磨き上げられた白木の床が、手提灯のあかりをうつして、長い廊下の奥を照らしだしている。突きあたりを右に折れると、その先に座敷があった。そこが惨劇の舞台となった部屋らしい。

「――開けるぞ」

チェン・リーはしばらく気配を確かめてから、そっと戸を開け、手提灯を差し入れた。薄いあかりのなかに、豪華な調度品がうっすらと浮かびあがる。マリウスも用心棒の背中ごしに、おそるおそるのぞきこんだ。

部屋の奥の壁には水晶の丸窓がならび、手提灯のあかりにきらめいていた。その下には黒檀の大きな座卓と革張りの椅子が置かれ、その横には金銀に飾られた箪笥や飾り棚がならんでいる。床は廊下と同じく白木のようだが、そのうえには深紅のびろうどの巨大な絨毯が敷かれている。花のような香水のかおりが強くただよってはいるものの、人の気配はやはり、微塵《みじん》も感じられぬ。

「――いねえな」

チェン・リーが部屋のなかをぐるりと見まわして云った。

「誰もいねえが――」

「匂うね」

マリウスは鼻をくんくんと鳴らした。

「間違いなく茉莉花《まつりか》の匂いが残ってる。やっぱりジャスミンはここにいたんだ」

「おそらくな」

「だったら、さっきの音は――」

ふと脇を見ると、入口の壁に大きな燭台があった。マリウスが手提灯から燭台のろうそくに火をうつし、ふたりはそっと座敷に足を踏み入れた。

「あっ、これ」

マリウスは、部屋の隅に布が落ちているのに気づき、急いで駆けよって拾いあげた。それは色とりどりの端布《はぎれ》をつなぎ合わせたヨウィス風のショールだった。茉莉花の香りが強い。

「ジャスミンのショールだ――あっ！」

「どうした」

「血だ。ほら」

マリウスはチェン・リーに向かってショールを突きだした。その美しい布のそこかしこには、どす黒い血が大量にこびりついている。

「ああ」

用心棒の顔がけわしくなった。

「こいつはやばいな。やっぱり、なにかただごとじゃねえことが起こったんだ。しかも、肝心のジャスミンの姿はねえ。この血がジャスミンのもんかどうかは判らんが、こいつは——おっと」

チェン・リーがなにかに気づいて声をあげた。

「みろ。床にも血がたれてる」

「えっ？」

マリウスはあわててのぞきこんだ。用心棒が指さす先、座敷の床の上には確かに血が点々とたれていた。深紅の絨毯ゆえに、ぱっと見にはわからなかったが、その血の跡は部屋のなかほどの血だまりから奥のほうへ斜めに続いていた。マリウスは、それをすばやく目でたどっていった。そして、その跡が行きついた先の壁を見て——

マリウスは思わず叫んだ。

「あっ！　これは……」

座敷の奥、入口からみて左側——

その白く磨かれた石壁、小さな風景画の下、マリウスの腰ほどの高さに。

赤黒い血にまみれた小さな手形がひとつ、くっきりと残されていた。

その手形は、まるでうちから染み出てきたかのように、白い壁のなかにぽつんと浮き出ていた。まだ乾ききらぬそれはぬらぬらと光り、あたかもこの部屋で殺されたものたちの深い怨念がかたちとなって現れたものであるかのようにもみえた。

「この手形は……」

マリウスはごくりとつばを飲み込んだ。

「まさか、ジャスミンの――？」

「いや」

用心棒がけわしい顔で首を振った。

「ジャスミンは、女にしてはわりと大柄だからな。彼女の手にしては小さすぎる――というよりも、大人の手にしては少し小さいようだな。どうやら子供の手じゃねえか、と俺にはみえるが」

「え……ということは――あっ」

マリウスはあわてて隠しをさぐり、銀の花びらの髪飾りをとりだした。

「ワン・イェン・リェンの髪飾り――どうしてこれが楼主に、と思ってたんだけど……」

マリウスの脳裏をパロの古い怪談話がよぎった。それはいにしえの若い妾妃の物語――当時の王に溺愛されたものの、嫉妬に狂った正妃にいじめぬかれ、とうとう王城の塔から飛びおりて自死してしまった妾妃の物語であった。その妾妃はまもなく亡霊となってよみがえり、王城の壁にいくつもの血の手のあとを残しながら、自らを死に追いやった正妃と、その取り巻きの貴族たちをひとりずつ狂い死にさせ、復讐を遂げてゆくという話であったが——

「もしかして、イェン・リェンはもう——それで亡霊になって甦《よみがえ》って——それで壁に血の手のあとを残しながら……なんてこと……」

「ばかな」

チェン・リーは吐き捨てるように云った。

「たいがいにしろ。縁起でもねえ。いくら詩人だからって、そんな夢みてえな、くだらねえことをいってんじゃねえよ」

「でも……」

「でもも、くそもねえよ。確かにどうも、あれこれと妙なことばっかり起きちまってるが、とにかくいま判ってる大事なことは、イェン・リェンに続いて、どうやらジャスミンも姿を消しちまったらしいってことだ。またしても、この離れの奥の座敷からな。そしてそれにはおそらく、ノヴァルさまの遺体を運び出したやつが絡んでる。だから、いま俺たちがやらなけりゃならねえのは、ワン・イェン・リェンとジャスミン・リーを探し出すこと、そしてこんなことをしでかしやがったやつを見つけ出すことだ。イェン・リェンもジャスミンも亡霊なんぞにしてたまるか。必ず取り戻してやる。ぐずぐずしてる暇はねえ。いくぞ、マリウス」

かくして――

西の廓一の大妓楼たる蓮華楼は、ふたたび大混乱に陥ったのだった。

ワン・チェン・リーとマリウスから離れでの異変を聞いたとたん、怯えながら部屋で待っていたヤム婆さんは卒倒し、若い衆たちは青ざめていっせいに離れへと走った。下女たちは、姿を消したジャスミンを求めて、妓楼じゅうを探しまわった。そして彼らの話が真実であることを確かめると、みな一様に呆然と立ち尽くしてしまったのである。

無理もない。昨日まで――否、つい数時間《ザン》前まで、この大妓楼の栄華は、これからも長く続くであろうと、誰もが信じて疑わなかったのだ。

だが、その繁栄はいまやもろくも崩れ去ろうとしていた。なにしろ、蓮華楼は一夜にして、その大黒柱たる楼主ラオ・ノヴァル、最高遊女ジャスミン・リー、そして将来の遊廓を背負って立つ遊女となると誰もが考えていた少女ワン・イェン・リェンの三人をすべて失ったのである。しかも、彼らが殺され、また姿を消した経緯は、いずれも不可解極まりないものであった。それはいささか迷信深いクムの人々にとっては、まさしく、この妓楼は悪魔《セトー》に魅入られてしまったのに違いない、としか思えぬような出来事であったたろう。

その呪われた離れ――三人が命を奪われ、ふたりが姿を消した離れは、若い衆たちの手によって厳重に封印された。その玄関には何重にも鍵がかけられ、その上から太い板材が斜めに打ちつけられて扉を封鎖した。さらに外壁には、金色の紙に赤くルーン文字が書かれた魔除けの札が無数に貼りつけられたのである。

　残された女たち――遊女も下女も遣り手婆も、みながえもいわれぬ恐怖に怯え、不安げに顔を見あわせていた。だが、チェン・リーやマリウスにとっていささか意外であったのは、妓楼の男ども――若い衆や客引きの牛太郎《ぎゅうたろう》までもが怯えてしまい、みなうつむくばかりでろくに動こうとしなかったことだ。彼らの頭を占めているのは、これから蓮華楼はどうなってしまうのが、自分たちはどうなってしまうのか、という不安だけだったのだろう。あるいは、それまで平穏な――少なくとも男にとっては平和な廓でのみ生活していた彼らは、このような異変に対する耐性を失ってしまっていたのだ。そういう意味では、剣闘士として命がけで闘ってきたチェン・リーや、魔道の王国パロで数々の異変を目にしてきたマリウスは、彼らのなかにあっては肝が据わっていた、ということなのかもしれぬ。

　もはや彼らに頼るべくもなしと、用心棒と吟遊詩人はやむなくふたりだけで動きはじめた。そして、まずはジャスミンとワン・イェン・リェンの捜索に力を借りるべく、ワン・チェン・リーが自警団に掛けあいにいったのだが――

「だめだ。まったく駄目だ。話にならん」

　番所から帰ってきたチェン・リーは、マリウスが待つ自室に戻ってくるなり、吐き捨てるように云った。

「自警団のやつらは耳を貸そうともしねえ。ちくしょう」

「なんだって？」

　マリウスは驚いて聞いた。

「話も聞いてくれないの？」

「ああ。要するに、やつらにとっては三人の楼主さまが殺されたことが最優先なんだ。とにかく、そっちのほうにすべての団員が駆り出されてる。それに比べたら、ジャスミンとイェン・リェンの蒸発なんざあ、やつらにとってはささいなことなのさ。だからとても手は回せねえ、ジャスミンとイェン・リェンの件は蓮華楼でどうにかしろ、っていうのさ」

「そんな……」

「まあ、いまは蓮華楼もどうにも立場がねえし、強く出られねえところではあるからな。なんてったって、楼主さまたちが殺されたのは、うちの離れなんだ。まあノヴァルさまも一緒に殺されたってんで、多少の同情はされてるが、それでも楼主を殺されたアイノ遊廓や紅夢館の連中にしてみりゃあ、蓮華楼に対する恨みつらみがあるのも無理はねえ。むろん、ジャスミンたちがいなくなったのだって、なんでもねえときなら足抜けじゃねえかっつって、それだけで廓じゅうが大騒ぎになるところだ。特にいまは例の神隠しのこともあるし、普段なら自警団やギルドがすぐさま動かねえわけはねえんだが、それでもいまはそれどころじゃねえってことだろうよ。楼主さまのほうが落ちつけば、こっちにも手を回してもらえるんだろうが……。ま、楼主さまに比べれば、遊女だの遊女見習いだのは、とりあえずはいくらでも代わりがいる、だから後回しでかまわねえ、ってのがやつらの本音なんだろう」

「ひどいな」

マリウスは口をとがらせた。

「ほんとに遊女たちは、ひと扱いされてないんだね」

「ともかく、自警団は頼りにならん。ふたりについちゃあ、俺たちでなんとかするしかねえ。そして——蓮華楼の他の連中の手を借りるわけにもいかねえ」

「ああ、あのありさまだものね。みんな腑抜けちゃってる」

「ああ。だが、それだけじゃねえ。なあ、マリウス。俺は思うんだが——」

チェン・リーは声をひそめて云った。

「ノヴァルさまのご遺体を動かしたやつな。あれ、おそらく、うちの妓楼の誰かだ」

「え？」

「あの時分——ガン・ローさまとラン・ドンさまのご遺体が運び出されて、うちの楼主のご遺体が棺に安置されてから、うちの妓楼を訪ねてきたやつはひとりもいねえからさ」

「あ……」

「念のため、俺は確かめてきたんだ。玄関にずっと詰めてたやつらと、外に張ってた自警団のやつらにな。そしたらどっちも断言したよ。神に誓って誰も来てねえ、誰も出入りしてねえってさ。例の、運河であがった娘を確認しに俺とお前が出かけていったのを除けばな。ということは――」

「――離れに行けたのは蓮華楼の誰かしかいない、ってことだね」

「そうだ」

用心棒は深くうなずいた。

「蓮華楼にいる連中のなかで、ジャスミンが離れに出かけてから俺たちが探しにいくまでの間に、絶対に離れに行ってねえと云いきれるのは俺とお前しかいねえんだ。つまりは、この件に絶対に関わってねえと云いきれるのはな。あれからこっち、俺たちはずっとつるんでたわけだから」

「そうだね。確かに」

マリウスは得心した。

「でも、どうする？」

「まずは大門が開くのをまとう。なに、それほど時間はかからねえはずだ。うちもそうだが、足止め食らってる客がそろそろ騒ぎはじめてる。夜が明けりゃあ、商売にだって出かけなきゃならねえやつらも多いわけだからな——となれば、日が出るころか、まあ遅くとも昼にはもう大門を開けざるをえないだろうよ。こっちだって客商売だ、いくら楼主が殺されたとはいっても客をあんまり怒らせるわけにはいかねえ」

「わかった。で、大門が開いたらまずは——東の廓からかな」

「ああ。だが、東の廓に入りこんでいろいろごちゃごちゃとかぎまわるってのは、なかなかそう簡単にはいかねえ。特に俺みてえなのはな」

「なんでさ」

「考えてもみろ。東と西は水と油、犬猿の仲なんだ。それに東の廓には俺の顔を知ってるやつもごろごろいる。東西に分かれてからまだ十年とたってねえからな。おまけに隻《せき》腕《わん》のワン・チェン・リーっていやあ、西の廓の用心棒としてそれなりに有名なんだ。そんな俺が東の廓にいったところで、すぐにバレちまって警戒されるのがオチだ。ましてや闇妓楼はどこだなんて聞きまわろうもんなら、たちまちたたき出されちまう。——いや、それどころじゃねえ。それこそ消されて運河から湖へ、ってことにだってなりかねん」

「だったら——」

マリウスは考えて云った。

「だったら、ぼくが行くよ。その東の廓に」

「お前が？」

「ああ。なにしろ、ぼくはただの吟遊詩人だ。タイスじゃぼくのことを知ってるやつなんか誰もいやしないし、東の廓に行ったたって怪しまれることもない。それにぼくはなんといっても、廟でイェン・リェンを掠おうとした男をみているんだからね。もし偶然にでもなんでもあの男をみかければ、そのままイェン・リェンの居場所だって突き止められるかもしれない」

「でもお前、男の顔は見てねえんだろ？　要するに細身で髪が長い男ってことしかわかってねえじゃねえか。そんな男娼みてえな男、ロイチョイには山ほどいるんだぜ」

「そう、確かに顔は見てない。細身で長い髪ってことしか見た目はわからない。でも、ぼくだけが知ってることもあるんだ」

「なんだよ」

「声さ」

「声？」

「ああ」

　マリウスは力一杯うなずいた。

「ぼくはあの男の声を聞いてる。そしてぼくは声というか、音を覚えるのは得意なんだ。

なんといっても音楽を生業《なりわい》にしてるんだからね。人の声だろうが、キタラの音だろうが、鳥の鳴き声だろうが、湖のさざめきだろうが、一度聴いた音はまず忘れない。もし、あの男の声をもう一回聞くことができれば、たとえ姿が見えなくても判る。必ずね。だいじょうぶ」

「なるほど。吟遊詩人にはそんなわざがあるってわけだ」

　用心棒はうなった。

「そういうことなら、そうしてもらえるとありがてえ。そしたら、俺は蓮華楼のやつらや現場のほうを探りながら、昔の道場仲間に声をかけてみるよ。自警団の連中はあんな感じだし、蓮華楼のやつらも頼りにならねえ、となったら俺にはそのくらいしかつてがねえからな。それでもし、お前が首尾よく闇妓楼なり人さらいなりを突きとめたら、あとの物騒なことは俺たちが引き受けるよ」

「わかった。じゃあ、そうしよう」

「頼むぜ。——とはいえお前、タイスは初めてなんだろう？　東の廓に行ったことはあるのか？」

「ないよ」

「そんな不案内なところでも大丈夫なのか？」

「まあね。もちろん、東の廓のことはまったく知らないけどね。でも、ちゃんとあてがないこともないのさ」

「あて、ってのは？」

「まあ、そこは言わぬが花ってやつでね」

マリウスはにやりと笑った。

「とにかく、ちゃんと闇妓楼のありかをつかんできてみせるよ。ぼくにまかせておきなよ、チェン・リー」

2

その、翌日である。

「……ん……ああ、そこ……」

まだ昼下がりというのにカーテンを閉め切り、うす暗くなった部屋のなかに、熱い吐息と濡れたあえぎ声がただよっていた。

「あ……いや……そこ、だめよ……だめだって……ああっ」

「かわいいよ、ライラ、とっても——ほら、ここも……」

男のしなやかな指が女の肌を奥へとすべり、普段はひとにはふれさせぬところをぬるりとねぶる。女はびくりと痙攣《けいれん》し、激しく背をそらした。

「——ああっ……あああっ！」

女の嬌声がふいに高まり、それとともに、男の動きも激しくなった。女の息がさらに熱をおび、荒くなってゆく。

「ああ、だめ、だめ——マリウス、もう、だめ……っ！」

「ライラ――ああ、ライラ……」

「マリウス――っ！　あああっ！」

シーツを握りしめて叫ぶ女の絶頂の声と男のうめき声とともに、ふたりの動きは徐々にゆるやかになっていった。男と女はしばらく体を重ねたまま、じっと抱きあい、唇を吸い、舌を絡めあった。しんと静まった部屋には、情事の余韻と激しい息づかいだけが残っている。

やがて女はふらふらとベッドから立ちあがると、閉め切っていたカーテンを開け、さらに大胆にも窓を開け放った。運河から爽やかな風が吹き込み、昼下がりの明るい光に小柄ながらも豊満な若い娘の裸身が浮かびあがる。ベッドに横たわったままの男は、枕もとの水差しから水をくみ、のどを潤しながら、逆光にうぶ毛がきらめく娘のせなかをみつめていた。男の胸もとに汗がにじむ。女は運河に向かってひとつ伸びをしてからふりかえり、拗《す》ねたように云った。

「――それにしても、マリウス。あんた、ひどいひとね。こんなに長いこと、あたしのことを放っておくなんて。てっきり、あたしは振られたもんだと思ってたわ」

女がとがめる声に、相手の男――吟遊詩人のマリウスは体を起こし、すまなそうに答えたのだった。

「ごめんよ、ライラ。ほんとはあの晩、すぐにきみのところに行こうと思ってたんだけれど、ちょっと事情ができちゃって……」

窓からの日差しがふいに雲にかげり、ルアーの四点鐘がタイスの空に響いてゆく。

西の廓を未曾有の惨事が襲ってから一夜が明けた日。

その昼下がりにマリウスが訪れていたのは、ロイチョイからほど近いフェイザン地区の東にある運河沿いの長屋であった。

その日の朝、ワン・チェン・リーの読みどおり、夜が明けるとともに足止めされていた客が外へ出せ、といっせいに騒ぎはじめた。むろん、事件の手がかりすら得られずに焦っていた廓の自警団は、なかなかそれに応じようとはしなかった。しかし、客の不満は急速に高まっていき、ついには下女や遊女にまで乱暴を働くものも出始めた。騒ぎは次第に拡大し、このままでは暴動さえも起きかねない事態になったことから、とうとう自警団は決断し、昼になってしぶしぶながらも大門を開けることとなったのである。

それは自警団にとってはまことにもって不本意なことであったが、マリウスにとっては待ちに待った好機だった。彼は大事なキタラとともにさっそく西の廓を抜けだし、この長屋へと向かった。いましがたマリウスと激しく愛を交わした娘、ライラの家である。

ライラは、マリウスが歌とキタラで酔客たちを熱狂させた、あのラングート広場のイシラン酒場で働いている娘だ。さよう、あのときマリウスに惚れこみ、口づけをかわしたりして、少しいい感じになりかけた、あの娘である。その際、マリウスはライラから、彼女の家の場所を記した紙切れを受け取っていたのだ。それでマリウスはまず、彼女のもとを訪れることにしたのである。

マリウスがライラを訪れたには、当然ながらもくろみがあった。彼の何よりの目的は、闇妓楼の、そして東の廓の情報を手に入れることである。そして彼が闇妓楼のことを初めて耳にしたのはインラン酒場であったのだ。となれば、そこで働くライラであれば闇妓楼のことも耳にしているだろうし、東の廓あたりの裏の情報にも詳しいはずだ、と踏んだのだ。たとえ彼女自身が知らなくとも、なかなかに客からの人気も高そうな娘である。その気になれば、ライラを通じて常連客からいろいろと話を聞くことだってできるだろう。むろん、なかなかに可愛らしくも豊満なライラになど少しも惹かれてはいなかった、と云えば嘘になる。

マリウスの突然の来訪に、ライラは当初は極めて不機嫌であった。無理もあるまい。なにしろマリウスは半月以上もライラの誘いを無視してきたことになるのだ。とはいえ、そのあたりは百も承知のマリウスが、廓から用意してきたライラへの捧げ物——遊女たちのきらびやかな髪飾りや薄もの、愛らしいまえかけやなめし革の赤い靴、レースをあしらった小物入れなどを次々と取りだし、目の前にずらりと並べてみせると、仏頂面だったライラも次第に笑顔をみせるようになった。そしてしまいには機嫌よくマリウスを部屋にあげてくれたのである。そこでマリウスはすかさず、自慢のキタラをつま弾いて、耳もとでささやくように愛の歌をうたい、熱烈に恋を語り、その愛らしい容姿を褒めちぎり、ふくふくとした手をさすり、柔らかな体を背から抱きしめ、あごをそっとあげさせて口づけをし、耳たぶをやわやわと嚙み、うなじに優しく唇をはわせ、手のひらにあまるほどに豊かな乳をさぐり、少々けしからんところに指をはわせ――あげくにとうとう褥《しとね》をともにして、ライラにたっぷりと嬌声をあげさせた――というのが、これまでのマリウスの成果であった。

「事情ってなによ。あたし、半月もほっとかれたのよ？　もう、すぐにあんたが来てくれるもんだと思ってうきうきしながら待ってたのに」

裸のまま寝台に腰掛け、彼の肩に頭をもたれさせながら甘えるように問うライラを抱き寄せて、マリウスはいかにも大事な秘密をうちあけるぞ、といった調子で云ったのだった。

「ごめんね、ライラ。悪かった。実はぼく、ずっと妹を探していたんだ。生き別れた、年の離れた妹をね」

「妹？」

ライラの目が丸くなった。マリウスはうなずいた。

「うん。ぼくは親を早くに亡くしてしまってね。残されたのはまだ小さかったぼくと、生まれてまもない妹だけだったんだ。ぼくと妹はべつべつの親戚に引き取られて育てられてね。それでずっと音沙汰もないままだったんだけど……」

引き取られた先の親戚とも馬があわず、とうとう十七の時に家を飛び出して吟遊詩人になったマリウスだったが、唯一の気がかりが生き別れた妹のことだった。そこで妹を引き取った遠い親戚をさがしあて、訪ねていったものの、その親戚には不幸があって一家が離散しており、妹も行方知れずになっていた。そのためマリウスは、妹を探しながら吟遊詩人として世界中をまわっていた——というのが、彼が用意してきた作り話だった。

「それで、ずっと手がかりがつかめなかったんだけれど……」

マリウスはさらに声をひそめて云った。

「ようやくぼくはつきとめたんだ。どうやら妹は、ここタイスに売られてきたらしいって。それもどうやらまともな妓楼ではないところに」

「あら」

ライラは驚いたように身を起こした。

「そうなの？　それで妹はみつかったの？」

「いや、残念ながらまだ。でも、このあいだきみと別れたあと、西の廓あたりをうろついていたら噂を聞いたんだ。その——闇妓楼の噂を」

「ああ、あれね。あの幼い娘ばかりをあつめているっていう。——え？　ていうことは、あんたの妹がそこに？」

「わからない。でも、妹はまだ十二なんだ。そんな妹がまともでない妓楼に売られたってことは、もしかして……ってことがあるじゃない」

「う、うん」

「ぼくは、ずっとそのことを調べてた。それでここにこられなかったんだ。ごめんね、ほんとうに」

「なるほどね」

ライラは納得したようにうなずいた。

「それならしかたないね。わかったよ、マリウス。――で、妹のことはなにかわかったの？」

「いや、まだなにも」

マリウスは首を振った。

「妹のことも、闇妓楼のこともまだよく判らないんだ。でも、妹が大変な目にあっているかもしれないと思うと、もういたたまれなくて……だから、ぼくはどうしても妹を助けたい。いや、兄として絶対に助けてあげなくちゃいけない。そしてこれからは兄妹ふたりで仲良く、世界中を旅しながら暮らしていきたいんだ。なにしろ、妹はぼくに残された、たったひとりの家族なんだ。ずっと離ればなれに生きてきたから、妹にはとても寂しくて辛い思いをさせたけれど、これからはずっといっしょにいて守ってやりたいと思ってるんだ」

「そっか……」

ライラはしばらくマリウスをじっと見つめていたが、ふいにうつむいた。その目からぽたりと涙が落ちた。マリウスは驚いた。

「——ライラ？　どうしたの？」

「どうしたもこうしたもないよ」

ライラは涙に濡れた顔をあげ、マリウスの顔を両手でそっと引き寄せると、優しくキスをした。

「あたし、あんたのことすっかり誤解してた。あんた、インラン酒場ですごく陽気だったじゃない？　あたし、それをみながらうらやましかったんだ。ああ、いいなあって。世の中にはこんなに自由で、こんなに楽しくて、こんなに生き生きと生きてるひとがいるんだなあって。しかもきれいな顔だし、歌もキタラも話も上手だし。あたし、おかげでいっぺんであんたに惚れちゃったけど、でも正直、嫉妬もしてた。神さまは不公平だなって思ってた。おまけにせっかく誘ったのに、訪ねてきてもくれなかったしね。きっと、あたしみたいな女のことは馬鹿にしてるんだろうな、って思ったし……。でも、そうじゃないんだね。あんたもあたしと同じ。とても不安で、とても寂しかったんだね」

「ライラ……」

「わかるよ、あたし、あんたのきもち。だって、あたしもひとりぼっちだもの。父さんも母さんももういないし、きょうだいもいない。でも、もし弟や妹がいたら、きっとあたしだって……」

ライラはまたマリウスにキスをした。

「みつかるといいね。あんたの妹。ううん、きっとみつかると思う」

「――ありがとう、ライラ」

マリウスは、少々とまどいながら彼女をそっと抱きかえした。まさかライラがこれほどに親身になってくれるとは思わなかったのだ。自分がついた嘘への後ろめたさ――彼女をただ利用しようとした自分への恥ずかしさが急激につのってゆく。

「きみはとてもやさしい人なんだね。きみだって寂しいのに」

「ううん。あたしはだいじょうぶさ。あたしはもう慣れっこだし、もうどうしたってひとりなんだもの。でも、あんたは違う。あんたには妹がいて、でも離ればなれになって……」

ライラはマリウスをひしとみつめた。

「ねえ、マリウス。あたしになにかできないかな。あんたの妹のために、あたしにできることはない？」

「うん……」

　マリウスはためらいがちに切り出した。

「そうだね。もし手伝ってくれるなら、ひとつお願いしてもいいかな」

「なあに？　できることならなんでもするよ」

「ぼくはとにかく妹に会いたい。妹を救いたい。だから、闇妓楼に妹がいないかどうか、どうしても確かめたいんだ。だけど、よそもののぼくにはどこに闇妓楼があるのかもわからないし、どうすれば闇妓楼に行けるのかもわからない。もちろん妹を探してるなんてこと、向こうに知られるわけにもいかないから、なにか工夫も必要だし……。だから、ライラ、きみならなにかわからないかな。酒場のお客さんとか、きみの友だちとか、きみの知り合いのなかに誰か闇妓楼のことを少しでも知っている人がいたら、ぼくに紹介してくれないだろうか。そう、いまのぼくにはきみしか頼りになる人がいないんだ」

「――わかったよ、マリウス」

　ライラは指でそっと涙を拭いながら云った。

「あたし、やってみるよ。心あたりに聞いてみる。闇妓楼のこと」

「うん。ありがとう。ほんとうにありがとう。ライラ――好きだよ、とっても」

「あたしもよ、マリウス」

　ふたりの唇がふたたび触れあい、汗に濡れた裸の体が重なりあった。マリウスの舌にライラの甘やかな舌がからみつき、ライラの熱いぬくもりがしっとりとした柔肌からマリウスの胸に伝わってくる。マリウスはライラをそっとベッドに押し倒した。そのまま唇を乳房からへそに這わせてゆく。それとともに、ライラの吐息がまた次第に熱をおびてゆく――

ルアーの五点鐘が夕刻を告げるまで、ふたりはたっぷりと半月遅れの逢瀬を楽しんだ。そしてライラは酒場女の化粧と衣装に身をつつみ、マリウスは商売道具のキタラを背にかつぎ、多くの酒場が建ちならぶロイチョイのラングート広場へと連れだって向かっていった。それがマリウスにとって、久々の密偵稼業のはじまりだったのである。

だが――

それからマリウスは、思いのほかに苦労することになった。

正直なところ、マリウスは高をくくっていたところがある。なにしろ闇妓楼の噂を聞いたのは、タイス入りしてすぐのときであったし、西の廓でもワン・チェン・リーをはじめ、さまざまな者から闇妓楼の話を聞いていた。これだけ話題になっているのならば、ロイチョイ、とりわけライラが教えてくれた東の廓で人気の酒場をまわっていれば、必ずや闇妓楼を知るものにほどなく出会えるはずだ、と踏んでいたのだ。なんといってもタイスは欲望の街である。ありとあらゆる快楽こそが至上とされる土地柄だ。そして男どもというものは、そういったいかがわしい体験談を、えてして他人に自慢げに話したがるものである。マリウスの巧みな話術をもってすれば、酔客相手に口を割らせることなど雑作もない、と思っていたのだ。事実、マリウスがさりげなく話題を振ると、闇妓楼の噂ばなしに喜んで乗ってくる男は山ほどいたのである。

しかし、闇妓楼に実際に行ったことがあるという男は、意外にもひとりも現れなかったのだ。そこには、十七にならぬ娘を遊女としてはならぬというクム大公の厳しい法度――そのような娘を買ったものをも厳しく罰するとした法度の影響もあっただろう。だが、それよりも大きな理由があった。噂には聞いていたが、やはり闇妓楼の揚《あ》げ代はべらぼうに高いらしいのだ。

「あれは無理だね」

探索を始めて三日目の夜、東の廓で最もにぎわう居酒屋の喧噪のなか、マリウスと意気投合した男は声をひそめて云ったのだった。

「あれは無理だ。正直、俺も若い娘には目のないたちでね。いっぺんその、ほんとうのおぼこ――とはいかねえが、まだ固いつぼみのころの娘ってやつをぜひとも抱いてみたいと思ったのよ。で、去年くらいに初めて噂を聞いたときに、なんとかして闇妓楼にあがってみたいと思って、いろいろつてをあたったのさ。で、ようやく情報屋を見つけてさ。闇妓楼の仲介屋を紹介してくれる、ってところまできたんだが――」

男はふと言葉をとめて、空になった酒つぼをのぞきこんだ。すかさずマリウスは居酒屋の親爺に新しい酒を注文し、男にすすめた。

「ほら、飲みなよ」

「おお、悪いな。ありがとよ。――で、まあその情報屋の話を聞いたんだが、驚いたのはその値段よ。なにしろ、仲介屋の口利きだけでも半ラン銀貨が必要だ、ってんだから」

「半ラン？　仲介屋だけで？」

マリウスは驚いた。半ランといえば、それだけでも西の廓でなかなかの遊女と遊べる額である。

「ああ。もちろんそれだけじゃない。そもそも闇妓楼に連れてってくれるのは仲介屋じゃないんだ。仲介屋が教えてくれるのは、あくまで闇妓楼との橋渡しをしてくれるあいまい宿でね。ということは、そこでも何ランか払わなけりゃならんだろうし、闇妓楼にたどりついたらついたで場所代で何ラン、揚げ代で何ラン、ってことになるだろうよ。下手するととても俺たち庶民ってやつに手の出るものじゃないのさ。西の廓の高級遊女《ハオリヤン》より高いんじゃないかってくらいの値になっちまう」

「へえ。そいつは驚いた」

「だろう？　だから闇妓楼の常連客ってのは、貴族だの、商人だの、とにかく大金持ちだけらしいね。だいたい、そういうやつらなら法度に触れたことがばれても、金次第でどうにでもなるだろうしさ。俺らのようなのが闇妓楼に行けるとしたら、それこそそこのへんの博打《ばくち》で大当たりをとらなきゃならんだろうが、たとえとったとしても、その金を持って闇妓楼に行くか、それとも西の廓で最高の遊女と遊ぶか、ってなったら、まあ微妙なところだな」

「確かにね」

マリウスはうなずいた。

「まあ、でも……できれば、さ。その、仲介屋に会わせてくれるっていう情報屋、紹介してくれないかな。闇妓楼に行くのは無理でも、話だけでも聞いてみたくてね」

「ああ、そいつは残念ながら」

男は首を振った。

「ちょいと無理だな」

「駄目かな」

「いや、そいつが生きてりゃよかったんだがね。ついこないだ死んじまったのよ。シェンっていう情報屋でさ。本業は掏摸《すり》だっていうちんけなやつだったんだが、悪いもんにでもあたっちまったのかね。どこぞの路地で倒れてるところを見つかったんだってさ」

「え、そうなの」

マリウスは思わずうなった。

「そいつは残念だな……」

「ああ。悪いな。役に立てなくて」

「いや、とんでもない。ありがとう。いろいろ参考になったよ」

というわけで、その日もマリウスは収穫をあげることができずに、とぼとぼとライラの長屋へ戻っていったのだった。


ところがその翌晩、朗報は思わぬかたちでもたらされたのである。

「ああ、マリウス。よかった。ようやく帰ってきた」

その日もまた思うように成果をあげられず、ふがいなさに肩を落として帰ってきたマリウスが長屋の扉を開けるなり、先に帰って待っていたライラが飛びつくようにして、マリウスを部屋に引き込んだのだった。

「どうしたの、ライラ。なにかあったの」

「マリウス。わかったよ。闇妓楼へのいきかたがわかった」

「え？　ほんと？」

「うん。あたしの旦那がついに白状したよ」

「――え？」

マリウスは仰天した。

「旦那？　ライラ、きみって旦那もちだったの？」

「そうよ。旦那っていっても、あたしはお妾さんなんだけどね。ま、ほんとの奥さんは、あたしのことなんか知りゃあしないんだけど。旦那はけっこう立派な店持ちでさ。あたし、店が終わるといっつも旦那のところに寄ってくるのよ。別宅だけどね」

「えっと……それは……なに？　ってことは、ぼくは……」

「なによ、びびってんの？」

「そりゃ、まあ……だって、その……」

「まったく！」

ライラはマリウスの背をどんと叩いた。

「あんたはほんと、臆病なのねえ。最初に会ったときも思ったけど。けっこう立派なトートの矢をぶらさげてるくせに。こんなこと、タイスじゃあたりまえなんだから。いいのよ、ばれなきゃ。あたしと旦那のことも、あんたとあたしのことも」

「そりゃまあ、そうだけど……」

「まったく、もう。そんなことよりさ、闇妓楼のこと、聞きたくないの？」

「あ、ああ、もちろん。そう、うん、闇妓楼。で、なんだって？」

「その、旦那が吐いたにはさ、あのスケベ親爺、闇妓楼にけっこう出入りしてるらしくてね。前からどうも、なにかあたしに隠してるな、とは思ってたんだけど。まったく、あいつには本宅にそのくらいの年ごろの娘がいるってのに、とんだ変態だわ、ほんとに。――それでね、あんたが夕べ話してた仲介屋のこと、旦那が教えてくれたのよ！」

「えっ、ほんとに？」

「うん。なんでも南の廓にわりと大きな土産物屋をかまえてるガオ・タイって男らしいんだけど」

「南の廓？」

　マリウスは驚いた。

「東の廓じゃなかったのか。ぼくはてっきり……」

「うん。でも、闇妓楼はわかんないけどね。南の廓にあるのかどうか。そこまでは旦那も口を割らなかったから」

「ああ、そうか」

　マリウスは合点した。

「目くらましってこともあるか」

「うん。で、そいつのところにいって半ラン銀貨を見せて、『ラングート・テールの赤ん坊の像はないかい？』って聞くんだって」

「ラングート・テール？」

　マリウスは面食らった。

「なんだい、そりゃ」

「タイスの地下水路に棲んでるっていわれてる怪物のこと。タイスの守り神、ラングートと人間のあいだに生まれたっていうんだけどさ。——ま、それはともかく、その合い言葉をいうと奥に通されて、橋渡しをしてくれるあいまい宿のことを教えてくれるんだって。闇妓楼にあがるための手形と一緒にね。——ただね」

ライラは少し困った顔をした。

「仲介屋ではさ、まず最初に金をいくらもってるか聞かれるらしいのよ。その、金もないのに闇妓楼に行きたがるやつもいるから、そういうのを追っ払うためにね。で、ちゃんと妓楼にあがれる金を持っていって見せてやらないと、そのまま追いかえされるんだって」

「ああ、やっぱり」

マリウスは腕組みをした。さすがに闇妓楼も用心深い。そうして二重三重に客を見定めるということなのだろう。

「何ランぐらい必要なんだろう。昨夜の男の話だと、相当取られそうだったけれど」

「それも聞いてきた。旦那はなかなか話したがらなかったんだけどね。なんでも、あいまい宿で一ラン、闇妓楼の場所代に二ラン、それから遊女の揚げ代だけど、これは遊女によってちがってて、安いのでも五ラン、高いので十ラン。それに遣り手だの、若い衆だのにもけっこうな酒代をはずまなくちゃいけないから、最低でも十ランはかかるっていってたよ」

「十ランかあ……」

マリウスは思わず天を仰いだ。さしものマリウスでも、流しのキタラで稼ごうと思えば、どんなに実入りがいい日でもせいぜい一ターランくらいだ。十ランとなれば、その百倍である。

「まあ、判ってはいたけれど、さすがにおいそれと手が出る値じゃないね……」

「まあね。でも、ほら」

ライラはにこりと微笑んで、ふところから半ラン銀貨を取りだし、マリウスの手に押しつけた。

「とりあえず、仲介屋の分だけは旦那から巻きあげてきたよ。口止め料って脅してね。これ、使ってよ」

「え？」

マリウスは驚いた。半ランは、ライラのような娘にとっては大金である。なにしろ彼女のようなひとり暮らしなら、それだけあればゆうにひと月は不自由なく暮らせるのだ。

「だめだよ、ライラ。そんな大金、もらえないよ」

「いいから、ほら。あんたの大事な妹のためでしょ。これでさ、だめもとで話だけでも聞いてきなよ。あんたなら、なにか聞き出せるかもしれないし」

「だけど……」

マリウスは躊躇《ちゅうちょ》した。確かに仲介屋に会わないわけにはいかないし、半ランをもらえるのもありがたい。ワン・チェン・リーに相談したところで、しがない用心棒の彼にこれほどの大金が融通できるとはとうてい思えないからだ。

とはいえ、ライラの話を聞く限り、仲介屋に会ったところで半ランしかなければ、たいした話など聞けずに追いかえされるのが関の山だろうという気もする。なんといっても法度破りの闇妓楼だ。向こうも相当警戒はしているだろうし、そう簡単に情報が手に入るなら、マリウスとてこんなに苦労はしていないはずだ。闇妓楼を突きとめるなら、どうにかして十ランを手に入れて乗りこんでいくしか手はないだろう。そしてワン・イェン・リェンが闇妓楼にいるのだとしたら、彼女を無事に取りかえすためには、それほど時間に余裕もない。

（どうするかな……）

マリウスは思案した。

（十ランか……どう考えたって、まともな手段でぼくが手に入れられる額じゃないしな……）

（かといって、盗みを働くようながらじゃないし、そんなの真っ平ごめんだし）

(となると……ばくちくらい、か……)

マリウスは、昨夜の男の言葉を思い出した。

(あの男もいってたもんな。俺らのようなのが闇妓楼に行けるとしたら、それこそこのへんの博打で大当たりをとらなきゃならん、って)

(でも、ばくちは、オリーおばさんにとめられてるし……)

モンゴールの首都トーラスでお尋ね者となったマリウスの無実を信じ、親切にかくまってくれた居酒屋のおかみ——まるで母親のように彼を慈しんでくれたおかみに別れ際にいわれた言葉が心に引っかかる。危いところへゆくんじゃないよ、ばくちをするんじゃないよ、という戒めの言葉が。

(——だけど)

(だけど、なんていったっけ、あれは——そう、カラスコ賭博だ。カラスコ賭博なら、もしかしたら……)

カラスコ賭博とは、大きな円盤のまんなかに回転する碗状の蓋がふせてあるような形の道具を使うタイス独特の賭け事である。実はマリウスはタイスに入って間もなくのころ、興味本位でのぞいた賭場で、自分ならこのカラスコ賭博でほぼ確実に勝てそうなことに気づいていたのだ。そのときにはオリーの言葉を思い出して自重したが、かのインラン酒場では調子に乗って、必勝法を見つけたなどと酔客に吹聴したこともある。

(あれなら、ぼくでも稼げるかもしれない)

(でも──実際にやってみて稼いだわけじゃないし、あのとき気づいたことがどこでも通用するかはわからないしな……)

(どうしよう……あ、そうだ)

そのとき、ふとマリウスの脳裏にひとりの男の顔が浮かんだ。

(そうだ──あの人なら、もしかしたら助けてくれるかもしれない)

(思い切って訪ねてみようか。もっとも、ぼくが訪ねても追いかえされるだけかもしれないけれど……)

(だけど、あの人なら……あんなに優しそうだった、あの人ならきっと……)

思案の末、マリウスは決意した。

「──ライラ」

マリウスは、半ラン銀貨をライラに返しながら云った。

「ありがとう。気持ちだけはもらっておく。でも、やっぱりこれはもらえないよ。これはきみが使うべきだ」

「え？」

ライラは驚いたようだった。

「でも……でも、闇妓楼のお金はどうするの？」

「それはぼくがなんとかするよ」

マリウスはきっぱりと云った。

「実はね。ひとつ、思い出したんだ。お金を貸してくれそうなところのことを。夜が明けたら、さっそくそこを訪ねてみる。だいじょうぶ。心配しないで。ありがとう、ライラ。ほんとうに」


そして、一夜が明けた翌朝。

ようやく太陽《ルアー》が顔をだし、まだ鮮やかな朝焼けがのこるタイス――その中心街のひとつ、西タイスのアジサシ通りをマリウスは朝日を背に歩いていた。

昼間は大勢がゆきかうこの通りも、さすがにこの時間には誰ひとりとして歩いてはおらぬ。だが、街そのものはすでに賑やかであった。そこかしこからびーん、びーん、と、弓の弦を鳴らす音が聞こえていたからだ。これはタイスの商家ならではの魔除けの風習である。商業の街として知られる西タイスでは、毎朝早くからこの音が街中に響きわたり、一日のはじまりを告げるのだ。

西にひろがるオロイ湖に向けてさわやかな朝風が吹き抜け、通りと同じ名をもつ鳥が空高く軽快に飛びかっている。その空の下を吟遊詩人は、周囲の建物を確かめながら歩いていった。むろん、彼には目当てがあった。アジサシ通りと交差するセンダ通り沿いにある、一軒の薬種問屋である。そこの主をマリウスは訪ねようとしていたのだ。

（えっと……これがセンダ通りか。これを左に曲がれば——あ、あれか）

センダ通りに入ってすぐ、薬種問屋の大きな看板が遠くからマリウスの目に飛びこんできた。大きな商家が並ぶ西タイスにあっても、ひときわ大きな店がまえ——ここにくれば手に入らぬ薬草などないといわれるタイス一の薬種問屋、ハン商会である。

その店先では、ひとりの少女がほうきを持って掃除をしていた。マリウスは少女にちかよると、三角帽を取り、そっと声をかけた。

「あの、ちょっとよろしいでしょうか」

「あ、はい。なんでしょう」

少女はほうきを掃く手をとめ、マリウスを見た。化粧っけのない整った顔立ちに、白いほおかぶりが初々しい。

「朝早くのこんな時間にすみません。ぼく、吟遊詩人のマリウスといいます。あの、ヨー・ハンさまはいらっしゃいますでしょうか？」

「義父《ちち》……ですか？」

少女はとまどったようだった。

「義父はおりますけれども、どのようなご用件でしょうか？」

「実は、その……」

マリウスがどう切り出そうか、迷っていたときだった。店の奥から初老の男が顔をだし、少女に声をかけた。いかにも穏やかそうな丸顔に、かっぷくのよい体、大きな二皮目が印象的な男だ。

「どうしたんだい？　リー・メイ」

「あ、お義父《とう》さま」

少女はすこしほっとしたようだった。

「こちらのかたが、お義父さまに御用だそうです」

「はて、どなたかかな」

店先に出てきたヨー・ハンは、いぶかしげにマリウスの顔を見た。クムの商人が好む大きめの羽織を肩にかけ、胸もとには円に十字のペンダントがさがっている。敬虔なミロク教徒の印《しるし》、いわゆるミロク十字だ。

「おや、きみは――そうだ、きみは確か、蓮華楼の……」

「ヨー・ハンさま。吟遊詩人のマリウスでございます。その節はお耳よごし、大変失礼いたしました」

マリウスはうやうやしく頭を下げた。ヨー・ハンは、ジャスミンにとって最も大事なひいき客のひとりである。十年前に彼女を水揚げして以来、ほかの遊女には目もくれず、ずっとジャスミンのもとに通いつづけているという男だ。マリウスはしばらく前、ヨー

・ハンがジャスミンのもとを訪れた際に別室に呼ばれ、歌とキタラを披露したことがある。そのときにはワン・イェン・リェンを助けたことにヨー・ハンからも礼を云われ、たいそうなご祝儀をはずんでもらった。ヨー・ハンは実に機嫌がよさそうで、自分はジャスミンの後見人のようなものだから、と盛んに口にしていた。それをマリウスは思い出し、彼を訪ねてきたというわけだ。
「あれは見事な歌とキタラだったよ」

ヨー・ハンは温和な笑みを浮かべて云った。

「とても楽しい夜を過ごさせてもらった」

「ありがとうございます」

「うむ。――ああ、リー・メイ。掃除はもういいから、中に入っていなさい」

「はい。お義父さま」

少女はヨー・ハンに向かって一礼すると、店の奥へと下がっていった。マリウスはその後ろ姿を見送りながら問うた。

「きれいなかたですね。娘さんですか」

「いや、息子のいいなづけでね。結婚はまだもう少し先だが、あらかじめ家の仕事に慣れておいてもらおうと思ってね。手伝いにきてもらっているんだ。――ところで」

ヨー・ハンはマリウスを鋭く見た。

「こんな早い時分からなにを——と聞くまでもないね。ジャスミンとワン・イェン・リェンのことだろう」

「ええ、そうです」

「なにか動きがあったのかね」

「はい」

マリウスは頭を下げた。

「実は、ワン・イェン・リェンの手がかりをひとつ、つかみかけております」

「ほお」

「つきましては、厚かましいとは思いつつも、ヨー・ハンさまのお力をお借りいたしたく、お願いにあがりました」

「聞こう」

ヨー・ハンはうなずいた。

「まずは話を聞かせてもらおうじゃないか。——さ、遠慮はいらない。奥へ通りなさい」

「ありがとうございます」

マリウスは礼を云うと、さまざまな薬草が棚にならび、独特の匂いが立ちこめている店内に足を踏み入れた。万が一にも商品を傷つけないようにキタラを背からおろし、手前に抱えなおすと、早朝から忙しく働いている大勢の使用人のあいだを避けながら、ヨー・ハンに続いて奥へ進んでゆく。

「さ、この部屋だ。入りなさい」

「失礼します」

ヨー・ハンに促され、マリウスは廊下の奥の部屋に入った。どうやらそこが店主の私室らしい。

大商人の私室にしては、非常に質素な部屋であった。華美な装飾品はいっさい飾られておらず、実用的な机と椅子の他には本棚と箪笥、簡素なソファとテーブルしかない。本棚には、マリウスにも見覚えのある難しげな書物がずらりと並んでいた。かつて、パロの王室図書館でみかけたミロクの教典である。

ヨー・ハンは、マリウスにソファを勧めると、自分はその向かいに座った。マリウスはキタラを脇に置き、あらためてヨー・ハンに向きあった。

「――さて、茶も出さずにすまないが、ひとを遠ざけたほうがよさそうな話だからね」

ヨー・ハンは身を乗りだして云った。

「それで、なにがわかったのかな」

「ヨー・ハンさま。闇妓楼のことはご存じですか」

「ああ」

ヨー・ハンは顔をしかめた。

「噂は聞いている」

「ぼくは——いえ、わたしたちは、ワン・イェン・リェンを掠ったのは闇妓楼の一味ではないかと疑っています。そして、西の廓の一連の神隠しもやつらの仕業ではないかと」

「ああ、あれか。なるほど」

「それでここしばらく、闇妓楼に潜りこむ方法はないかと探っていたのですが、昨夜ようやく、闇妓楼の仲介者をみつけました。ただ、その仲介者から闇妓楼までたどりつくためには、わたしたちにはどうしても足りないものがあります」

「金かね」

「はい」

マリウスはうなずき、ライラが聞き出してくれた闇妓楼の仕組みについて説明した。

「そこで、ヨー・ハンさまに、その資金を——十ランほどをお貸しいただくことはできないかと思い、うかがいました。一応、つまらないものですが抵当もご用意いたしました」

マリウスはキタラを持ちあげ、テーブルにそっと置いた。

「こちらのキタラはわたしの見る限り、パロのいにしえの名工テオドリウスの手になる品です。ワン・イェン・リェンを助けた折になくしてしまったキタラの代わりにとジャスミンからもらったものですが、間違いなく逸品かと思います」

「ああ、このあいだ弾いてくれたキタラだね。音もかたちもとても美しいキタラだと感心したが、そうか、テオドリウスか」

「はい。むろん、テオドリウスといえども、わたしのような生業ではない方々にどれほどの価値があるものかはわかりませんが、もし、これでよろしければ――」

「このキタラを抵当に私から金を借りるというのかね」

「はい。厚かましいとは存じますが、できれば」

「だが、それではきみが困るだろう。キタラは大事な商売道具だ。そしてテオドリウスといえば、どんなに安く見積もったところで百ランはくだらない逸品。金貸しの相場は私にはわからないが、それで十ランというのは、きみがつける値段としてはずいぶんと控えめじゃないのかね。そもそも、それがなければ、これからどうやってたつきをたてる」

「なんとでもなります」

マリウスはきっぱりと云った。

「わたしは宮廷の楽人ではありません。しがない吟遊詩人です。このような逸品は、わたしには分不相応です。もちろん、テオドリウスを奏でることができたのは幸せなことでしたが、生活するだけならば安物のキタラでどうにでもなります。そもそも、これはジャスミンにもらったものですし、それならばジャスミンたちのために使うのが筋というものでしょう。とにかく、いまはワン・イェン・リェンのことが大事です。テオドリウスなど、それに比べればいかほどの価値もありません」

「ふむ」

ヨー・ハンはあごに手を当ててしばし思案した。

「ふむ——なるほど。わかった。きみのいうことはよくわかったよ、マリウス。喜んで金を融通しよう」

ヨー・ハンは立ちあがり、簞笥の戸棚を開け、手金庫から金貨と銀貨を何枚か持ち出してきた。

「二十ラン用意した。これを持っていきなさい」

「二十ランも——？」

マリウスは驚いた。

「よろしいのですか？　さすがに闇妓楼でもこれほどは不要かと思いますが——」

「いや、金というのはどこで入り用になるか判らないからね。多めに用意しておくに越したことはないよ。——それから」

ヨー・ハンはキタラをそっとマリウスのほうへ押しやった。

「これも持っていきなさい。不調法な私が持っていても仕方がない」

「え？　でも、それでは――」

「その二十ランは、きみに進呈するよ」

「――――！」

　驚きで声も出ないマリウスを見て、ヨー・ハンは微笑んだ。

「私はミロクの徒だからね。こうして金を稼いでも、さほど使い道はない。唯一、私が後見人を自認するジャスミンのことを除けばね。あとはせいぜい、道楽の剣闘を見物にいくくらいのものだ。だから、きみがその二十ランでワン・イェン・リェンを救ってくれるのなら――そしてできればジャスミンも救ってくれるなら、それほど私の意にかなった使い道はないんだよ」

「ありがとうございます。しかし――」

　マリウスはためらいながら云った。

「まだ、闇妓楼にワン・イェン・リェンが掠われたと決まったわけではありませんが」

「それならそれでいいじゃないか」

　ヨー・ハンは鷹揚《おうよう》に云った。

「たとえワン・イェン・リェンがそこにいなくたって、少なくとも闇妓楼の実態は知れるのだろう。ならば、それをきっかけに闇妓楼など潰してしまえばいい。先ほどのリー

・メイはまだ十四だが、うちの息子とのように互いに好いて好かれて結ばれるならともかく、そのような年端もゆかぬ娘を遊女として働かせるなど言語道断」
「ヨー・ハンさま……」

「私は特に取り柄のない男だが、ふたつだけ自信があってね。薬草を見る目と、ひとを見る目だ。きみの目はどこまでもまっすぐで、どこまでも澄んでいる。ジャスミンとどこか似ているところがある。いや、ジャスミンよりも、といってもいい。きみなら二十ランを預けてもだいじょうぶだろう」

ヨー・ハンはマリウスの肩をぽんと叩いた。

「その金は自由に使いなさい。そして闇妓楼をしっかりと探ってきておくれ。きみが無事につとめをおえて、そして願わくばワン・イェン・リェンが――ワン・イェン・リェンとジャスミンが救出されることを、私はここでミロクさまに祈っている。頼んだよ、マリウス」

3

「――ねえ、ちょっと聞きたいんだけれど。山鳩屋ってのはここかな」

ロイチョイの南の廓、西仲通り沿いにある土産物屋――

奥でひとり煙管をくわえながら考えごとをしていた店主のガオ・タイは、その声に顔をあげた。まもなく昼を迎えようという頃合いだが、いつのまにか雨が降りはじめている。こんな天気のこんな時分に店を客が訪れてくるのはなかなか珍しい。

声をかけたのはまだ若い男だった。茶色がかった巻き毛が印象的で、なかなかに愛嬌のある可愛らしい顔をしている。その風貌からしてクムのものではあるまい、と彼はあたりをつけた。観光客に違いない。ガオ・タイは愛想よく応じた。

「ああ、そうだよ。いらっしゃい。土産ものをお探しかい？」

「うん」

若者はうなずくと、右手を差し出しながら云った。

「ラングート・テールの赤ん坊の像はないかい？」

「えっ？」

ガオ・タイは驚き、若者が差し出した手のひらを見た。その上には、ぴかぴかの半ラン銀貨がのっていた。ガオ・タイは確かめた。

「いま、ラングート・テールの赤ん坊の像、とおっしゃったかね」

「ああ、そうだよ」

「そうかい」

ガオ・タイは少し考えた。

「ああ、もしかして、誰かにお使いを頼まれたのかい？　お使いなら、こっちに像を買う人の名前を……」

「いや、ぼくが買うのさ」

「なに？」

ガオ・タイはまた驚いた。

「あんたが買うって？　そいつは……」

ガオ・タイは改めて若者の風体をじろじろとみた。こざっぱりとはしているが、その服はどうみても着古されており、半ラン銀貨を気軽に持ち歩いていいような身分にはみえぬし、ましてや高価な像を買えるような金持ちにはとてもみえぬ。

「確かめさせてもらうよ」

ガオ・タイは銀貨をつかみあげ、机の引き出しから水晶の片眼鏡を取り出してじっくりと表裏を検分した。ついで定規を取り出して厚みと径をはかり、脇から天秤を引き寄せて重さをはかり、槌で軽くたたいて硬さを確かめる。

「――間違いないようだね」

ガオ・タイは小さくうなずき、銀貨を金庫にしまい込むと、道具を引き出しに片付けた。

「では、奥へおいで」

「像は奥にあるの？」

「いや、もちろん違うよ。ここでは、像が置いてある場所への行き方を教えるだけさ」

「そうか。でもそれはうれしいね」

若者は微笑んだ。

「ようやく像にお目にかかれそうだ」

「よっぽど探したのかい」

「そうさ。ここ半月ほども探しまわってたよ」

「そうかい。それはよかったね」

ガオ・タイは若者を奥へと通した。

山鳩屋の奥には、こぢんまりとした部屋がある。ほとんど倉庫がわりとして、店頭に並べきれぬ土産物を置いている部屋だが、若者のような客がおとずれたときのために隅に小さな机と椅子を置いてある。

「そこにかけな」

店主は若者に壁側の椅子をすすめて向かいあうと、さりげなく若者のうしろの壁を見た。壁には格子のはまった小さな窓が開いている。実は壁の向こうにはもうひとつ隠し部屋があり、その窓から別の男がこっそりと客のようすを観察できるようになっているのだ。店主は隣の部屋の準備が整ったのを確認すると、あらためて若者に向きあった。

「さて、まずは話を聞かせてもらうよ」

「どうぞ。なんでも聞いてよ」

「ラングート・テールの像のことをどこで知りなさった」

「ああ」

若者は小さくつばを飲みこんだ。

「東の廓の酒場でね。情報屋から聞いた」

「なんという酒場だい」

「たぶん、《オロイの幸》亭だったと思う」

「情報屋の名は」

「――シェン、といったかな」

「シェン」

ガオ・タイはすこし考えた。確かにシェンという情報屋を使ってはいたが、奴はついこのあいだ命を落としている。

「話を聞いたのはいつかね」

「――三旬ほど前かな。もう少し前かも」

「そうか」

ガオ・タイはとりあえず得心した。それならば、まだシェンは生きていたはずだ。

「しかし、ずいぶんと前だね。なぜ、すぐに来なかったのかい」

「そのときは金がなかったからね」

若者はまた微笑んだ。

「でも、運良くばくちで大当たりしたからさ」

「なるほどね」

ガオ・タイは小さく笑った。

「たまにくるね。あんたみたいなひとはね。――旅のひとだよね」

「ああ」

「生業は」

「それは勘弁してもらえないかな」

若者は小さく首を振った。

「土産物を買うのに、生業は関係ないだろう？　金さえあれば売ってくれるんじゃないの」

「まあ、そうだがね」

ガオ・タイは少しまよい、若者の背後の壁をちらりとみて確認してからうなずいた。

「まあ、いいだろう。――それでちゃんと金は持っているんだろうね」

「ああ、もちろん」

「いくらある」

「とりあえず――」

若者は腰のかくしを探ると、テーブルに金貨を並べた。

「二十ラン用意した」

「二十ラン」

ガオ・タイは驚いた。それほどの大金を若者が用意しているとは思っていなかったからだ。

「二十ランとはね。よく稼いだもんだ」

「足りないかな」

「いや、十分さ。もちろん。一番高い像だって買える」

「そう」

若者はほっとしたようだった。

「よかった。──像の値段ってのは決まりがあるの？」

「ああ。ラングート・テールの像は小さいほど高くてね。一番でかいのが五ラン、二番目が六ラン。あとは一ランずつあがっていって、一番小さいのが十ランだ」

「一番でかいのってのは、どのくらいの大きさなのさ」

「十六だね。そこから十五、十四とくだっていって、いっとう小さいのが十一だ」

「十一！」

若者はうなった。

「十一か。十一とはね」

「珍しいだろう？」

「ああ……ああ、そうだね。驚いたよ」

「そうだろうね。他には絶対にないからね」

「そのほかにはいくらかかる？」

「あとは像の預かり場所に二ラン、案内役に一ラン。いろんなところへの手間賃に──まあ、一ランもみておけば十分、ってところだね。だから二十ランあればなんの問題もないよ」

「なるほど」

「わかったかい」

「うん」

「それじゃあ、手形を渡すよ」

　ガオ・タイは立ち上がると壁の棚の引き出しを探り、一枚の手形を取ってきた。裏に若者の人相風体を簡単に書きこむと、拇印を押させ、若者に渡した。

「そいつを東の廓、北通りとガモナ通りの交わったところにある琥珀亭に持っていきな。そしたら、像の預かり場所へあんたを案内してくれる」

「琥珀亭ね。わかった」

　若者はテーブルに並べた金を回収し、手形といっしょに隠しにおさめ、立ちあがった。

「ありがとう」

「楽しんできな」

　ガオ・タイは、若者を店先まで送りながら云った。

「気に入りの像がみつかるといいね」

「ああ」

　若者は機嫌よく手を振ると、足どりも軽く歩いていった。それを見送っていたガオ・タイの背後、店の奥から人の気配がした。振り向くと、長髪、痩身の男が立っていた。

顔には奇妙な白い仮面をつけている。

「――エウリュピデスさま」

ガオ・タイは男におずおずと呼びかけた。

「よろしかったのですか？　少々素性のあやしいところのある男でしたが――」

「ああ、いいさ」

仮面の男――闇妓楼のエウリュピデスは肩をすくめ、フードをかぶって店先まで出ると、歩いてゆく若者の背を物陰からみつめた。

エウリュピデスはこうしてときおりガオ・タイの店を訪れ、ラングート・テールの像を目当ての客が現れた際には隠し部屋から検分しているのだ。先ほどの若者のことも背後からひそかに様子をうかがい、若者からはわからぬように、壁の格子の内窓ごしにガオ・タイに指示を送っていたのである。

「あの若いのには、どうも気にかかるところがある。なんとなく見覚えがあってね。どこでみたのかは思い出せないが――。だから、うちの妓楼におびき寄せて、少し泳がせてみようと思ってさ」

「しかし――」

「心配するな。ひとり尾行をつけさせた」

エウリュピデスはなおも通りを眺めながらいった。

「やつが西の廓かどっかの手先なら、それで判るだろうさ。それがわかれば、こっちにだってまだ手はある」

「…………」

「このところ、どうも打つ手がいまひとつうまくいかないからな」

エウリュピデスはぶつぶつと云った。

「ノヴァルのことでも思わぬ邪魔が入りやがるし……ラン・ドンとガン・ローはうまく排除できたとはいえ、それ以外がどうもな。ワン・イエン・リェンを手にいれて、もう一稼ぎとおもったが、そろそろ潮時、見切りのつけどきってことかもしれん。とはいえ、このままひきさがるってのも気にさわる。いったい、あいつは誰のために動いてやがるのか。西の廓なのか、それとも例の毒使い――」

「――え？　なんですって？」

仮面の男の声が次第に小さくなり、聞き取れなくなったガオ・タイが尋ねた。

「なんでもねえよ」

エウリュピデスは吐き捨てるように云った。

「ま、とにかく、向こうからこっちの針にひっかかってきたんだ。あとはしっかり釣りあげて、どうにか上手く料理してやるさ」

その夜。

イリスの二点鐘がタイスの街に鳴り響き、市中がすっかり夜闇に包まれたころ——

吟遊詩人のマリウスは、東の廓の奥——その仲通りからは遠く離れた入りくんだ細い路地を、目隠しをされたまま人力車に揺られ、奥へ、奥へと進んでいた。

東の廓でもそれなりに大きな娼館のならぶ仲通り沿いとは違い、このあたりにはいかにも私娼窟らしく、こぢんまりとした娼家がならび、そのあいだを小さなあいまい宿や待合茶屋が埋めている。足もとも悪く、朝方から夕刻まで降りつづいた雨のせいでぬかるんでおり、人力車が進むたびに泥水がはねる。それでも人通りはそれなりに賑やかで、酒に酔った男たちと娼婦たちのゆきかう気配はたえず、夜闇には阿片の甘酸っぱい匂いが濃く漂っている。むろん、あちらこちらから聞こえる男女のよがり声がたえることもない。そこには西の廓の気取った上品さとはまるで違う、ありとあらゆる欲望をみじんも隠そうとはせぬ淫蕩《いんとう》な空気が充満していた。

その夜のマリウスはキタラをライラに預け、身ひとつで東の廓を訪れていた。大きなマントを羽織り、頭にはフードを深々とかぶって顔を隠している。白緑の縁を丁字の帯布で飾ったマントはゆったりとして足もとまでをも覆っており、その背には古いキタイ文字の経文のようなものが薄い青で書かれていた。これは琥珀亭——マリウスに目隠しと人力車を用意したあいまい宿で、南の廓で手に入れた手形と引き換えに渡されたものだ。そこで聞いた話では、これはヌルルの神官の衣装なのだという。

ヌルルとは、クムで信仰されているヴァーナ教の好色の神である。その神官にとっては好色こそが美徳であり、世のありとあらゆる淫欲を極めることこそが、衆生《しゅじょう》を快楽の天国へと導く功徳であるとされているという。それゆえ快楽の都タイス、ことにその中心街であるロイチョイでは、ヌルルの神官があちらこちらの遊廓や娼館へあがりこみ、情欲の限りを尽くしては人々から敬われているらしい。

事実、東でも西でも南でも、廓のなかではこうして人力車や馬車に揺られたヌルルの神官の姿はよくみかける。いわば、ロイチョイの廓ならどこにいてもおかしくない、という存在がヌルルの神官なのだ。つまりは身分を隠して廓で遊びたいなら、ヌルルの神官のマントをかぶって遊ぶのがもっとも都合がいい、ということになる。そういえばワン・イェン・リェンをさらおうとした男がまとっていたのも、このマントだったといまになって思いあたる。闇妓楼の得意客は貴族や商人が多いというから、こうしたマントで身分を隠してもらったほうが、客にとってだけではなく、目立ちたくない闇妓楼にとってもありがたい、ということなのだろう。

マリウスを乗せた人力車はゆっくりと、右へ左へと進んでゆく。もう仲通りからはずいぶんと離れたようで、仲通り独特の祭りのような喧噪はだいぶ遠くなった。だが、だいぶ涼しくなった秋の風にのってただよう阿片や黒蓮の香は、かえって濃くなっているようにも思える。

（だいじょうぶかな……）

マリウスの不安はいや増していった。

今朝がた、南の廓の仲介屋から、首尾よく闇妓楼への手形を手に入れることはできた。だが、その足でワン・チェン・リーのもとを訪れようとした途中、マリウスは誰かに尾行されていることに気がついた。もともと、仲介屋と話をしているとき、その視線が頻繁に壁に向けられているのに気づき、なにかあるのではと警戒はしていたのだ。それでわざわざ遠回りをして、どうにか尾行をまくことに成功した。だがそれは、彼がそれだけ闇妓楼に警戒されているということを意味している。むろん、いまマリウスが目隠しをされているのも、闇妓楼の位置を決してあかしてはならぬという用心に相違ない。もっともマリウスだけが警戒されているわけではなく、すべての客が警戒されているのだろうが、ともあれ決して油断はならぬ。

ワン・チェン・リーとの打ち合わせでは、彼の元の道場仲間が離れて見守りながら、闇妓楼までマリウスをつけてくることに決まった。そうすれば、いざというときにはマリウスを守れるし、闇妓楼の場所も突きとめられるというわけだ。ことにマリウスが目隠しをされてしまったからには、彼らの尾行だけが頼りではある。とはいえ、尾行が容易ではないことは、マリウス自身が闇妓楼を相手に今朝がた証明してみせたようなものだ。もし尾行が失敗したら——という不安は、どうしてもマリウスを襲ってくる。彼を乗せて走る人力車の揺れは、そのままマリウスの心の揺れでもあった。

ぬかるんだ道を右へ、左へと十分《タルザン》ほども進んだころ、がたん、と何かを乗り越えたような音がして、人力車の足もとがごつごつと石畳の上を走るような感触に変わった。と思ったとたんに人力車が速度を落とし、ゆっくりと止まった。

「ついたよ、お客さん。いま目隠しを取るからね」

車夫の手がマリウスの頭の後ろにまわされ、なにかの機構をいじると、ぱちんと音がして目隠しが外れた。マリウスは少し目をしばたたかせてあたりを見た。そこは古いクムの娼館には必ずついている細く小さな中庭のようだった。そのまんなかには篝火《かがりび》が焚かれ、左右には細長い娼館が向かいあうように建っている。娼館は奥でつながっていて、中庭を三方から囲んでいる。いわば細長く四角い馬蹄のようなかたちになっているというわけだ。

二階建ての娼館に規則正しくならぶ丸い小窓からは、赤いあかりが漏れていた。向かって右の娼館の手前に玄関がある他には、出入口は見あたらない。おそらくは古いクムの娼館がそうであるように、玄関から長い廊下が娼館をずっとつらぬいており、その脇に娼婦たちの部屋が並んでいるのだろう。クムの昔からの風習では、客はその長い廊下を歩きながら娼婦を品定めし、気に入った娘を選び、二階に設けられた個室の閨《ねや》に連れていって遊ぶ、ということになっている。

「ありがとう。ごくろうさん」

マリウスは人力車を降りると、車夫に銅貨を二枚わたした。

「まいどあり」

乱杭歯を剝き出しにしてにやりと笑い、車夫は門から出て行った。マリウスはあらためて周囲のようすをうかがった。

娼館の隣のようすは高い塀に阻まれてみえないが、門からわずかにみえた通りの向かい側には、同じような娼館がならんでいるようすがうかがえた。おそらくは通りのこちら側もかわらないはずだ。木を隠すなら森にせよ、のたとえ通り、こうして普通の娼館が並ぶところに、同じく普通の娼館を装って闇妓楼が隠されているということなのだろう。この深い闇夜のなかで目隠しをして連れてこられ、帰されたなら、おそらくこの闇妓楼が広大な東の廓のどこにあったのか、あとから自力で探し出すことはまず無理だ。あるいはこれまで闇妓楼を訪れたことがある者にも、その正確な場所を知るものはいないのやもしれぬ。ということは、もしチェン・リーの仲間が尾行に失敗していたら、また探索は振り出しに戻りかねない。マリウスはすぐにでもひざまずいて運命神《ヤーン》に祈りたい気分だった。

「——いらっしゃい。お客さんははじめてかい？」

玄関から声がかかり、マリウスは振り向いた。声をかけたのはとても小柄な遣り手婆だった。物腰は温和そうだが、目つきは妙に鋭く、狭い眉間が狷介《けんかい》な印象を与える。

「ああ、そう。うん。はじめてなんだ」

マリウスはうなずいた。

「だから、まずはここのしきたりを教えてほしいんだけれど」

「そうかい」

遣り手婆はにやりと笑った。

「なに、しきたりといっても他の廓と変わらないよ。まずは部屋をまわって気に入った娘を選ぶ。そして二階の閨へ連れていって遊ぶ。それだけだ。廓遊びをやったことはあるんだろう？」

「ああ、もちろん」

「なら、なにも問題はないさ」

遣り手婆は請けあった。

「でも、まずは場所代をいただかないとね」

「ああ。二ランだったよね」

マリウスは金貨を二枚取り出し、婆に手渡した。

「ほら」

「はい、確かに。いただきましたよ」

「それから、これはあんたに」

マリウスは銀貨を一枚追加した。

「今夜は頼むよ。ぜひ、いい娘を見つくろっておくれ」

「ああ、まかせておきな」

遣り手婆はまたにんまりと笑った。

「あたしはタンだよ。今夜はあんたにたっぷりと極上の夢をみてもらうからね。——さ、こっちへおいで」

タン婆にいざなわれるがままに、マリウスは玄関をくぐった。

と、そのとたん——

（うっ！）

マリウスはいきなり鼻を刺してきた強烈な阿片と黒蓮の匂い、ねっとりとした饐《す》えた温気《うんき》に思わず顔をしかめた。

（なんだ、この阿片の煙は。この黒蓮の濃さは……）

むろん、クムの娼館に阿片はつきものである。それは西の廓の遊廓でもかわらない。阿片は遊女や娼婦たちの数少ない楽しみでもあるし、廓にとっては彼女たちを耽溺《たんでき》させ、足抜けを防ぐための手段のひとつでもある。だが、これほどに濃い、目にしみるような阿片の煙というのは、さしものマリウスにも覚えがなかった。

そして黒蓮である。これも遊廓ではおなじみの麻薬の一種だが、マリウスのように多少の知識さえあれば人の精神を操ることもできる、魔道には欠かせない薬だ。おそらくはこれも、娼婦たちの意志を奪い、洗脳するために使われているのだろう。娼館というものは小昏いものと相場は決まっているが、この娼館の昏さは尋常ではない。なるほど、これが闇妓楼たる所以《ゆえん》でもあるわけだ——とマリウスは得心した。

玄関から廊下に入ってすぐのところには、二階へ続く階段があった。そちらからは、何人もの男どもの下卑た笑い声と、娼婦のあられもない嬌声が聞こえてくる。だがその嬌声は甲高く、どこか舌足らずで、いかにも幼い。ということはすでに幼い娼婦たちを閨に連れこみ、いたぶっている先客がおおぜいいるということだ。マリウスの脳裏に、その光景がまざまざと浮かんだ。思わずこみ上げてくる胃液を、マリウスは慌てて飲みこんだ。

「さて、お客さんはどんな娘がお好みかね」

マリウスの内心などつゆ知らぬようすで、タン婆が声をかけてきた。

「うんと若いのがいいかい？　それとも少し蕾《つぼみ》がほころびかけたようなのかい？　それともう少しで熟れちまうってくらいのかい？」

「ああ……」

マリウスは躊躇した。

「そうだな……いや、実はぼくにもよく分からなくてね。若い娘を抱くってのはどんなものなのか、ぜひ味わってみたいと思ったんだけれど、実際どのくらい若い娘がいいのかってのが、なかなか自分でもね」

「そうかい。じゃあ、まずはとにかく娘たちをみてみるかね」

「ああ。そうだね」

マリウスはタン婆のあとについて廊下に足を踏み入れた。

闇妓楼の造りは予想したとおりであった。玄関から長い廊下が続き、その両脇に部屋が並んでいる。それぞれの部屋の入口はいずれも格子になっており、薄い布が半分ほどかかっている。そこから中をのぞき、気に入った娘を選ぶということに違いない。

マリウスは最初の部屋を格子からのぞきこんだ。あかい大きなぼんぼりに照らされた部屋は質素なつくりで、小さなテーブルの脇に長椅子が置かれており、その上には小さな娼婦が寝そべっていた。いかにも遊女らしい極彩色の衣装をはおり、入口からはやや顔をそむけ、阿片の煙管をくゆらせている。タン婆が云った。

「手前の部屋には若い娘が入っていてね。奥に行くほど年齢があがる。この娘はまだ十一だ。十一の娘は他に二人いるんだがね。今夜はもう先客があって二階にあがっているよ。だからもし、いっとう若いのが抱きたいなら、この娘を選ぶんだね。――マヤ、こっちにおいで。お客さんに挨拶しな」

マヤと呼ばれた娘は、無言のままふりかえり、マリウスに向かって首を小さくかしげた。そのようすは気だるげで、目はとろとろとうるんで妙になまめかしい。クムの娼婦らしく、緑と青の宝石粉や紅で化粧をしてはいるが、顔立ちはいかにも幼い。

マヤははおっていた衣装を肩からするりと滑りおとした。ほっそりとした小さな体がむきだしになった。腰には透きとおる布地のふんわりとしたパンツをはき、そのしたからは紐のような下帯だけをつけた腰まわりが透けてみえていた。手首と足首にはさまざまな色合いの輪がかかり、露わな胸にもいくつものネックレスがかかっている。だが、その乳房は膨らみかけで小さくとがっており、腰から尻にかけての輪郭に女性らしい丸みはまったくみられなかった。

娘はゆらゆらと寄ってくると、とろりとした笑みを浮かべながら、格子越しにマリウスの左手を取った。そのまま手前に引き寄せて、まだ乳房とも云えぬような胸に触らせようとする。マリウスは慌てて手を引き、右手でマヤの手をそっと離させた。その手足はまだ細く、背はマリウスの胸ほどまでしかない。マリウスは信じられない思いだった。

(こんなに幼い娘が、ほんとうに――？)

むろん、五歳以上の娘に処女はいないとまで云われる頽廃の都タイスでも有数の花街である。どこかに闇妓楼のようなものがあっても不思議ではないと端《はな》から思ってはいた。

しかし、これほどにもいたいけな娘が阿片に溺れながら、ふしだらに男を誘っているさまは、マリウスの豊かな想像力さえもはるかに超えるものだったのだ。それはあまりにも淫《みだ》らで、あまりにも穢《けが》らわしく、あまりにも痛ましいものだった。そのような娘を好む男がいることを知ってはいたが、その心情はマリウスにはどうにも理解できぬ。

呆然とみつめるマリウスの前で、マヤは淫らに微笑みながら床に座りこみ、マリウスに向かってゆっくりと細い脚をひろげてみせた。その白い指が、ほとんど露わになった下腹から、さらに下に向かってのろのろとのびてゆく。それは、とても正視することなどできぬ下卑た仕草だった。マリウスは思わず息をのみ、あわてて目をそらしてその場を離れた。

「おや、お気に召さなかったかね」

タン婆はひひひ、と笑った。

「評判のいい娘なんだがね。この年齢《とし》にしては淫らで、床も上手で、具合もとてもいいってね。――でも兄さんには刺激が強すぎたかね」

「…………」

マリウスはそれには答えず、だまって次の部屋へと向かった。早くも彼は嫌悪と怒りを押し隠すので精いっぱいだったのだ。どうやら今夜はマリウスにとって、とてつもなく長い一夜となりそうだった。

第六話　闇妓楼の少女

1

結局――

迷いに迷ったマリウスが敵娼《あいかた》に選び、二階の個室に連れこんだのは、タオという十四歳の娘だった。猫《ミャオ》のように目尻があがった黒い瞳が印象的な娘である。

闇妓楼には三十ほども部屋があったが、その半分ほどはすでに客に買われているようだった。まだ部屋に残っていた娘たちは、どれもみな一様に幼く、一様に淫らで、一様に阿片に溺れていた。そこには、マヤのように乳房さえもろくにふくらんでいない幼い娘も、乳もそれなりにふくらみ、腰もそれなりに丸く、まもなく体だけは成熟しようかという娘もいたが、どれも目はどんよりとして重く、自らの意志を誰かに奪われてしまったような、どこか抜け殻のような印象を与えるものであった。マリウスにとってかろうじて幸いと云えたのは、そこにワン・イェン・リェンの姿がなかったことだけだったが、すでに誰かに買われて二階にいるという可能性も否めない。いずれにせよマリウスにとっては、どうしても抜けられぬ悪夢を見せられているような時間であったことに違いはない。

だが、そのなかでひとりだけ異彩を放つ娘がいた。十四、五人ほどもいた幼い娼婦のなかで、その娘だけは阿片の煙管を手にしておらず、過度に淫らに媚びを売ることもなく、その黒い瞳には力強い光があったからだ。それでマリウスはその娘を選ぶことにした。それがタオだったというわけだ。

むろん、マリウスがタオを選んだのは、彼女を抱いてみたいと思ったからではない。彼がなによりも求めていたのは闇妓楼の情報であったし、ワン・イェン・リェンの消息であったからだ。それでしっかりとした娘を選び、個室でいろいろと話を聞き出そうと考えていたのだ。となれば、阿片に溺れている娘を選ぶわけにはいかない。そういう意味では、タオに出会うことができたことは、マリウスにとって僥倖《ぎょうこう》であったと云えるかもしれぬ。

（さて、どうするかな……）

タオを連れて二階の個室に入るなり、マリウスは枕もとに大きな水差しがおかれた広いベッドに腰かけたまま、しばし考えた。タオは隅のほうでなかなか手際よく、酒の用意をしている。

（いきなり、ワン・イェン・リェンのことを聞くわけにもいかないしな。この娘に不審に思われるだろうし、下手したら闇妓楼のやつらに通報されないともかぎらない）

（とにかく、この娘を怖がらせないように、そしてできればぼくのことを信用させるようにしないと……）

（となれば、まずは、この娘の身の上あたりから聞いてみるかな……）

「――ねえ、お兄さん、脱がないの？」

すっかり考えにふけっていたマリウスは、娘の声にはっとして顔をあげた。みれば、タオはテーブルに酒の支度をきれいに整えていた。しかも羽織りも薄もののパンツもすでに脱ぎ、細い小さな下帯も外してしまい、飾り物をのぞけばまったくの素裸になってしまっていた。ようやく女であることを主張しはじめた小ぶりな乳房が細かく揺れる。

マリウスは慌てた。

「あ、あ、ちょっと待って。いや、そんな、脱がないで」

「――え？」

娘は驚いたようだった。

「あ、もしかしてお兄さんがあたいのこと、脱がせたかった――？」

「いや、そうじゃなくて」

いぶかしむ娘に、マリウスは手に丸めて持っていた神官のマントをとっさに放った。

「それ、それをちょっと着ててよ」

「――へんなひと」

タオはうろんげにマリウスを見つめながらも、すなおにマントを羽織って体を隠した。

「いろんなひとの相手をしてきたけれど、脱ぐなだの、服を着てろだのっていわれたのは初めてだわ」

「…………」

「ま、いいけど。とにかく高いお金を払ったのはお兄さんなんだから、今晩はあたいのこと、どうにでも好きにすればいいんだけどさ」

タオはふふん、と笑いながら歩いてくると、マリウスの隣にぽすりと座った。

「で、どうすればいいの？　まずはお酒？　それともキスから？　それとも――」

「あ、いや」

マリウスは、さわさわと太腿に伸びてきたタオの手から慌てて身をよけながら云った。

「まずはちょっと話をしようよ。というか、聞きたいことがあるんだ」

「あら」

タオは少し警戒したようだった。

「なによ。他のお客さんのことなんかは話せないわよ。絶対の秘密なんだから」

「いや、そうじゃなくて……」

マリウスは軽くつばを飲みこんだ。

「そういうことじゃなくて……ちょっときみのことが知りたくてさ。きみみたいなきれいな娘が、こんなところにいるなんて思わなかったから……」

「まあ」

タオは微笑んだ。

「ありがと、お兄さん。きれいだなんて」

「きみ、名前はタオっていったっけ」

「そうよ」

「タオ、どうしてきみはここで働くようになったの？」

「どうしても、こうしても」

タオは苦笑した。

「そんなのお金のためだわ。決まってるじゃない。うちは貧乏だったからさ。親はタイスの下町で商売やってたんだけれど失敗してね。このままじゃぼろ家もたたき出されちゃうってときに、めざとくも女衒《ぜげん》が訪ねてきたのよ。あたいを売らないかってね。それでまあ、親きょうだいを助けるためにここに来たってわけ。ふた月くらい前かな」

「――イヤだったんじゃないの」

「ううん、そうでもないかな。あたいのおばあちゃん、若いころに遊女だったんだよね。

で、苦労はしたたし、体もきつかったらしいけど、それでもひもじい思いをすることはなかったって聞いてたから、それならそんなに遊女も悪くないのかな、と思ってたし。あたい、うちにいるときはいつもお腹をすかせてたからね。ま、まだ十四のあたいがいきなり客をとらされるとは思ってなかったから、ちょっと驚いたけど、それなりに覚悟はできてたし。生娘《きむすめ》ってわけでもなかったしね」

「え、そうなの？」

「そりゃそうよ。あたい、タイスっ子だもの。特に下町じゃあ、そんなの子供どうしのちょっと気持ちいい遊びみたいなものよ」

「うーん……」

マリウスはうなった。彼は快楽の都タイスの性へのおおらかさを改めて思いしらされたような気分だった。思えば西タイスのヨー・ハンの息子にまもなく嫁ぐというリー・メイも、まだタオと同じ十四だったのである。ミロク教徒の家ゆえ貞節は守っているだろうが、それにしても早い。しかもヨー・ハンとてミロク教徒の身でありながら、遊女であるジャスミンのもとへ通っているのだ。もっとも、ジャスミン以外の遊女には目もくれないというところが彼なりの貞節ではあるのかもしれないが、それとてタイスのミロク教徒ならではの論理なのではないか、という気はする。

「そういえば、きみは阿片はやらないんだね。他の娘はみなやってたのに」

「あたいはね。おばあちゃんのいいつけでね。おばあちゃんは、遊廓で阿片のおそろしさをいやというほどみてきたっていうからさ。まあ、正直にいえば吸ってみたくなるときもあるんだけど。やっぱり、この仕事ってたいくつだから。外にも出られないし。まわりからイヤというほど阿片の匂いはただよってくるし。でもまあ、いまのところは我慢してる」

「へえ、えらいもんだね」

マリウスは本気で感心した。この娘は思った以上にしっかりしたところがある。

「ところで、他の娘たちもきみと同じような感じなのかな。ここに連れてこられたきっかけっていうのは」

「だいたいそうじゃないのかな。といっても、他の娘と顔をあわせるのは食事を取りにいくときくらいだから、あまり詳しくは知らないけど。でもタイス生まれって子には会ったことない。たいがいはクムのどっかの田舎から来たみたい」

「みな女衒に連れられてきたのかな」

「そうじゃない？　よく知らないけど」

「ふうん……」

マリウスは少し考えた。

「でも、たとえばさ、むりやり掠われたって子はいないのかな。こういうところだとありそうな話だけれど」

「さらわれた子？」

タオは小さく首をかしげた。

「さらわれた子ねえ。あたい、そんなに他の娘たちと話をしないから、よくわからないんだよね……ああ、でも、だまされたって子はいたかな。ほんとは他のもっと大きな妓楼にいくはずだったのにっていう子は」

「だまされた？」

「うん。ほんとは西の廓に行って見習いやるはずだったのに、いつのまにかこっちに連れてこられてたって子はいた。ま、あたいもいきなり客をとらされるとは聞いてなかったから、だまされたっていえばそうなんだけど。でも、そんな子のなかには、しばらく地下の牢屋みたいなところに閉じこめられて怖かったって子もいた。こんなの聞いてない、話が違う、って騒いだら閉じこめられたって。それこそ泣いて謝っても、しばらくはろくにご飯ももらえなくて辛かったみたい」

「牢屋」

マリウスは考えながら云った。

「ここの地下に牢屋があるってこと」

「たぶんね。そうみたい」

「ちなみにさ。ここ何日かに新しい娘は入ったのかな」

「入ってないと思う。ていうか、あたいがここに来てからは入ってないかな」

「きみがここに来たのはふた月前だったっけ」

「そう。だいたいね」

「そうか……」

マリウスは少々意外な思いにとらわれていた。ふた月前といえば、西の廓で遊女見習いの神隠しがはじまってまもなくのころである。実際、タオの言葉が本当ならば、掠われた遊女見習いは闇妓楼にきていないことになる。マリウスが娘たちの部屋をまわっていたときも、それらしき娘はみあたらなかったのだ。先ほどの地下の牢屋の話が気になるが、それほど長い間、娘たちを牢屋に閉じこめているとも思えない。

（ということは、彼女たちを掠ったのは闇妓楼ではないのだろうか――？）

（とても考えられないけれど、タオの話を聞く限りではそうとしか思えない）

（でも、だとしたら、いったい誰が……もしかしたら）

もしかしたら、自分はとんでもない見当違いをしているのではないか――

そんな思いがマリウスを捉えはじめていた。

（もし掠ったのが闇妓楼でないとしたら……チェン・リーが云ってたタイス伯とか――

――？）

（ただ、タイス伯と西の廓の確執は二十年も前から続いているというし……それなのに、いまさらこんなことをタイス伯がやるんだろうか）

（でも……楼主が殺された件もあるしな……あれも関係してくるとなると――あっ、そうか！）

マリウスははっとした。

（そもそも、闇妓楼だってひとつだけとはかぎらないじゃないか）

（もし、ここの他にも闇妓楼があるとしたら……）

（やっぱり、ぼくはとんでもない間違いを犯しているのだろうか――？）

「――ねえ、お兄さん」

（どうする？　どうする、マリウス）

「――ねえ、お兄さんってば」

（いったい、どこを……）

「お兄さん、いったいどうしたの？　だいじょうぶ？」

「――えっ？」

いぶかしげに問うタオの声に、マリウスはようやく我にかえった。

「あ、ごめん。ちょっと考えごとを――」

「お兄さん。なんだかへんだよ。具合でも悪いの？」

「いや、そういうわけじゃないんだけれど……」

「ねえ、あたいとしないの？　せっかく高いお金、払ったんでしょう？」

「そ、そうなんだけど……」

マリウスはまた小さくつばを飲みこんだ。

「なんていうか、いざとなったら緊張してしまってね……」

「なあんだ」

タオはほっとしたように微笑んだ。

「あたい、もしかしてお兄さんの好みじゃなかったのかなって思っちゃった。それなら、あたいがちゃんとできるようにしてあげる。――ほら、お兄さんも脱いで」

いうなり、タオは立ちあがり、マントを脱ごうとした。マリウスはまた慌ててとめた。

「だめだよ！　タオ。脱がないで！」

「…………」

マントを脱ぐ手をとめたタオの表情にみるみる不信がつのってゆく。マリウスは困って下唇を噛んだ。

（まいったな……）

このままタオを抱くしかないのだろうか――

だが、ほんの子供のような娘を抱きたいとはどうしても思えないし、抱けるかどうかもわからない。もし無理してでも抱いてしまえば――しかも、結果的に金で買って抱くことになってしまっては、マリウスとて他の客と同じ畜生の道に落ちたも同然だ。

（どうするかな……）

（いっそ、このまま、この娘を気に入らなかったことにして帰ってしまおうか……）

と、マリウスが思案していたときだった。

「――あのさ、お兄さん」

タオが云いながらマリウスの前に回りこみ、しゃがみこんで見あげるようにマリウスを見つめた。その真剣な黒い瞳にぼんぼりの紅いあかりが映っている。

「あの、違ってたらごめんだけど……もしかしてお兄さん、誰かを探してるんじゃない？」

「――――！」

マリウスはぎくりとしてタオを見つめた。そんなマリウスの様子を見て、タオはちいさくため息をついた。

「やっぱり……なんかへんだと思った」

「………」

「お兄さん、ずっと話ばっかりしてるじゃない？　お酒さえ飲まずに。そんなひと、これまでひとりもいなかったからさ。みんな、あたいを二階に連れこむなり、目の色ぎらぎらさせて、鼻息荒くしてきたのに、お兄さんはぜんぜん違うし。——最初はさ、ああ、あたいのことに興味もってくれてんのかな、と思ったけど。途中からだんだん他の娘のはなしになるしさ。あげくに牢屋だの、さらわれた子はいないかだの、新しい子は入ったかだの聞かれれば、いくらあたいだってなんとなく察しはつくよね。おまけにあたいの裸さえみようとしないんだもの」

「——ごめん」

マリウスは忸怩《じくじ》たる思いだった。タオは意外にも聡明な娘のようだが、それにしてもわずか十四の娘に、これほどにあっさりと自分の意図を見破られてしまうようでは、つくづく自分には密偵は向いていないのだ、と思わざるをえない。こういうときに当たり前にタオを抱いてしまえるような者でなければ——そう、あのときにミアイルをあっさりと殺してしまえるような冷酷無比な者でなければ、密偵などつとまるわけがないのだ。だが、それができないからこそぼくなのだ——とマリウスは思った。

「ごめん、わるかった」

「別にあやまることはないけど……でも、ほんとにあたいのこと抱かないの？　あたい、けっこう床には自信があるのよ」

「ああ」

マリウスは腹を決めた。

「うん、ごめん。きみを抱く気はないよ」

「やっぱり、あたいが好みじゃないから？」

「違うよ、タオ」

マリウスはきっぱりと云った。

「逆だよ。きみはとっても魅力的な娘だ。最初にきみを選んだときに思ったよりもずっと。とてもきれいだし、とても聡明だし、とても落ちついているし——。でも、ぼくはまだ十四にしかならない娘さんを抱きたいとは思わないし、抱こうとも思わない。ましてや金で買って抱こうとはね。それだけのことさ」

「——じゃあさ」

タオはマリウスを不安げに見つめて云った。

「これからどうするの？　あたいを抱かないっていうなら」

「ああ、もう帰ろうと思う」

「え、もう？」

タオは目を丸くした。

「まだ、お兄さんが来てから一ザンも経ってないよ？　三点鐘さえまだなのに」

「でも、少しでも早く行かないと」

マリウスは立ちあがった。

「きみの話のおかげで、どうやらここにはぼくの探している娘はいないことが判ったからね。だったら、すぐにでも他を探さないといけない。だから一刻でも早く戻って――」

「――だめだよ！　そんなのだめ！」

タオはマリウスの袖をつかんで必死のようすで引き留めた。

「お願いだから、もう少しだけ、ここにいてよ。朝までとはいわない。せめて未明の五点鐘――ううん、真夜中の四点鐘がなるまででいいから……」

「どうしてだい、タオ」

「だって、こんなに早く、お兄さんを帰しちゃったら、あたい、ひどく折檻《せっかん》されちゃう。お前は客のひとりもろくに立たせられないのかって……。もっと真面目に床をつとめろ、客を飽きさせたら駄目だ、客に離れられたらどうする、って」

「ああ……」

マリウスはまたしても恥じ入りたい気分になった。

「そうか。そうだよね」

「うん。おっかないんだよ、ここの主は。すごく細くて、髪が長くて、遠目にはいい男っぽくみえるんだけど、いっつも不気味な仮面をつけていて、鞭《むち》が得意で――」

「細身で長髪……？」

その言葉を耳にして、マリウスの脳裏に疑念がわいた。廟でワン・イェン・リェンをさらおうとした男――目下のところ、ワン・イェン・リェンの行方を探る最大の手がかりであろう男が非常に細身で、しかも長髪だったからだ。タオは続けた。

「お客さんをしくじった娘は、それこそ地下かどっかに連れていかれて折檻されちゃうんだ。なかには、そのまま帰ってこない娘もいるのよ。このあいだも、ちゃんということ聞かずにお客さんの子を孕《はら》んじゃった娘がどこかに連れていかれて、そのまま……」

「孕んじゃった娘、だって？」

マリウスははっとしてタオをみた。

「それって、モイラって娘じゃない？」

「そうよ」

タオは驚いたようだった。

「モイラよ。もしかして、お兄さんが探してるのってモイラのこと？」

「いや、そうじゃないんだけど……そうか……」

モイラは先日、あの惨劇の夜に堀に浮かんでいるのが見つかった気の毒な娘だ。モイラがいなくなったのは二年前のことで、このところの神隠しにあった娘ではないが、やはり西の廓から行方知れずになった娘であることに違いはない。その娘がこの闇妓楼にいたとなれば、この闇妓楼を神隠しとは無関係であると断ずるのは尚早《しょうそう》であるかもしれぬ。ましてや、仮にタオが云った妓楼の主——細身で長髪だという男がワン・イェン・リェンをさらおうとした男であったとしたら、ふたたびこの闇妓楼と神隠しとの関係を疑わざるをえない。

「——タオ。ここの主はいつもこの妓楼にいるの？」

「夜はね。遅くとも、いつも真夜中すぎくらいには戻ってきてるみたい。そのころになると、よく若い衆が叱られる声が聞こえてくるから」

「そう」

マリウスはしばし思案した。そうだとすれば、ここの主の正体を確認してから闇妓楼をあとにしても遅くはないだろう。

「わかった、タオ。もう少しここにいることにするよ」

「ほんと？」

タオの顔がぱっとほころび、マリウスに飛びつくと、頬にキスをした。

「よかった。ありがと」

「でも、きみのことは抱かないからね」

「いいわよ、もちろん」

タオは妙に嬉しそうにマリウスの隣に腰かけ、ぴったりと体を寄せて腕にしがみついた。そのうなじから東方風の香水の匂いがただよってくる。

「あたいね、いっつも威張りくさった貴族とか、でぶでえらそうな商人とかの相手ばっかりさせられてたから、今日はお兄さんみたいにきれいなひとが選んでくれて、嬉しかったんだ。思ったとおり、お兄さん、すごく優しいし。えっちなことなんかなしで、こうして恋人みたいに、ただくっついていられるのもなんだか懐かしくて嬉しい」

「タオ……」

「ねえ、お兄さんが探してるのって、どんなひと？　絶対に誰にもいわないから教えてよ」

「ああ」

マリウスは少しためらいながら嘘をついた。

「ぼくの妹なんだ。年の離れた妹。まだ十二でね」

「さらわれたの？」

「――うん」

「そう……妹か……いいな」

タオは少し寂しそうだった。

「あたいにもお兄ちゃんがいるんだ。四つ上のお兄ちゃんが。あたいが女衒《ぜげん》に買われたとき、家族でたったひとり反対してくれたのがお兄ちゃんだった。親とものすごい大げんかになって……けっきょく買われることに決まったときも、いつか必ず助けてやる、って云ってくれて。——もちろん、そんなこと、貧乏な家族には無理だって判ってるけど、でもいつかもしかしたら、ってあたいも……」

　タオの瞳に涙が浮かんだ。マリウスはだまってそっとタオを抱き寄せた。タオはすなおにマリウスの腕のなかにおさまり、その胸に顔をうずめた。やがてそこから、小さな嗚咽《おえつ》が漏れはじめた。マリウスは少女の髪を優しくなでた。タオは顔をうずめたまま泣き声で云った。

「お兄さん、名前はなんていうの？」

「マリウス」

「マリウスさん、か。——思ったとおり、優しそうな名前」

「そうかな」

「うん」

　タオは小さくうなずいた。

「——あたい、さっきはあんな強がりいっちゃったけど、やっぱり、ほんとうはこんな仕事はイヤ。まだたった二ヵ月だけど、もう辛くてたまらないし、怖いし、寂しいし……きっとあたいもいつかモイラみたいになにかでしくじるんだろうな……ここから生きてでられることなんかないかもしれないな、って思っちゃうし——」

「………」

「あたい、おばあちゃんに会いたい。おかあちゃんにも、おとうちゃんにも、おにいちゃんにも、もういちどだけでいいから会いたい。あたい、やっぱり寂しいよ……もうこんなところに閉じこめられているのはイヤだよ……」

この娘もまだ、たったの十四なんだ——

激しくしゃくりあげはじめた少女をそっと抱いて慰めながら、マリウスは改めて思っていた。タオでさえ——まるで大人の娼婦のように堂々とふるまい、思いがけぬ聡明さまでものぞかせるタオでさえ、ほんとうはまだ、親や家族の庇護を求めて泣きさけぶ小さな少女にすぎないのだ、と。

そして十四といえば先日、彼の目の前で暗殺されてしまった公子ミアイルと同い年なのだ。あのおとなしかった少年との美しい日々が、またマリウスの脳裏を鮮やかによぎる。十四歳の魂というのは、なんと孤独で、繊細で、傷つきやすいものなのだろう——泣き続ける少女をあやしながら、マリウスは感傷にひたっていた。

（ぼくがタオくらいの年のころはなにをしていただろう——ナリスと一緒にカリナエとマルガの離宮を行き来していたころ……）

（——そうだ、マルガの湖ではじめて祖父に出会ったのが、たしか十三のときだった……）

（あのとき、ぼくは……）

亡き母エリサの父である祖父エリアスは、毎年夏になるとマルガを訪れ、父母を失い、腹違いの兄ナリスとともにマルガの離宮で過ごしていたディーン王子をひっそりと見守ってくれていたのだった。もっともディーンはそれを祖父とは知らず、ただ《魚じいさん》と呼んで慕っていた。エリアスが祖父であったことを彼が知ったのは、それから何年もあと——彼が十七でクリスタルを出奔した後のことであった。その際、マリウスは祖父が彼と出会った翌年に不慮の事故で亡くなったことを知った。そして祖母もとうに亡くなり、彼にとっては伯母にあたるエリサの姉一家もちりぢりとなってすでにクリスタルを去っていたことを知ったのだった。

（あのとき——十三歳のぼくはとても孤独で、寂しくて、世界から見はなされたような気がしていたけれど、そうではないのだと教えてくれたのが祖父だった……）

（そう、いまになって判る。祖父の言葉は正しかった。だってタオやミアイルさまと比べたら——そしていまだ辺境で行方知れずのリンダやレムスと比べたら、ぼくはどれほど恵まれていたことか）

（だから、ぼくは救いたい。この孤独に震える小さな魂たちを。ワン・イェン・リェンも、タオも、この世のすべての寂しい子供たちを、ぼくはミアイルさまの分まで救いたいのだ）

（ああ、ぼくにもっともっと力があれば、このタオだっていますぐにでも……）

「――ねえ、お兄さん」

「なんだい？」

「なにか、話をしてくれない？　お兄さんのこと……その、探してる妹のことでも、お兄さんが子供のころのことでも、なんでもいいから……」

「――わかった」

マリウスはタオを胸に抱いたまま、あやすように静かに話しはじめた。自分がまだ幼かった日の母の思い出を。タオは彼の胸に顔をうずめるようにして、じっと話に耳を傾けているようだった。マリウスは、タオの頭のてっぺんにそっと優しくキスをした。いまのマリウスの心には、タオのような哀しみを抱えたすべての子供たち――その孤独で傷ついた魂たちへの愛しさだけがあふれていたのだった。


「――さま、今夜もお楽しみいただけましたか」

かすかに耳に飛び込んできたその声に、マリウスははっとして身を起こした。

話を聞きながら眠ってしまったタオをベッドに寝かせ、見守りながら添い寝しているうちに、いつしかマリウスもうとうとと夢とうつつの狭間に落ちてしまっていたらしい。

あれからどのくらいの時間が経ってしまったのかは判らないが、とうに四点鐘が鳴ったのは覚えている。丸窓の外はまだ暗く、夜の明ける気配はみじんもない。廊下からは変わらず阿片と黒蓮の匂いが忍びこみ、幼い娼婦たちの嬌声や男どもの満足げな声が聞こえてくる。だが、そのなかに紛れて届いてきたその声を、マリウスの鋭い耳は聞き逃さなかったのだ。

（あの声――！）

マリウスは飛び起きると、急いで部屋の扉に駆けより、隙間に耳を押しつけた。

「――お兄さん、どうしたの？」

マリウスの気配に目を覚ましたタオが問いかけてきたが、マリウスはそれを身振りで制し、全神経を耳に集中させた。聡明なタオは察しよく、そのまま黙ってマリウスのようすを見守っている。

マリウスを目覚めさせた声――どうやら上客を見送っているらしい男の声は、いかにも機嫌よさげにさかんに愛想を云っている。おそらくは階下の廊下で話しているのか、やや声は遠いが、それでもはっきりと聞こえてくる。マリウスが選んだ部屋は階段にもっとも近い部屋で、意図したわけではなかったが、どうやらそれが幸いした。もし遠い部屋を選んでいたら、さすがのマリウスも声に気づかなかっただろう。

「――タオ」

しばらく男の声に耳を傾けてから、マリウスはタオをそっと手招きした。

「ちょっときて」

「なあに？」

いぶかしげに近づいてきたタオにマリウスは尋ねた。

「タオ、あの声——いま客としゃべってる男の声、聞こえる？」

「うん」

「あれは誰？」

「ああ、あれが主よ、ここの」

「細身で長髪だっていう男だね。間違いない？」

「うん、もちろん。聞き間違えようがないもの」

「名はわかる？」

「うん。エウリュピデスさま」

「そうか……」

マリウスの動悸がわずかに早くなった。その声を何度も繰り返し、自らの記憶と照らし合わせて確かめる。

（——間違いない）

マリウスはついに確信した。

（あの男の声だ。あの、ワン・イェン・リェンをさらおうとした男の声に違いない）

（あの細身で、長髪で、ダンサーのようにしなやかだった、あの男の——）

（ということは……）

やはり、この闇妓楼がワン・イェン・リェンの失踪にからんでいる可能性が高いということだ。

「タオ」

マリウスはタオの顔を見つめて云った。

「ぼくはそろそろ行かないといけない」

「……そう」

タオの顔が曇った。

「もういっちゃうの」

「うん。とにかく早く妹を見つけたいんだ。もう四点鐘が鳴ってからだいぶ経つから、だいじょうぶだよね」

「そうだけど……でも」

「ん？　どうした？」

「でも、まだあぶないよ？　この時間だと、けっこう物騒だっていうよ、このあたりも。もう少し、待ってからのほうがいいんじゃない？」

「だいじょうぶだよ」

マリウスは笑った。

「ぼくだって、けっこう旅慣れているからね。そういうのは心得てるさ」

「でも……」

タオはじっとうつむいて考えていたが、やがてマリウスの袖をそっと引いて云った。

「――やっぱり、やだ」

「え？」

「まだ、いっちゃやだ」

「タオ？」

「――やだ……やだ……やだっ！　いっちゃやだっ！」

タオはやにわに叫ぶなり、マリウスにしがみついた。

「やだよぉ。おねがい。まだいかないで、おねがい……」

「タオ――？」

「おねがい、あたいをひとりにしないで。もう少しだけ一緒にいてよ、おねがい！」

「タオ！」

「あたい、あの部屋に戻るのが怖い。阿片の煙のなかでひとりで閉じこめられて、夜になったらまたヘンな親爺の相手させられて……そんなのもうイヤだよ……だから、もう少しだけでいいから……」

「タオ……」

マリウスは困惑した。

「でも、タオ。一緒にいるっていっても、ぼくはせいぜい朝までしかいられないんだよ？」

「わかってる、そんなこと。でも、少しだけ、ね、おねがい……」

「だめだよ」

マリウスはしがみついてくるタオを引き離そうとした。

「さっきもいっただろう？　ぼくはもういかないと。だって、早く妹を……」

「わかってるけど、でも……」

「タオ、困らせないでよ」

「――もし、どうしてもいっちゃうっていうんなら」

タオはきっとしてマリウスを見あげた。

「あたい、いうから。お兄さんがあたいを抱きにきたんじゃないって。妹を探しにきたんだって。闇妓楼から妹を取り戻しにきたんだって、ここの主にいっちゃうから！」

「タオ！」

「それがいやなら、ここにいて。おねがい。ね、朝まででいいから。なんでもするから。あたいにできることは、なんでもしてあげるから……」

云いながらマントを脱ごうとするタオを、マリウスは慌てて止めて云った。

「タオ。駄目だって。そもそも、ぼくはきみを抱く気はないんだ」

「じゃあ、どうすればここにいてくれるの？」

タオの目から涙があふれだした。

「あたい、お兄さんにしてあげられることって、こんなことしかないんだもの」

「タオ……」

マリウスは困惑し、しばし思案した。

「――わかった。じゃあ、こうしよう」

マリウスは片膝をつき、タオの顔をまっすぐ見つめた。

「いまはぼくは行くけれど、必ずまたくる。すぐに戻ってくる。きみを助けにね。約束する」

「――え？」

「実はぼくはひとりじゃない。仲間がいるんだ。この闇妓楼を探っている仲間が。闇妓楼のことを許せないと思っている仲間が。その仲間といっしょに、必ずぼくはきみを助けにくる。だから、お願いだ。いまはぼくをいかせてくれ。必ず戻ってくるから……」

「嘘よ」

タオはふくれてそっぽを向いた。

「そんなの絶対にうそ。そんなのでだまされるわけないでしょう。あたいのこと、子供だと思って……」

「そんなことないよ！　ぼくは必ず……」

「じゃあ、証拠を見せて。必ず戻ってきてくれるっていう証拠を」

「証拠って……」

「——そのペンダント」

タオはマリウスの胸もとを指さした。

「そのペンダントをちょうだい」

「え？」

マリウスはぎくりとして胸もとに下がっているペンダントを抑えた。

「これを？」

「それ、お兄さんの大事なものなんでしょ？　死んだお母さんのたったひとつの形見だって、いってたじゃない。それをあたいにちょうだい」

「いや、これは、あげられないよ」

決然として手を差し出すタオから、マリウスは思わず後ずさりした。

「だって、これは……」

「それをくれないなら信じない。あたいのとこになんか戻ってこないにきまってる」

「でも、タオ。このペンダントをもらって、どうするの？　きみにはなんの価値もないものだろう？」

「もちろん、あとでちゃんと返すよ。お兄さんがほんとうに戻ってきて、ほんとうにあたいのことを助けてくれたら」

「いや、だけど……」

「お兄さんがちゃんと約束を守ってくれたら、あたいだってちゃんと約束を守るよ。それだけのこと。だから、ほんとうに約束を守る気があるなら、それをあたいにちょうだい」

「…………」

マリウスはしばし唇を噛んで思案した。そしてついに決断し、ペンダントを首から外し、タオに差し出した。

「わかったよ、タオ。これはきみにあずけておく。これでいいかい？」

「え、いいの？」

タオは驚いたようにマリウスをみつめた。おそらく、マリウスが彼女の無茶な申し出に応じるとは思っていなかったのだろう。タオはまるで怯えているかのように、おずおずと云った。

「ほんとうに――？　それ、大事なものなんでしょう？」

「大事だよ。だけど、いまはもっと大事なものがある」

「――それが妹だってこと」

「もちろん、妹もそうだけど」

マリウスは微笑んでいった。

「きみもそうだよ。タオ。ぼくにとってはペンダントよりもきみが大事だ」

「また、そんなこと……」

タオはきっとしてマリウスをにらんだ。

「うそばっかり。そんなわけあるはずない。調子のいい嘘だわ」

「うそじゃないって」

マリウスはここぞとばかりに力説した。

「ほんとうだって。いっただろう？　きみはとても魅力的だって。きみのようにきれいで、聡明で、意志の強い子はなかなかみたことがないよ。きみをはじめて見たときから、きみは何かが違っていた。もし、きみが十四でなければ――もっと大人だったら、ぼくはきっと……だからさ」

マリウスは、タオの涙を指でそっとぬぐった。

「ぼくが救いたいのは妹だけじゃない。きみたちのようなひどい目にあっている子供たちをみんな救いたいんだ。妹も、きみも、他の子たちも、みな。それがぼくがかつてむざむざと死なせてしまった子への罪滅ぼしだとも思ってる」

「――死なせてしまった子、って」

「ぼくが弟のように可愛がっていた子さ。まだ、きみと同じ十四歳だった。でも、ぼくはその子を――なによりも大事に思っていた子を、ぼくの目の前でむざむざと死なせてしまった。そういうことは、ぼくはもう二度とごめんなんだ」

「そう……」

「ぼくは必ず戻ってくる。妹を助けて、そして戻ってくる。きみを助けに。闇妓楼を潰しに。だからそれまで、そのペンダントを大事にあずかっておいて。大事に、大事にだよ。それ、ぼくのたったひとつの宝物なんだから」

「――ほんとうに？」

タオはおずおずと云った。

「ほんとうに、あたいのことを助けてくれる――？」

「ああ、約束する」

「――わかった」

タオはペンダントを両手で包み、抱きしめるようにしてうなずいた。

「信じるわ、お兄さん。そして待ってる。必ず、あたいのことを助けてね」

「もちろん。妹もきみも取りかえしてみせる。そして――」

マリウスはいたずらっぽく笑った。

「そのペンダントもね」

「あら」

それを聞いてタオもくすりと笑った。マリウスはその額にそっとキスをした。

「やあ、ようやく笑ったね。——じゃあ、タオ。いくよ」

「うん」

マリウスは急いでタオに着替えさせ、自らはマントを羽織ると、タオの肩を抱いて部屋を出た。いちおう階下をうかがって、例の男の気配が消えているのを確かめてから、一階に降りてゆく。

階段の下にある控えの部屋では、遣り手のタン婆が待っていた。タン婆はマリウスたちをみると、にやりと笑って声をかけた。

「おや、兄さん。はやいね。もうお帰りかい。その娘はお気に召さなかったのかい」

「そんなことはないよ」

マリウスはにこりと笑ってみせた。

「とてもよかった。いいね、この娘は。あんまり具合がいいもんだから、もうなんどもなんどもしちゃってさ。すっかり大満足さ」

「へえ、どのくらいしたんだい」

にやにやと聞いてくるタン婆に、マリウスは黙って片手をひろげて見せた。タン婆は目を丸くした。

「そりゃすごいね、兄さん。あんた、見かけによらず強いんだねえ」

「まあね」

「でも、せっかくだから、朝までいりゃあいいのに」

「さすがにもうもたないよ」

マリウスは笑って腰をこぶしで軽くたたいてみせた。

「朝までいようものなら、この娘になにもかもしぼりとられちゃうよ。だって、なんどしたって、もっともっとって放してくれないんだから」

「おや、そうかい。――タオ、お疲れさん。あんたも若い兄さん相手ではりきったんだろうね」

「…………」

タン婆の声に、タオは少し頬を赤らめ、マリウスをちらりとにらんでからうつむいた。

タン婆は笑った。

「おやおや、なんだか今夜はあんたも初々しいね。――さて、それじゃあタオ、玄関までお見送りしておいで」

「――はい」

マリウスは、タオに見送られて玄関を出た。最後に振りかえり、タオにそっと手を振った。タオも小さく微笑んで手を振りかえしてきた。その少し寂しげな笑顔を、これから幾度となく思いかえすことになるとは、むろんマリウスはまだ知るよしもなかった。

かくしてマリウスは、ふたたび車上の人となったのであった。

2

人力車は泥をはねながら、もはや深更も過ぎた東の廓の狭い路地を進んでゆく。周囲の喧噪はいまだやまず、街に染みついた阿片の匂いも相変わらず濃い。だが、さすがに人通りはめっきりと減ったようで、路地そのものはほぼ静まりかえっていた。もっとも目隠しをされたマリウスには、そのようすを見ることはできぬ。ただ匂いと音を気配として感じるだけだ。

マリウスは人力車に揺られながら思いを巡らせていた。

（結局――）

（闇妓楼が確かにあることは判った。けれどワン・イェン・リェンも、他の神隠しの娘たちもどうやらいない――少なくとも客をとらされてはいないようだ）

（でも、気の毒なモイラはやはり闇妓楼にいた娘で、その主はイェン・リェンをさらおうとした男に間違いない。やはり闇妓楼がイェン・リェンの失踪にからんでいる可能性

は高い）

（となると、気になるのは地下牢だな。イェン・リェンが行方知れずになったのが五日前――となれば、まだ地下牢に閉じこめられていることも十分にありうる）

人力車は曲がりくねった道を進んでゆく。マリウスはなおも考えた。

（だから、まずは地下牢を探さなければならない。

（そもそも、仲間の尾行は上手くいったんだろうか？　もし失敗していたら、またいちからやりなおさなければならなくなる）

（とにかく、まずはチェン・リーに連絡しないと……）

と、マリウスが思ったときだった。

「――あっ！　なんだ、おめえたちは！」

突然、車夫が叫び、人力車がつんのめるように止まった。マリウスは危うく転げ落ちそうになり、あわてて車にしがみついた。すると、まわりから泥を激しくはねちらかす足音がいくつも聞こえ、人力車を取り囲む気配がした。

（――えっ？）

マリウスはあわててフードをはねのけ、急いで目隠しをむしり取ろうとした。だが、頭にぴったりとはめられた目隠しは、どういう仕組みかなかなか取ることができない。悪戦苦闘のすえにようやく目隠しが外れたとき、その目に飛び込んできたのは、人力車を囲む三人の覆面男と、怯える車夫の姿だった。

（――しまった！　強盗か！）

マリウスの背筋を冷たいものが流れた。つい気持ちが焦るばかりに、タオの懇願を振り切って闇妓楼を出てきてしまったが、確かに彼女の云うとおり、こんな時間にこんな路地を人力車に乗って走っている客など、悪者にしてみれば格好のカモには違いないのだ。めったに起こることではないと高をくくっていたが、やっぱり朝まで待つべきだったか――とマリウスは臍《ほぞ》を噛んだがもう遅い。

覆面男たちはみな屈強な体つきで、いずれも短刀を手にかまえていた。そのひとりが車夫に刃をちらつかせて云った。

「お前は行っていい。だが、このことは誰にもしゃべるなよ。しゃべったらどうなるか、判っているな」

「………………」

車夫はがくがくと震えながらうなずくと、マリウスと人力車を置き去りにして一目散に逃げていった。マリウスは人力車のすみに縮こまった。すばやくあたりを見まわしたが、むろん、武器になりそうなものはなにもない。

「おい、お前。降りてこい」

先ほど車夫を逃がした男が、マリウスに向かって云った。どうやら、この男が首領格らしい。

「——金か？」

マリウスはおそるおそる人力車を降りながら云った。頭のなかで残りの金を勘定する。

あと七、八ランほどは残っているはずだ。惜しいが、むろん命には替えられぬ。

「金なんだろう？　金なら全部やる。だから——」

「むろん、金もありがたくいただくが」

男は含み笑いをした。

「むしろ、用があるのはあんた自身のほうでね」

「——ぼくに？」

マリウスはどきりとした。

「いったいなんの用だ」

「さて。主の命令なもんでね」

「主——？　主って、まさか」

マリウスははっとした。

「まさか、闇妓楼の——？」

覆面男はなにも云わぬ。だが少し大きくなった含み笑いが、その推測の正しさを裏付けていた。マリウスは呆然とした。

(なぜ——? あいつ、ぼくのことを覚えていたのか?)

(やはりあのとき——廟で出会ったときに顔を見られていたのだろうか——でも)

(あの月明かりすらほとんどない闇のなかで——?)

むろん、その可能性を危惧していなかったわけではない。マリウスが男の姿を見ていた以上、男とてマリウスの姿を見ていたのは道理だからだ。だが、マリウスがあの男と対峙した夜は、あかりといえば雲に途切れがちな細い月の光しかない闇のなかだったのだ。しかも、あのときはマリウスが月を背にしていた。剣を交えたのはわずかな時間であったし、こちらの顔をはっきり見る余裕などなかったはずだ。

(それに、たとえ顔を覚えられていたとしても……)

マリウスとて警戒はしていたのだ。闇妓楼でも、部屋の外ではフードを深くかぶり、あの男とは顔を合わせないように十分に気をつけた。そこでも顔を見られていない自信はある。だから、自分の正体が見破られることはないと思ったのだが——

(タオが裏切ったのだろうか)

まさか——という思いにとらわれつつ、マリウスは云った。

「やっぱり、闇妓楼の主なんだろう」

「さてね。それはあんたが実際に主に会って確かめてくれよ」

覆面男がにやにやと云った。

「さ、手荒なことはしたくない。おとなしくついてきな」

「…………」

マリウスは唇をかみ、三方から迫ってくる男たちから離れるようにじりじりと後ずさりした。そしてさりげなく人力車の横にまわりこむと、やにわに男のひとりに向かって人力車を思いっきり突き倒した。

「あっ！」

不意を突かれた覆面男たちがひるみ、一瞬だけすきができた。その機を逃さず、マリウスは一目散に逃げ出した。

「おい、待て！」

覆面男たちがあわてて追いかけてくる。だがマリウスは、旅回りで鍛えた足には自信がある。しかも今夜はキタラも背負ってはいない。マリウスは邪魔なマントを脱ぎすてて、脇目も振らずに駆けた。案の定、覆面男たちはマリウスの足にはついてくることができず、その差はみるみるうちに開いてゆく。

（よし、これなら逃げ切れる――）

と、マリウスが思った瞬間だった。

「――あっ！」

ふいに足をぬかるみに取られ、彼は顔から激しく水たまりにつっこんだ。急いで立ちあがったが、目に泥水が入りこみ、開けることができぬ。そこに覆面男たちの足音があっという間に近づいてきた。

「てめえ、手こずらせやがって！」

覆面男の怒声が響き、マリウスの頬に強烈な拳が飛んだ。あごがずれ、かなくさい血の味が口のなかにみるみるひろがってゆく。マリウスはたまらず膝をついた。

「ごちゃごちゃいわねえで、ついてくりゃあいいんだよ！　おらあ！」

激しい衝撃とともに、硬い爪先がみぞおちに深く食い込んだ。肺から空気が押し出され、呼吸が詰まった。必死に息を吸おうとするが、のどがひぃひぃ鳴るばかりで空気が入ってこない。マリウスはうずくまって悶絶した。

「ほら、寝てんじゃねえよ！」

すかさず尻に容赦なく蹴りが飛んできた。尾骶《びてい》から電撃が走り、マリウスは顔から地面につっぷした。口中の血に泥が混じる。すると髪をつかまれ、強引に起こされた。そのまま腕をつかまれ、ずるずると地面を引きずられてゆく。

「ほら、立て！　立てっつってんだろうが！」

「痛い……痛いよ……やめてくれ……」

マリウスは苦しい息の下から必死に訴えた。

「痛い……わかった。行くから、頼む。離してくれ……」

「………………」

もはや男たちはなにも云わぬ。マリウスの髪を乱暴につかみ、腕をねじあげ、強引に引きずってゆく。

（ああ……）

マリウスは体を捻り、足をばたつかせて抵抗を試みた。だが、それはあまりにも弱々しく、湿った地面をつま先が叩くだけだった。

「おとなしくしとけや、ガキが！」

今度は脇腹が強烈な蹴りに押しつぶされた。肋《あばら》がいやな音をたててきしみ、またしても息が詰まる。マリウスは空気を求めて必死にあえいだ。だが、どんなにあえいでも、彼の肺はまったくふくらんではくれなかった。酸素を失ったマリウスの意識が急速に薄れてゆく。

（苦しい……息が……）

耐えかねて気を失いかけたマリウスを、誰かがまた強引に引き起こした――

その、瞬間。

「――ぐふっ！」

突然、誰かが走り寄る足音が聞こえたかと思うと、ぐしゃりとなにかを叩き潰す音がして、男のひとりがうめきながら地面に昏倒した。続いて、ばきり、ぼきりと骨が折れる音が響き、残るふたりの男も地面にたたきつけられた。マリウスの髪と腕がふいに自由になり、支えを失った彼はそのまま崩れ落ちた。が、地面にぶつかる寸前、誰かのたくましい腕が伸びてきてマリウスをしっかりと抱きとめた。そのままマリウスを座らせ、背中からぐっと活を入れる。肋が開き、空気がマリウスの肺を一気に満たした。

「だいじょうぶですか？　マリウスさん。すいません、遅くなって」

マリウスを支えている腕の持ち主が話しかけてきた。マリウスはこわごわと目を開いた。かすかな月明かりのなか、首が太く、がっしりとあごの張った見知らぬ若い男の顔が心配そうに彼を覗きこんでいた。

「きみは——？」

マリウスは咳きこみながら問うた。

「きみはいったい——」

「俺はホン・ガンっていいます」

若い男は神妙な面持ちで云った。

「ピュロス道場で見習剣闘士やってます。チェン・リーさんに頼まれて、マリウスさんのあとを追っていました」

「ああ、きみが……」

マリウスはほっと息をついた。

「よかった。ちゃんとついてきてくれてたんだね。ありがとう。助かったよ」

「ほんとはもっと近くにいなけりゃいけなかったんですけど」

ホン・ガンは少しばつが悪そうだった。

「途中でちょっと人力車を見失いかけたもんですから……立てますか？　マリウスさん」

「あ、ああ、うん。なんとか……」

マリウスはホン・ガンの手を借りて、ふらふらと立ちあがった。殴られ、蹴られたところは激しく痛むが、どうやら動くのにさほど支障はなさそうだ。そばには覆面男たちが意識を失って伸びていた。脇には木刀が落ちていた。それで男たちを瞬時にたたきのめしたのだろう。見事な腕前だった。

ようやく少し落ちついて、マリウスはあたりを見まわした。娼館の高い塀が左右に連なる路地で、幅は人力車がようやくすれ違えるかどうかというくらいである。たいした目印もないが、路地の突きあたりには大きな娼館がみえる。マリウスはホン・ガンに尋ねた。

「ここはどのあたりなんだろう」

「ちょうど」

ホン・ガンは持ちあわせた縄で、覆面男たちを手際よく縛りあげながら答えた。

「闇妓楼の裏手あたりですね」

「えっ？」

マリウスは驚いた。

「裏手？　ずいぶんと走ったように思ったけれど」

「ええ。車夫のやつ、だいぶ遠回りをしてましたからね。わざと同じところに戻ってみたり。用心深いもんですよ。こうして判ってしまえば、闇妓楼はどうってところのない場所にあったんですけどね。その突きあたりにみえる娼館は、《ボラボラ》亭っていう東の廓で一番の娼館なんですけど、そこから目と鼻の先なんですから。それにしても後をつけるのには苦労しましたよ。あやうく見失うところでしたけど、いやあ、危なかった」

「ほんとうによく見失わないでくれたよね。正直、難しいんじゃないかと思ってた」

「俺、土地勘があるんですよ、実は。東の廓で生まれ育ったんで。昔、わりとこの近くで父親が居酒屋やってたんですよね。それで俺がマリウスさんのあとをつけることになったんです。このへんの路地でも、ずいぶんと遊んだことがあったんですよ。たまたまですけど」

ホン・ガンが木刀を拾いあげながら屈託なく、白い歯をみせて笑った。

「とにかく間に合ってよかった。俺、この話を聞いたとき、絶対に手伝わせてくれって頼んだんです。前々から闇妓楼の噂は気にくわなかったし。ほんとうにそんなものがあるなら、自分の手で叩きつぶしたいと思ってたから。俺、ロイチョイ生まれですけど、ロイチョイのそういうところが昔からどうにも気に入らないんですよね。妹もふたりいますしね。うちのいまの道場主も、闇妓楼にはものすごく腹立ててましてね。道場主には、十三になる娘さんがいるから、やっぱり人ごとじゃないんでしょうね。だから、俺が志願したら、ぜひ手伝ってやれって後押ししてくれたんですよ。でも、あぶなかったなあ。もし、マリウスさんがやられちまってたら、自分で志願しておいて、なにやってんだ、ってところだった。——あれ、口から血が出てますね」

ホン・ガンは、ふところから白い手巾を取りだした。

「これでちょっと抑えといてください。痛みますか？」

「ああ、うん。少しだけ」

「ちょっとだけ我慢してくださいね。道場についたらちゃんと手当てしますから」

ホン・ガンがぱんぱん、と音をたてて手を払った。

「ところで、どうでした？　闇妓楼のほうは。やっぱり、幼い娘らが働かされてるんですか」

「そうだね。間違いない。三十人くらいはいるみたい」

「そんなに？　ひどいな。やっぱり許せない。それで、マリウスさんたちが探してる娘ってのは」

「いや」

マリウスは首を振った。

「みあたらなかった。探った感じだと、店には出ていないと思う。でも、前にその娘を掠おうとしたやつがいたよ。妓楼の主だった」

「ほんとに？」

「うん」

「じゃあ、決まりじゃないですか。やっぱり、そいつらがどっかに娘さんを隠してるんだな。いやあ、マリウスさんも、すぐにでも探しに行きたいでしょうけれど、もうちょっと待ってくださいね。もう、道場には闇妓楼の場所は伝わってます。あとはこっちが連絡しさえすれば、みんな闇妓楼にやってくることになってます。だから、まずは道場に戻りましょう」

「わかった。道場まではどのくらい？」

「距離はそこそこあります。ロイチョイから出るんで。歩けますか？　もし辛いようなら、おぶいますよ」

「いや、だいじょうぶ。歩くくらいなら」

「無理しないでくださいね」

ホン・ガンがまたにこりと笑った。

「いつでもおぶいますから。仲通りまで行けば、ウマを頼めるんだけどな。そこまでは少し辛抱してくださいね。——あれ、どうしました？」

ホン・ガンは怪訝そうな顔をした。マリウスが彼の顔をじっと見ていたからだろう。

「俺の顔、なにかありますか？」

「いや、そんなことないよ」

マリウスは笑って首を振った。

「ただ——なんだかすごく感心したからさ」

「なにをです？」

「きみがあまりにも親切だってこと。チェン・リーもそうだけど、きみたちってなんだかすごく親切だよね。正直、剣闘士のひとたちって、もっと怖くて無愛想な感じなのかと思ってたんだけど」

「そうですか」

ホン・ガンはまた白い歯を見せた。

「そういわれると嬉しいですね。ま、剣闘士もそれぞれですけどね。威張りくさってるやつも、乱暴なやつも、卑劣なやつもけっこういるし。うちはそのへん、フロルス先生が厳しいですからね。亡くなった先代も厳しかったもんなあ。剣闘士は誇り高くあれ、相手への敬意を忘れるな、っていうのが口癖だったから。チェン・リーさんも俺もみっちりしつけられた、ってところはあるかもしれません」

ホン・ガンは、地面に落ちていた手提灯を拾いあげた。しばらくためつすがめつ調べたあと、諦めたように放りなげて云った。

「だめですね。すっかり濡れちゃって役に立たない。しかたない。ちょっと暗いですが、このまま行きましょう」

ホン・ガンはマリウスをうながして歩きだした。

「気をつけてくださいね。このへん、やっぱり物騒なんで。足もとにも気をつけて」

「うん、わかった」

ふたりは小さなあいまい宿のあいだの狭い路地に入った。不夜城、と名高いロイチョイでも、さすがに高い塀にも阻まれて、このような路地まではあかりも届かない。かろうじてみえるのは、塀の隙間からかすかにのぞく星々だけだ。それでもホン・ガンはさほど迷ったようすもみせず、路地を確かな足どりで進んでゆく。マリウスは右手でホン・ガンの上着の裾《すそ》をつかみ、左手で塀を探りながら、おそるおそる歩いていった。

(なんだか、ちょっと前にもこんなことがあったっけ……)

マリウスは思い出した。ワン・チェン・リーと蓮華楼の離れにジャスミンを探しに行ったときも、用心棒の陰に隠れるようにして、暗い廊下を歩いたのだった。もっとも、そのときにはなにごとも起こらなかったのだったが――

こんどは、そうは問屋が卸さなかった。

「――あっ！」

暗く、細い路地を抜けたとたん、ホン・ガンが小さく叫び、いきなり立ち止まったのだ。

「どうしたの？」

「――しっ！」

ホン・ガンが後ろ手にマリウスを制して云った。

「マリウスさん、さがってください」

「――――？」

「そのまま俺のうしろにいてください。いいですね」

ホン・ガンはマリウスをかばうようにして、油断なくあたりに目を配った。

「囲まれてます」

「えっ？」

マリウスは驚き、ホン・ガンの背中ごしに闇のなかをすかしみた。

ホン・ガンの言葉どおり、わずかな月明かりのなかに、黒装束に身をつつんだ男たちの影が浮かんでいた。それぞれの手に握られた剣に月光がちらちらと反射してみえる。

マリウスは思わず息をのんだ。

「――六人」

ホン・ガンはつぶやいた。

「ちきしょう。仲間がいたのか。待ち伏せされたんだな。――マリウスさん」

「うん」

「とにかく塀を背にして動かないでいてくださいね。いま片付けますから」

「だいじょうぶ？」

「ええ」

ホン・ガンは不敵に笑った。

「これこそ、日ごろの稽古の成果の見せどころってやつですよ。まかせておいてください」

そういいながらホン・ガンが木刀をかまえたとたん――

いきなり暗闇に殺気がほとばしり、四方から銀色の光がいっせいにマリウスたちに襲いかかってきた！

3

「――うわっ！」

マリウスは、思わずしゃがみ込んだ。その目の前でホン・ガンの鍛えあげられた肉体が躍動し、まるで豹《パルド》のようにしなやかに躍った。若者は右から襲ってきた男に対し、すばやく身をかがめて剣をかわすと、そのまま身を翻《ひるがえ》して木刀で二度、三度と受け、相手がわずかにぐらついたところで、その肩口に木刀をしたたかにたたきつけた。うっ、とうめいて剣を取り落とし、うずくまった男を蹴り飛ばすと、男が落とした剣を拾いあげ、持っていた木刀をマリウスに放った。

「万が一のときは、それでなんとか身を守ってください！」

ホン・ガンは叫んだ。

「でも、助太刀は無用ですから！」

云うがはやいか、ホン・ガンは今度は自ら左の相手に襲いかかった。相手があわてて振りおろす剣をはねあげざま、右から逆袈裟《ぎゃくけさ》気味に相手を切り倒す。そのまま振り向きもせず、思い切りうしろに足を振りあげて、背後から襲ってきた三人目の男を蹴りたおした。たまらず仰向けに倒れた男に襲いかかると、鮮やかな剣さばきで男の手首を切り落とす。激しく血をほとばしらせて絶叫し、悶絶する男を尻目に、落ちた剣を遠くへ蹴り飛ばした。その間、わずか一分《タルザン》たらず。六人いた襲撃者は、あっという間に三人に減っていた。

「すごい……」

マリウスは思わずつぶやいていた。残った襲撃者のあいだに動揺が走るのがマリウスの目にもみてとれた。だが、ホン・ガンは容赦しなかった。彼の剣闘士としての本能と、これまで長く研鑽を積んできた自信が、ホン・ガンの動きから一切の迷いを消散させていたのだ。

いまや人数の多寡によらず、優劣は明らかであった。狩るものと狩られるものは、一瞬にしてその立場を逆にしていた。ホン・ガンの剣技はますます冴えわたり、その体は縦横無尽に躍動した。三方から次々と襲う襲撃者の剣を、若者はすばやい身のこなしと天性の勘でかわし、はねあげ、すり抜けた。襲撃者たちの剣はいずれもむなしく空を切り、逆にホン・ガンの剣は月光にきらめくたび、確実に血しぶきをあげていった。

もはや襲撃者たちになすすべはなかった。彼らはまたたく間に切り伏せられ、いずれも無言で地面に横たわり、あるものは息絶え、あるものは戦闘能力を完全に失っていた。

通りを襲った一瞬の竜巻のような激闘のあと、ほのかな月明かりのなかに立っていたのは、血塗《ちまみ》れの剣をぶらさげて激しい息をつくホン・ガンただひとりであった。

「——ホン・ガン」

まだ興奮さめやらぬようすのホン・ガンに、マリウスはおそるおそる近づいて声をかけた。

「——だいじょうぶ？　怪我はない？」

「ああ」

ホン・ガンはマリウスを振りかえり、微笑みながら云った。

「だいじょうぶです。俺は無傷です。無傷ですけど……」

突然、ホン・ガンがうずくまり、激しく嘔吐した。

「ホン・ガン！　どうした！」

「——いや、だいじょうぶです」

ホン・ガンが袖で口もとを乱暴にぬぐいながら云った。その手はかすかに震えていた。

「実は俺、人を切ったのはじめてなんですよ。まだ見習なんで、道場での稽古ばかりで、ほとんど試合にも出たことがなくて。だから、ちょっと、動揺してるみたいで……」

ホン・ガンはまたえずいた。路地をかすかに照らしていた月を雲が覆い、周囲は闇につつまれた。マリウスはホン・ガンの背をそっとなでた。ホン・ガンはなおも激しく息をついていたが、えずきは徐々に収まっていった。

「ああ、ありがとうございます。もうだいじょうぶです。すいません。情けないところをみせてしまった」

ホン・ガンがマリウスの手をそっと押さえながら云った。

「さあ、行きましょう」

「だいじょうぶ？　少し休んだほうがいいんじゃない？」

「いや」

ホン・ガンはきっぱりと首を横に振った。

「まだ、どこに敵が潜んでいるか、判りませんから。それに道場でみんなが待ってる。早く、闇妓楼のことを知らせてやらないと……」

「でも……」

「だいじょうぶです。行きましょう」

と、ホン・ガンがゆっくりと立ちあがった――

その、刹那《せつな》。

ホン・ガンの背後にいきなり人の気配がして、どん、と激しくぶつかる音がした。ホン・ガンがぐっ、とうめいて小さくよろめき、動きがとまった。

「――え？」

マリウスははっとした。

「なに？　ホン・ガン？　どうした？」

「…………」

ホン・ガンはなにも云わぬ。マリウスはおそるおそる若者をのぞきこんだ。

そのとき、強い風が雲を払い、月がふたたび路地を照らしだした。そのかすかな月光が映し出した光景を目にし、マリウスは思わず叫んだ。

「——ホン・ガン！」

目を丸くして固まってしまった吟遊詩人の目の前で——

若い見習剣闘士は、虚空を見つめて立ちつくしていた。その目は驚いたように大きく見開かれ、口は小さく開いていた。そのたくましい体は、大理石の彫刻のように奇妙に硬直していた。そして、その分厚い胸板からは——

レイピアの長い剣先が、まるで心臓から生えてきたかのようにつきだしていた。

「————！」

マリウスは声にならぬ悲鳴をあげた。立ちつくすホン・ガンの口から、ごぼっ、と嫌な音がもれ、大量の血があふれ出してきた。その胸板から、レイピアがするりと抜かれて消えた。えぐられた傷口から、血が勢いよく噴き出した。見習剣闘士の体がゆっくりと崩れ落ち、どおっ、と音をたてて地面に倒れこんだ。

「ホン・ガン！」

マリウスは、倒れたまま、ぴくりとも動かないホン・ガンを抱きあげようとした。が、そのとき、ホン・ガンを見おろすように、ひとりの男が立っているのに気づいた。右手にレイピアをぶら下げたその男は細身で髪が長く、白面の仮面をつけていた。その仮面の奥から、小さな含み笑いがもれてきた。

「やあ、吟遊詩人」

仮面の男はにやにやと云った。

「久しぶりだね。西の廓の廟で会って以来だ。元気だった？」

「お前は……」

マリウスは呆然として云った。

「お前は、闇妓楼の……エウリュピデス……」

「おお、よくご存じだね」

男——仮面のエウリュピデスはわざとらしく小さく拍手をした。

「やっぱり、あんたはただの吟遊詩人じゃないんだな」

「なぜ、ぼくのことが判った？」

「ごらんのとおり、おいらは夜目が利くんでね」

エウリュピデスはくくっ、と笑った。

「あんたの顔はしっかり覚えていたよ。だから山鳩屋にあんたが来たとき、こいつはどっかで見たことがあるとすぐに気づいたのさ」

「——そうか！」

マリウスは愕然とした。

「あのとき、店主のようすがおかしかったが、そうか、お前がのぞいていたのか……」

「へえ、それも気づいてたんだ。あんた、なかなか鋭いな。うちの尾行をまいたようすも、とても素人とは思えなかったしな。あんたのほうから琥珀亭にあらわれてくれなかったら、そのまま取り逃がすところだったよ」

「——くっ！」

マリウスはじりじりと下がりながら、すばやく木刀をかまえた。

「無駄だよ」

エウリュピデスはせせら笑った。

「あんときは油断して不覚を取ったけれどもね。今度はそうはいかない。おいらだって本気を出せば、こんなちんけな剣闘士もどきくらい、一撃で倒せるんだからね」

「そんなの！」

マリウスは叫んだ。

「ただのふいうちじゃないか！　まともに闘っていれば、お前なんかホン・ガンにかなうものか！」

「ふん」

仮面の男は鼻で笑っただけだった。

「ま、いつまでもこんなところにいても仕方ない」

エウリュピデスは、血のついたレイピアを腰におさめながら合図した。すると彼のうしろから手下たちがあらわれて、マリウスを取り囲んだ。その手には一様に剣が握られている。あわてて周囲を見まわしたが、逃れるすきはどこにもない。マリウスの心を絶望が覆った。

（ああ……）

もはやマリウスには、抵抗するすべはなにも残されていなかった。力を失った彼の手からたちまち木刀が奪われ、悲鳴をあげる間もなく猿ぐつわがはめられた。そのまま腕をうしろにねじあげられ、ひざまずかされたマリウスの顔をのぞきこみながら、エウリュピデスは云った。

「とにかく、あんたにはこれからじっくり話を聞かせてもらわないとね。なんで、あんとき、おいらの邪魔をしたのか。なんで、わざわざおいらの妓楼までやってきたのか。なんで、あんたがこんな剣闘士とつるんでるのか。いったい、あんたは誰の手先なのか。目的はなんなのか。おいらにはわからないことだらけだからさ。――さ、お前たち、こいつを連れていきな」

マリウスの鼻と口が柔らかい湿った布で覆われた。冷たい感触とともに、甘い強烈な刺激臭がマリウスの鼻腔を襲った。そのとたん、マリウスの意識は急速に薄れていった。力なく崩れ落ちた彼の体を男たちが担ぎあげた。だがマリウスはもう抵抗することも、何かを感じることすらもできず、ただ手足を揺らしながら、夜闇のなかを運ばれていったのだった。


「――おい、いいかげんに目を覚ませ」

野太い男の声と同時に、顔に激しく水が浴びせられた。マリウスはむせながら目を覚まし、驚いてあたりを見まわした。体じゅうが痛い。

(ここは……？)

そこは五タッド四方ほどの暗い空間のなかだった。天井は高く、壁はごつごつとした岩がむきだしで、窓はひとつもない。空気はじっとりと湿り、冷えていた。マリウスの正面には壁龕《へきがん》がふたつもうけられ、それぞれ大きなろうそくが赤々と燃えていた。隅には、階上へとつながる急な狭い階段があった。しびれた脳髄の奥から、徐々に記憶が戻ってくる。

(そうだ、ぼくは、闇妓楼の主に――仮面の男に捕まったんだったっけ)

（でも、いつのまにこんなところへ……薬を使われたのか――？）

マリウスは、その部屋で唯一のしっくい壁にもたれるように座らされ、体を鎖で縛りつけられていた。両腕は拘束され、手首は後ろ手にくくられ、まったく動かすことはできぬ。両脚は自由だったが、この体勢では立ちあがることはとうてい無理だった。部屋にいるのは、マリウスの他にはエウリュピデスと妙に威厳のあるかっぷくのいい男、それに手下とおぼしき男がふたりだけだ。

「――さて、と」

エウリュピデスがマリウスの前にかがみこみ、顔をのぞきこむようにして云った。細くあいた仮面の口からは、皮を剝いたトーシン草がのぞいている。吸うと口のなかがひんやりとする、廓で好まれる嗜好品だ。

「ずいぶんよく寝ていたようだね、吟遊詩人」

エウリュピデスがふっと息を吹きかけた。トーシン草のさわやかな香りのむこうから、胸の悪くなるような腐臭がただよってくる。マリウスは思わず顔を背けた。

「いい夢みたかい？」

「…………」

「さて、いろいろ聞かせてもらうよ。素直に答えれば、痛い目にはあわせないでやるよ。でも、そうでないときには……」

エウリュピデスは手に持った鞭で地面をぴしりと打った。

「──わかるよね」

「………」

「返事は？」

「──ああ」

「よし」

エウリュピデスは立ちあがった。

「まずは、どうでもいいことから聞いていこうかな。名前は」

「──アルフリード」

マリウスはとっさに思いついた名を口にした。パロの伝説の放浪王である。

「ほんとに？」

「もちろん」

「──嘘をつけ！」

いきなり鞭が飛んできて、マリウスの足に激痛が走った。彼は悲鳴をあげて悶絶した。

エウリュピデスは云った。

「もういちど聞く。名前は？」

「………」

「名前は！」

「──マリウス」

「ふん」

エウリュピデスは鞭の柄を手のひらに軽くたたきつけながらうなずいた。

「ふん。なるほど。なるほどね。──いいだろう。どうやら今度はほんとうらしいな」

（──えっ？）

マリウスは愕然とした。

（こいつ、ぼくの心が読めるのか──？）

マリウスの驚きが顔に出たのだろう。エウリュピデスがくくっ、と小さく笑った。

「なんで判ったのか、と思っただろう？」

「………」

「判るんだよ。おいらにはね。──さて、マリウス。次の質問。出身は？」

「──パロ」

「ほう、いいね。職業は？」

「吟遊詩人」

「──あやしいな、それ」

仮面の男は、マリウスの顔をねめあげるようにじっとみた。

「たしかに西の廓では詩人のかっこうをしていたけれどもね」

「…………」

「あれは、世を忍ぶ仮の姿、ってやつじゃないの、ねえ」

（――――！）

マリウスの心臓がはねあがった。

（こいつ、どこまで知っているんだ――？）

（まさか、ぼくがパロ聖王家の王子だったってこともばれているのか？）

（もし、そうだとしたら……）

いったい、どんな窮地が自分を待っているのか想像もつかぬ。マリウスは戦慄した。

が、ひとつ、ひっかかるところもある。

（だが、こいつ、ぼくのことをマリウスと呼んだな）

そう、仮面の男が彼の名として認めたのは、彼が捨てた王子としてのディーンではなく、吟遊詩人として選んだマリウスだったのだ。むろん、それとて誤りではないが――

（ということは……なにもかもがばれているわけではないのか？）

（はったりか……）

「――図星かな」

じっと考えるマリウスをみて、エウリュピデスはにやにやと云った。

「判ってるんだよ。あんたがほんとうは吟遊詩人なんかじゃないってのはね」

「…………」

「まあ、いい。――じゃあ、最後の質問。あんた、タイスにくる前にはどこにいた？」

「――ルーアン」

マリウスは思い切ってもういちど嘘をついた。エウリュピデスの言葉ははったりであるということに賭けたのだ。

だが――

「ほら、また嘘をつく！」

エウリュピデスの鞭がふたたびうなり、マリウスの腿がびしりと鳴った。ひざ丈のパンツが裂け、皮膚がはじけた。マリウスは苦痛に激しくあえいだ。

「なんで嘘をつくかなあ。おいらには判ってるんだよ」

エウリュピデスはくわえていたトーシン草をぴっと投げ捨てると、マリウスの胸ぐらをつかんだ。

「あんたがいたのはルーアンじゃないだろう？　トーラスだろう？」

「…………」

「しかも、あんた、トーラスでひとを殺してきたよね。モンゴールの公子とそのお付きの伯爵をさ」

「――――！」

マリウスは恐怖で目を見張った。思わず唇が震え、歯がかちかちとなった。

「いやあ、いい顔するね、あんた」

仮面の男はにやりと笑った。その深紅の唇が傷あとのように裂け、長い舌がぺろりと唇を舐めた。そのしぐさは妙に蛇のそれを思わせた。

「その顔に免じて、種明かしをしてやるよ。――ほら、これ、あんただろう？」

エウリュピデスはふところに手を入れた。

「実は、あんたが気を失っている間によーく顔を見てたらさ。このあいだ手に入れた、こんなもののことを思い出しちまったんだよね。――ほら」

エウリュピデスは羊皮紙を取り出し、広げてマリウスの目の前につきつけた。それを見て、マリウスは驚愕した。

「あっ！　それは――」

エウリュピデスがにやにやしながら、マリウスにつきつけた紙に書かれていたもの――

それはマリウス自身の似顔絵であった。

羊皮紙の中心には大きく、彼の特徴――ふわふわの巻き毛、少し口角があがり、いまにも笑い出しそうな口もと、男性としては細めの眉に、長いまつげにふちどられた切れ長の目をよくとらえた絵が描かれていた。たしかにそれを目にしたものがマリウスをみれば、たちどころにそれと知れたに違いない。

だが、ひとつだけマリウスとは似ていないところがあった。その目つきは彼自身よりも少々険しく描かれ、剣呑な雰囲気をひそめていたのだ。

その理由は明らかだった。なぜなら、その似顔絵のうえには黒々と《金二百ラン》の飾り字が記され、下にはいくぶん小さな文字で彼の罪状が記されていたからだ。

マリウスは震えながら、その文に目を通していった。

（過日、紫の月十日、金蠍宮に吟遊詩人マリウスを名乗りし者侵入し、ミアイル公子ならびにユナス伯爵を暗殺せり。パロの間者と見受けらるる）

（その者、姿かたちは優しげなるも、性は凶悪にして非情。見かけし者はただちに宮廷に届け出るべし）

（吟遊詩人マリウスの居所を告げし者には金二百ランを与うものなり）

それにつづけて文字で書かれた彼の特徴——背丈、体つき、髪の色、目の色など、それは確かにすべて、言い逃れしようもないほどにマリウスその人を示していた。

さらにその下には《大公ヴラド・モンゴール》の黒々とした太い署名と花押《かおう》が記され、蠍の印章が捺《お》されており——

（——これは！）

マリウスの唇がさらに大きく震えはじめた。

（これは……ぼくの、手配状……）

さよう、それはまぎれもなく、マリウスをミアイル公子とユナス伯爵の暗殺者と断罪し、その行方を求めてモンゴール宮廷が発した手配状だったのだ。

（まさか、こんなものがタイスにまでまわってきているなんて……）

「――なあ、これ、間違いなくあんただよね」

驚きのあまり、声もでないマリウスに、エウリュピデスが冷ややかに云った。

「あんたさあ、やっぱりただの吟遊詩人じゃないじゃない。こんなパロの間者みたいなことしてさ、モンゴールの公子と伯爵を殺しちまったわけでしょ？」

「ち、ちが……」

「で、そのあんたがさ。なんでこんなところにきて、おいらの邪魔をしてるわけ？　なんであのとき、ワン・イェン・リェンを助けた？　そもそも、あんな時分になんで廟のところにいたのさ」

「それは、たまたまだ。あのときは掏摸を追いかけているうちに、路地に迷いこんで――そしたら悲鳴が聞こえて、お前が女の子に悪さしているのがみえたから……」

「それで、おせっかいをしたと」

「そうさ」

「――どうしてまだ嘘をつくかなあ」

鞭がまた一閃した。マリウスはまたしても激痛に悶絶した。

「たまたまなわけがあるか。たまたま通りがかって、たまたま娘を助けた、ってだけのやつが、なんでわざわざおいらの妓楼に忍びこんでくるんだよ」

「それは――」

マリウスは激しく息をつきながら云った。

「ワン・イェン・リェンが掠われたから――いや、お前がワン・イェン・リェンを掠ったからさ、エウリュピデス。お前が掠って、闇妓楼の娼婦に仕立て上げようとしたからだ。だから、イェン・リェンを助けようと、ぼくは……」

「なんでよ」

「え？」

「なんで、あんたがワン・イェン・リェンを助けようとするわけ？　あんた、西の廓とは関係ないんだろ？　関係ないんだったら、なんでわざわざそんなことをする？　あんたがでしゃばってくるわけが、どこにあるんだよ」

「それは――」

マリウスは口ごもった。

「それは、ワン・イェン・リェンは――ぼくの恩人だからさ」

「はあ？」

エウリュピデスはあきれたように云った。

「あんた、めちゃくちゃだなあ。ただの通りすがりだっていったかと思ったら、今度は恩人だっていいやがる。なんだそれ」

「だから——」

マリウスは軽く唇をかんだ。

「お前からイェン・リェンを助けたときに、ぼくは怪我をした。それでその礼に、って蓮華楼がぼくを養生させてくれた。イェン・リェンもいろいろ世話を焼いてくれた。それで、ぼくはイェン・リェンに——」

「おいおい」

エウリュピデスは苦笑しながら、右手でマリウスのあごをつかんだ。

「あんた、さすがは吟遊詩人だなあ。よく次から次へと、そんな嘘っぱちを思いつくもんだな」

「嘘じゃない！」

「ふん」

エウリュピデスは鼻で笑った。

「じゃあ、さっきさ。あんたと一緒にいた剣闘士はなんだよ。あの肩当ての紋章、あれ、ピュロス道場だろ？　なんであんたがピュロス道場の剣闘士なんか雇ってさ、自分の用心棒なんかにさせてるわけ？」

「それは――」

「それから金もそうだよ。闇妓楼に来るには相当の金がいる。ガオ・タイの店じゃあ、たまたまばくちであたったなんて云ってたけどさ、あれもどうせ嘘だろ？　あの金はどっから出てきた？」

「…………」

「出どころは西の廓じゃあないだろう。西の廓がワン・イェン・リェンの件でまだろくに動いていないのは知ってる。楼主たちの件がまだちっとも片付いていないからな。遊《イ》女見習《エリャン》いなんぞは当然あとまわしだ。だが、だとしたら、誰だ？　あんたのうしろにいるのは――あんたを雇ったのは、いったい誰なんだ。吐けよ！」

「――おい、エウリュピデス」

それまで黙ってやりとりを聞いていたかっぷくのいい男がはじめて口を開いた。太々とした右の眉に重なるように大きなほくろがある。エウリュピデスは男を振りかえった。

「なんだい、旦那」

「いつまでうだうだとやってるんだ。さっさと焼きごてなり、なんなりをつかって吐かせてしまえ」

男はいらいらと云った。

「相手が西の廓ならまだしも、万が一にも大公家がからんでいるとなると厄介極まりないのだぞ。早急に手を打たねばならんのに、なにを悠長にやっているんだ、お前は」

「あれれ」

仮面の男は肩をすくめた。

「もうちょっと、じっくりじっくり、いたぶるのがおいらの趣味なんだけどな。旦那はせっかちだね。ま、仰せのとおりにするか。――ジン、焼きごてと炉をもってきな」

「へい」

ジンと呼ばれた大男はうっそりと頭を下げ、奥に下がっていった。

「それからギド、こいつを吊るしな」

「やめてくれ!」

屈強なギドに担ぎあげられながら、マリウスは絶叫した。

「やめてくれ! ぼくはそんな……ぼくはなにも嘘なんか……」

「黙れって」

エウリュピデスが、ふいに手を伸ばしてマリウスの急所を強く握った。脳天まで激痛が突き抜け、マリウスは絶叫しながら苦悶した。

「黙っとかないと、こいつを潰すよ」

「………」

もはや声もないマリウスの手首を、ギドはぎりぎりとしばりあげた。そのまま天井の滑車から伸びる鎖にその手首をくくりつけ、反対側の鎖を引いていく。マリウスの肩がねじれ、そこに全体重がかかった。手首がよじれ、ひじが伸び、肩がぎしぎしと嫌な音をたてた。

「い、痛い！」

マリウスは悲鳴をあげたが、ギドは気にするそぶりもない。マリウスはそのまま、床から二タールほどの高さに吊り下げられた。

「――さて、と」

エウリュピデスは、戻ってきたジンに手渡された焼きごてを、赤々と炎をあげている炉に突っ込みながら云った。

「おいらはとにかく腹が煮えてしかたがないのさ。あんたに廟で邪魔されてから、なにもかも歯車が狂っちまった。せっかく寝返らせた敵の大駒も、あっけなくしくじりやがるし。お前のせいで、闇妓楼のこともすっかりばれちまったようだしな。しかもどうやら、西の廓とは関係ないやつまで動いてる。ようやく、ここまで大きくしてきたのにね。急いで店じまいしないとやばいことになりかねない。やっとおまけ付きで手に入れた娘もまだ役に立たないし、無駄になっちまうじゃないか。まったく、そいつもこいつももとはといえば、マリウス、お前が余計な邪魔をしたからさ。――まあ、これでようやく憂さが晴らせるってもんだけどね」

エウリュピデスは炉から焼きごてを取り出した。その真っ赤に輝くこてを見て、マリウスは戦慄した。

「さて、どこから焼こうかね」

仮面の男はにやにやと云った。

「足から？　手にする？　それとも、顔に似合わず立派なトートの矢から焼いちまおうか」

焦げくさい匂いをまきちらしながら、赤くくすぶる焼きごてがマリウスの下腹に近づいてくる。マリウスはおののき、必死に腰を引いた。エウリュピデスは獰猛《どうもう》に笑った。

「でも、それじゃあ生ぬるいか。あんた、なかなかきれいな顔をしてるからもったいないけど、やっぱりここは――その目をつぶしておこうかな」

「――――！」

マリウスは必死に首を横に振り、こてから顔をそむけた。

「さあ、どうする、マリウス。目が惜しけりゃあ、おとなしくほんとうのことを話せ。なぜ、おいらたちの邪魔をする？　あんたの後ろにいるのは誰だ？　ピュロス道場との関係は？　あんたの狙いはなんなんだ」

「やめろ……やめてくれ……ぼくは、ほんとうになにも……ただ、イェン・リェンを……」

「ほら、もう目が焼けちまうよ？　いいのかな？」

マリウスの目の前に焼きごてが迫った。前髪がこてに触れ、ちりちりと焦げくさい臭いが鼻をつく。マリウスは恐怖であえいだ。口を開けようとしても、舌がのどにはりついたようになかなか言葉が出なかった。

「――強情だな」

エウリュピデスが軽く舌打ちをした。

「まだおいらを舐めてるのかな。しかたない、それじゃあ――」

「――やめてくれ」

マリウスはどうにか声を絞りだした。焼きごてのすさまじい熱気が近づいてくる。

「たのむ。ぼくはなにも――」

「押さえろ、ギド」

「へい」

激しく首を振るマリウスの頭を、屈強な男の両手が押さえつけた。マリウスは息をのみ、恐怖のあまりにまぶたを固く閉じた。そのうえから激しい熱が襲ってくる。

「やめてくれ……」

マリウスはあえいだ。

「たのむ、お願いだから……知ってることはなんでも話すから……」

「もうおそいよ」

どこか愉悦に満ちたエウリュピデスの声とともに、焼きごてがマリウスのまぶたを焼こうとした——

そのとき！

突然、どん、と激しい衝撃がして、ごごごごごご——と不気味な地鳴りがなりはじめた！

「——地震！」

エウリュピデスたちははっとしてあたりを見まわし、とっさに身構えた。地下に巨大な暗渠《あんきょ》をかかえるタイスの人々にとって、地震は最大の恐怖のひとつである。しかも先年、西の廓に大火をもたらした大地震のことは、まだ記憶に新しい。

だが、異変は地鳴りだけではなかった。

「——なんだ、これは！」

地鳴りよりも、さらにエウリュピデスたちを驚愕させたもの——

それは激しくなる地鳴りとともに、しゅうしゅうと音をたてて激しく吹きだしてきた黒い霧だった。そして、その黒い霧を吐き出していたのは、恐怖のあまりになかば気を失って白目をむきかけていた吟遊詩人の口だったのだ。

「あっ、なんだ、こいつ！」

「あやしい術を使うぞ！」

「気をつけろ！」

うろたえる男たちの目の前で、マリウスが吐き出す黒い霧は竜巻のように渦を巻いて天井まで達し、やがて一本の長いうねりと化した。そのもやもやとした黒く太い筋は、決して広くはない部屋のなかを縦横無尽に飛びまわり――

そして、巨大な蛇《イーラー》のようにくねりながら男たちに襲いかかった！

「わああっ！」

「なんだ、これは！」

「くせえっ！」

黒い霧に襲われた男が鼻を押さえ、激しく咳きこんだ。

「吸うな！　気をつけろ！」

エウリュピデスが叫んだ。

「毒かもしれない！」

エウリュピデスたちはそれぞれに顔を手で覆いながら、黒い霧から逃れようと逃げまどった。凄まじい速度でかけまわる霧は、部屋の壁を這うようにするすると流れた。その先端が壁龕のろうそくの炎にかすかに触れた。その途端、ぱっ、と激しい閃光が部屋をあかあかと照らしだし、真っ赤な炎が導火線のように黒い霧を走った！

「わあああっ！」

男たちから悲鳴があがった。いまや黒い霧は激しく燃え、炎の蛇と化していた。そしてなおも速度を落とすことなく、凄まじい熱を発しながら、明確な意志を持って男たちを追いまわした。必死に逃げまどうエウリュピデスの背を炎の蛇が舐め、その長い髪にぼっ、と火がついた。

「うわあああああっ！」

エウリュピデスは必死に手で髪の毛をはたいて火を落とすと、なかば四つん這いになって転げるように階段を駆けのぼって逃げた。他の男たちもほうほうのていでそれに続いた。まもなく階上で激しく扉を閉める音がして、男たちの気配が消えた。そのとたん、炎の蛇もまたすっと溶けるように姿を消し、壁龕のろうそくも、炉の炎も消え、部屋はしんとした静寂と暗闇のなかに閉ざされた。いつのまにか地鳴りまでもがおさまっていた。

マリウスは鎖にぶらさげられたまま、その一部始終を呆然として眺めていた。誰もいなくなった部屋には、黒蓮の粉の特徴的な甘い香りがただよっていた。それは、この一連の出来事が魔道の力によるものであることをはっきりと告げていた。むろん、マリウスの仕業ではない。彼も聖王家の王子として、催眠術や鬼火などを多少は使うものの、これほどの大がかりな技を使うことはできぬ。

奇妙なことに、炎の蛇はマリウスをいっさい襲おうとせず、その熱もまったく彼には届かなかった。彼のまわりには、まるで目に見えないバリヤーが張られ、彼を守っているかのようであった。

「――ロルカか？」

マリウスはおそるおそる闇に向かって呼びかけた。かつて彼の監視役を務めていた魔道士が、戻ってきて彼を救ってくれたのかと思ったからだ。

「ロルカなんだろう？　助けてくれたのは。それともアルノーか？」

「いいえ」

どこからともなく陰気な声がして、壁龕にふたたびあかりがともった。部屋にはもはや誰の姿もなく、焦げくさいにおいだけが充満して、あたりには黒い霧の残骸がもやもやと薄くただよっていた。と、その黒い霧が徐々にあつまり、濃さを増して黒いかたまりとなり、次第に人のかたちを取りはじめた。そして、それがついに実体をもったとき、そこから現れたのは案の定、黒いマントとフードに身をつつんだ魔道師の姿であった。

「まったく、ロルカだの、アルノーだのと……」

その小柄な魔道師はうっそりと云った。

「あんなやつらと一緒にしないでほしいものですね」

「——誰だ？　きみは」

「わたしですよ」

魔道師はフードを取った。現れたのはもつれた灰色の髪と、聡明だが陰りのある灰色の目の持ち主——頬が痩せこけた、青年とも中年ともつかぬ男の顔だった。

「お目にかかるのは久しぶりですね。ディーンさま。覚えていらっしゃいますか」

「——あっ！　お前は！」

マリウスは仰天して叫んだ。

「ヴァレリウス！　ヴァレリウスじゃないか！　なんで……いったいなんで、こんなところに！」

第七話　魔道師の影

1

ジャスミン・リーは薄暗く狭い牢のなかで、長い不安な時を過ごしていた。

彼女が牢に閉じこめられてから、どのくらいの時間が経ったのか、正確なところは判らぬ。一日を通して明るさも温度も変わらぬ地下牢では、時の経過を知るすべがない。唯一、それをうかがわせるのが時折差し入れられる食事だが、それとて日に何度のことなのかは判らぬ。もし一日に二回なら五日ほど、三回なら三日ほどがすぎているはずだ。むろん、ジャスミンが数えた回数が正しければ、の話だが。

ジャスミンが閉じこめられているのは、ごく小さな牢である。粗末なベッド以外には調度品もない。むろん、石積みの壁に窓などはなく、なかに灯のひとつもない。唯一、外界に通じている入口も、分厚い鉄の扉に閉ざされている。

鉄の扉の上下には横長の細い窓があり、外をのぞくことはできる。といってもみえるのは牢の外に続く廊下と向かいの壁、その燭台でたよりなげに燃えるろうそくの炎だけである。そのわずかなあかりだけが、ジャスミンの視覚をかろうじて確保するすべだった。

（逃げなければ）

ジャスミンはベッドの端に腰かけ、唇をかみしめながら、なんども繰り言のように考えていた。

（なんとかして逃げなければ。あの仮面の男――あれはおそらく、闇妓楼の主。そしてあの細身で長髪の風貌――先日、ワン・イェン・リェンを掠おうとした男に違いない）

（となれば、猶予はない。このままではイェン・リェンが闇妓楼の餌食になるのは避けられない）

（でも、肝腎のワン・イェン・リェンは……）

ジャスミンは、彼女の脇でこんこんと眠っている少女の髪をそっとなでた。その頭には痛々しく包帯が巻かれている。

（なぜ、こんなことに――怪我のせいか、それとも薬のせいか……）

（どちらにしても、この娘がこのまま、なんてことがあったら、わたくしは……）

（わたくしのたったひとつの希望は――）

ジャスミンはふいに寒気をおぼえ、自らを強く抱いた。地下を吹き抜ける湿った風に、ろうそくの炎がかすかに揺れる。

あの惨劇の夜――

ラオ・ノヴァルの離れを訪れたジャスミンが目にしたのは、信じられぬ光景だった。それは世のことわりに逆らう光景であり、人のことわりに反する行為であり、彼女自身の悪夢を強烈によみがえらせるものだったのだ。なかでもジャスミンを戦慄させたのは、頭から大量の血を流して力なく横たわるワン・イェン・リェンの姿と、そして――

その瞬間、ジャスミンの心のうちでなにかが壊れた。遊女となって十年、自らを殺して苦界を生き抜いてきた自分に、あれほどの激しい感情が残っていたことには、いまさらのように驚かされる。あのとき、彼女は自分でも信じられぬほどの蛮勇をふるい、自らの悪夢と闘い、少女を必死の思いで救い出し、古い記憶を頼りに逃げようとし――そして逃げ切れずにとらえられ、ワン・イェン・リェンとともに、この地下牢に押し込められたのだった。

ワン・イェン・リェンは、あれから正気を取り戻さぬ。いつもどこかぼんやりとして、心ここにあらずといったようすだ。かろうじて食事は口に運んでくれるが、話しかけてもろくに返事はない。そして一日の大半をこうして眠りながらすごしている。それが頭の怪我の影響なのか、それとも薬でも盛られているからなのかは判らぬ。このところ、少しずつジャスミンの問いかけに反応が見えはじめているが、まだ会話するにはいたらない。

（とにかく、このままにしておくわけにはいかない。イェン・リェンを正気に戻さなければならない）

（そして、逃げ出さなければならない。あの仮面の男にこの娘をわたすわけにはいかないのだから）

（だけれど、いったい、どうすれば――）

ジャスミンは無心に少女の髪を撫でながら、考え続けた。湿った冷たい風がふたたび廊下を吹きぬけ、ろうそくがじじっ、と小さな音をたてる。

そのとき――

（――あら？）

ジャスミンは気づいた。扉の下のほうから、かりかりかり、とひっかくような音がする。

（なにかしら？）

ジャスミンはじっと耳を澄ました。妙にリズミカルなその音は、なにかの合図のように聞こえなくもない。

（まさか――）

ジャスミンの鼓動がひとつ大きく鳴った。

（まさか、助けが――？）

（そう、助けが来たっておかしくないのかもしれない。だって、ここはタイスの地下なのだから……）

（それに、あの人はきっとわたくしたちを探しているはず）

ジャスミンは、扉の上の窓からそっと外をのぞいた。懸命に通路を見まわしてみるが、なんの姿も見えぬ。だが、そのあいだも音は続いている。いや、むしろ激しくなっているようにも思える。

ジャスミンは身をかがめ、今度は下の窓をのぞいた。下の窓は食事を差し入れるためのもので、外から蓋がついている。どうやらその蓋を外からひっかいているものがいるようだ。ジャスミンはおそるおそる蓋を押し開けた。

そのとたん――

小さな生き物が勢いよく飛び出してきて、ジャスミンの足もとをすり抜け、そのままベッドで眠る少女めがけて一目散に襲いかかった！

「きゃあああっ！」

ジャスミンは悲鳴をあげ、あわててベッドに駆けより、生き物を少女から引き離そうとした。その大きな穴ねずみ《トルク》ほどもある体を覆う毛の感触に、ジャスミンの体に怖気が走った。が、遊女はひるむことなく生き物をつかみあげると、ぎゃあぎゃあ騒いで暴れるのもかまわず、そのまま壁にたたきつけようとした。

しかし――

「――えっ？」

ジャスミンは自らが手にしたものを見て驚愕した。

ワン・イェン・リェンに襲いかかったもの――

それはほんの小さな仔猫――三毛の背中に黒いぶちが三つ並んでいる仔猫だったのだ。

（これは――）

呆然とするジャスミンの手のなかで、仔猫は抗議の声をあげながらじたばたと体をくねらせた。あわててふところに抱きなおし、あやしながら鼻づらをそっとかいてやると、仔猫はようやく落ち着き、やがてごろごろとのどを鳴らしはじめた。ジャスミンはそのぬくもりを腕に感じながら、とても信じられぬ思いで仔猫を見つめていた。

（これは……ミオ――？）

（間違いない。ミオだわ）

それはまぎれもなくワン・イェン・リェンの愛猫ミオであった。少女がいつも大事に自室で飼っていた仔猫である。だがジャスミンとイェン・リェンがとらわれたとき、ミオは蓮華楼にいたはずだ。それがなぜこんなところにあらわれたのか――

（いったい、どうして……）

　ジャスミンは改めて仔猫をしげしげとみた。首には見なれた鈴がかかっているが、体は薄汚れており、毛はもつれ、ところどころに傷もあり、この仔猫としては相当の冒険を重ねてきたのであろうことがうかがえる。ということは、この小さな猫は遠く離れた蓮華楼を自ら抜けだし、自力で主人の行方を訪ねあてたのだろうか。とても信じられぬが、そうとしか思えぬ。動物には不思議な力がある、とはよく聞く話だが、それにしても——と遊女は驚嘆した。

　ミオは愛撫に満足したのか、ジャスミンの腕を器用に抜けると床に飛びおりた。そのままベッドに飛び乗り、枕もとから伸びあがるようにして少女の鼻先を舐め、前足で少女の肩のあたりをしきりにかいた。

　すると——

　眠っていた少女のまぶたがぴくりと動き、その目がうっすらと開いた。ミオは少し首をかしげ、にゃあ、と小さく鳴いた。それを見た少女の口もとがゆっくりとほころび、やがて満面の笑みとなった。

「——ミオ」

　ワン・イェン・リェンはのろのろとベッドの上に起きあがると、両手で仔猫を抱きあげ、その鼻面にそっとキスをし、優しく胸のなかに抱きしめた。

「ミオだ。どこにいってたの？　心配してたんだよ……」

少女は嬉しそうに目を細め、仔猫の背を優しくなでた。ミオは少女の首にしがみつくようにして、ごろごろと喉を鳴らした。

「イェン・リェン……」

ジャスミンは、涙を流して喜んでいる少女を信じられない思いで見つめていた。それは地下牢に閉じこめられて以来、はじめて少女がみせた感情であり、発した言葉だったからだ。ジャスミンは少女のかたわらに座り、彼女を仔猫ごとそっと抱きしめた。

「イェン・リェン……」

ジャスミンの頬を温かい涙がつたった。

「ああ、イェン・リェン……」

「――ジャスミンさま？」

少女は涙を流す遊女を不思議そうに見つめながら云った。

「どうしたの？」

「イェン・リェン！」

その言葉に、少女を抱きしめる遊女の力が強くなった。

「イェン・リェン！　わたくしのことが判るのね？」

「――え？」

少女はきょとんとした。

「どういうこと？」

遊女は涙を流しながら、少女の髪をなんども愛しくなでた。

「ああ、イェン・リェン！」

「ああ、よかった……ほんとうによかった……」

なおもいぶかしげなイェン・リェンの表情を見て、ジャスミンの嗚咽がまた激しくなった。遊女は少女を抱きしめながら、その髪に顔をうずめるようにして泣いた。それは、この絶望的な地下牢での日々のなかで、彼女にはじめて訪れた小さな、とても小さな希望の光だったのである。


一方——

「まさか、ヴァレリウス。きみだったなんて……」

吟遊詩人のマリウスは驚きのあまり、肩の痛みさえも忘れて呆然とつぶやいていた。なぜならヴァレリウス——彼を窮地から救った魔道師は、決してこの場にいるはずなどない人物だったからだ。

マリウスとヴァレリウスの付き合いは長い。知り合ったのは、マリウスが十六歳のころだ。当時はまだディーンを名乗っていた彼が、パロの王子として王立学問所に入学したとき、その学友となったのが、時の宰相リヤの長男にして子爵であったリーナスだった。リーナスには、お付きの魔道師がおり、送迎役などを務めていた。それがヴァレリウスだったのである。

隠遁した魔道師に育てられた孤児であった彼は、まだ幼かったリーナスと偶然に出会い、それをきっかけとしてリヤ大臣に拾われた。そしてアムブラ一の私塾として知られるオー・タン・フェイ塾で魔道学を学び、十八歳で魔道師の資格を取ると、リーナスの忠実な部下として、その秀才ぶりを遺憾なく発揮した。リーナスは王立学問所を卒業して聖騎士伯となり、パロの若手武官では随一の切れ者として人々から大いに期待される存在となったが、その陰には常にヴァレリウスの知略があると噂されている。参謀としてもパロ国内で一目置かれる存在となったヴァレリウスは、王宮からも直属の魔道士となるように幾度となく誘いを受けたものの、それをかたくなに拒みつづけた。そしていまなおリーナスの唯一無二の右腕として、彼のそばを離れることなく忠実に仕えているはずであったのだが――

「なぜ、きみがタイスに？　リーナスもこっちに来ているのか？」

「いいえ」

マリウスの問いに、ヴァレリウスは首を振った。

「坊っちゃんはいま、ダーナムの邸で過ごしておられますよ。ミネアさまとご一緒に」

「じゃあ、きみは、もうリーナスの部下じゃないのか」

「とんでもない。いまでも坊っちゃんのところにおりますよ。ただ、いまは坊っちゃんの世話だけをしていればいい、という状況ではございませんので」

ヴァレリウスはむっつりと云った。

「リーナスさまももう、私がそばにいてあれこれ世話を焼かずともよくなってきましたからね」

「じゃあ、なぜ？　まさか、きみが、ぼくの監視役に――？」

「馬鹿にしないでください」

ヴァレリウスはにべもなく云った。

「いくらなんでも、あなたの面倒を見ていられるほど暇じゃありませんよ」

「なんだよ」

マリウスはむっとした。

「失礼だな。じゃあ、なんで」

「ディーンさまには関係のないことだと思いますけどね。ロルカたちに聞きましたよ。もう二度とパロへは戻らないとおっしゃったとか」

「――まあ、そうだけど」

「やれやれ」

ヴァレリウスは肩をすくめた。

「魔道師ギルドでも、もうディーンさまにはかかわらないことに決めたんですけどね。あなたはクリスタルを飛び出してから、誰にも迷惑かけずにやってきた、といいたいのでしょうけれど、こっちとしちゃあ大迷惑だったんです。まがりなりにも第三王子、王位継承権者なんだから、あなたは。ほっとくわけにはいかんのですよ、ギルドとしてはね。それなのに、ひょいひょいと好き勝手にどこへでも首を突っ込むから……。今度だってそうですよ。私はこれからタルー公子と大事な交渉に臨まなきゃいかんというのに、なぜかあなたが現れて、こんなところで厄介ごとに巻き込まれてるんだから。ギルドのいうとおり、よっぽど放っておこうかと思いましたけれど、もしあなたがなにかしでかしたら、それで交渉に差し障りが出ないとも限りませんからね。——ああ、そうそう、忘れてた」

ヴァレリウスは指をパチンと鳴らした。するとマリウスを締めつけていた鎖がはずれ、滑車が緩んでマリウスを床に降ろした。ヴァレリウスはマリウスの手首の縄を解きながら、ぼやくように云った。

「まったく、あなたときたら、なんでこんなことに巻き込まれてるんですかね」

「それは、だから……」

「ああ、いいです、いいです。説明しなくて」

ヴァレリウスはうるさそうに手を振った。

「どうせあなたの話は長いうえに、要領を得ないんだから」

「なんだよ」

マリウスはまたむっとした。

「きみが聞いてきたんじゃないか」

「はいはい。悪うございました」

「まったく」

マリウスはぼやいた。

「そういうところ、きみはほんとうに変わらないんだな。——ところで、ここはどこ？」

「ごらんのとおり、地下ですよ。あなたがさっき潜りこんでいた娼館の地下です」

「ああ、闇妓楼の……」

「ええ。——やれやれ、やっと解けましたよ。ああ、めんどくさい」

「——まあ、助けてくれたことに礼はいうけど」

マリウスはようやく自由になった腕をさすりながら、ぶつぶつと云った。

「ますます不愉快な男になったな、きみは」

「生まれ育ちが卑しいですからね、私は。ディーンさまとは違ってね。——そうだ、これもお返ししておきますよ。お忘れ物です。はい」

ヴァレリウスは隠しから何かを取りだし、指でピンとはじいてよこした。マリウスはあわてて受け取った。それは、アルシス大公家の紋章が刻まれた金貨だった。

「ディーンさま、掏摸にやられたでしょう。このあいだ。気をつけてくださいよ。そんなものを、あんなところで掏られるなんて、不用心にもほどがありますよ。パロとしてはいま、万が一にもクムに敵に回られるわけにはいかないんですから。トーラスでおたずねもののあなたが、こんなところをうろついてるなんてクム側に知れたら、いったいどう思われることか。痛くもない腹を探られるのはまっぴらですよ。ほら、こんなものだってもう、こっちにまで回ってきてるんだから」

ヴァレリウスは、エウリュピデスが落としていった手配状をひらひらと振った。マリウスはとっさに手を伸ばして、それを奪い取り、無造作に隠しに突っ込んだ。

「うるさいな。それはぼくのせいじゃないだろう。ロルカに着せられた濡れ衣じゃないか。ぼくはさんざん暗殺などやめろっていったんだ。ロルカにもクリスタルにそう伝えろと強くいった。それなのにあいつは……。そもそも、もとはといえば兄さんがあんなこと……」

云いかけて、マリウスははっとした。兄のこと――暗殺されたナリスのことでヴァレリウスに聞かなければならないことがあるのを思いだしたのだ。

「――そうだ、忘れてた」

「どうしました？」

「ヴァレリウス」

　マリウスは声をあらためて云った。

「きみに聞きたいことがある」

「なんでしょう」

「きみは――いや、きみたちは、なぜナリスを殺した？」

「――え？」

　ヴァレリウスはわずかにぎくりとしたようだった。

「なんのことです？」

「アストリアス」

　マリウスは静かに云った。

「アストリアスだ、ヴァレリウス」

「…………」

「兄さんを暗殺したのは、アストリアスだと聞いたぞ。間違いないな」

「――ええ」

「ならば、その背後にいるのはきみだ。きみたちだ、ヴァレリウス。少なくとも、きみか、リーナスか――それともロルカか、アルノーか。あるいは魔道師ギルドか。そうだな」

「………」

「違うか？」

「──そうかもしれませんね」

ヴァレリウスは素っ気なく云った。

「ですが、それももう、あなたには関係ないのでは？」

「関係あるさ！」

マリウスは怒鳴った。

「ヴァレリウス。アストリアスを手に入れたのはぼくだ。そして、それをきみとリーナスに引き渡したのも。だが、それは決して兄さんを暗殺させるためではなかったぞ。だから、ぼくには聞く権利がある。いったい、きみたちはなにを考えて、なにをしでかしたのか。なぜ、いまパロにいるほとんど唯一の王位継承権者を殺したのか。そもそもきみたちは、ほんとうにパロ側の人間なのか。どういうことなんだ。いったい、なにが起こっているんだ。答えろよ、ヴァレリウス！」

「………」

ヴァレリウスは灰色の目を細め、じっとマリウスを睨んでいたが、やがて小さくため息をついて云った。

「──まったく、あなたってひとは……」

「なんだよ」

「あなたってひとは、ほんとうに余計なことばかりに気がまわるんですね。厄介なひとだな。やっぱり放っておくべきでしたかね。あのまま、やつらの手にまかせて、煮るなり焼くなり好きにさせておいたほうがよかったんじゃないか、という気になってきましたよ」

「──なんだと？」

「まあ、しかし、確かにアストリアスを手に入れたのはあなたの功績だ。それに免じて、申し上げておきますけどね。──殺してませんよ、私は。ナリスさまを。私も、リーナス坊っちゃんも」

「嘘をつけ！」

　マリウスは激高した。

「アストリアスを使ったのは、きみたちだろう！　この期におよんで嘘をつくなよ！」

「嘘ではありません」

　ヴァレリウスは肩をすくめて云った。

「確かに、アストリアスを利用したのは私たちです。ありがたくね。でも、ナリスさまを殺したのは、私たちではありません。というよりも──誰も殺してなどいないのですよ。ナリスさまを」

「――え？」

「ナリスさまは、亡くなってなどいません。生きておられますよ」

「なんだって！」

マリウスは思わず大声で叫び、あわてて口を押さえた。

「だいじょうぶですよ。とっくに結界を張ってありますから。外に声は漏れません」

ヴァレリウスの言葉に、マリウスは安堵して手を離した。

「ああ。――それで、どういうことなのさ」

「むろん、最初からそういう策略だったのです。ナリスさまの死を装い、モンゴール公女アムネリスとの政略結婚を阻止するというのがね。少なくとも、リーナスさまの計画はそうでした。パロ聖王家とモンゴール大公家との姻戚関係を阻止し、ナリスさまの死をもってモンゴールを油断させ、さらにアストリアスを使うことで、婚礼に列席した各国代表者の前でその責をモンゴールに負わせる。そして、その油断と混乱のあいだに反撃の態勢をひそかに整える――というのがね。いま、私がタイスにいるのもそのためですよ」

「でも、どうやって、兄さんを……？」

「もともとの計画では、ティオベの毒を使うつもりでした」

「ティオベ――？　ああ、そうか」

マリウスは得心した。

ティオベの毒とは、中原でよく知られた毒である。穏やかに、眠るように楽に死ねることから、貴族や王族などのなかにはいざというときに自死するために持ち歩いているものも多い。効き目も早く、服毒から数分で呼吸が止まり、心拍も停止して死に至るとされる。

だが、この毒には、ごく一部にしか知られていない、もうひとつの使い道がある。ティオベの毒による死は、いわばかりそめの死にすぎないのだ。解毒剤――腕のいい魔道師や医師しか調合することができず、その配合は秘中の秘とされる解毒剤を用いることにより、服毒からおおむね二日以内であれば、ティオベの毒による死者を甦らせることができるのである。実際、このティオベの秘術を使って死地を逃れたとされる古い伝承がいくつか、パロ聖王家には密かに残っている。

「私たちはアストリアスに暗示をかけ、ティオベの毒を塗った短刀を持たせて婚礼の場にひそかに侵入させ、ナリスさまを襲わせたのです。そして、ほんの少しだけ傷を負わせ、ナリスさまを死んだと見せかけ、遺体を引き取り、そして解毒剤を使って蘇生させる、というのが、私たちの計画でした。ところが――」

ヴァレリウスの目がかすかに泳いだ。

「何者かの手によって、その短刀がすり替えられていた。アストリアスがナリスさまを襲ったとき、彼が手にしていたのはティオベの毒を塗った短刀ではなく、ダルブラの毒――ダネインの水蛇から採れる猛毒を塗った短刀だった」

「え？　それじゃあ、兄さんは、やっぱり……」

「ナリスさまは、その場で亡くなりました。いや、亡くなったと誰もが思いました。ナリスさまを襲った毒が、ダルブラの毒であったと判った瞬間に。私も、もちろんリーナスさまも――気の毒な坊っちゃんは衝撃のあまり、その場に昏倒してしまわれた。――でも」

ヴァレリウスは目をわずかに伏せた。

「亡くなったナリスさま――私たちが誰もがナリスさまだと思っていた者は、ナリスさまご自身が用意した身代わりでした。ナリスさまは――あのお方は、まるでご自分がダルブラの毒で襲われることを予期していたかのように、周到に身代わりを用意されていたのです」

「ああ……」

「結果として――あくまで結果として、私たちの計画はうまくいきました。政略結婚を阻止し、ナリスさまを亡きものと思わせ、その責がモンゴールにあると各国に信じさせることができた。ナリスさまの――ボッカの盤上でも数十手先を読むといわれるナリスさまの知略によって。ま、結局——」

ヴァレリウスの声に自嘲がまじった。

「しょせん、誰にもナリスさまの先を読むことなどできないのでしょう。どだい、私などにナリスさまを暗殺するなどということは無理な話なのですよ。——ですから、ご安心ください。あなたのお兄さまは、ぴんぴんとして生きておられますよ。ディーンさま」

「なるほどね。なんとも兄さんらしい話だな」

マリウスはつぶやいた。

「まあ、ぼくも彼が暗殺されたとはとうてい信じられなかったけどね。だから、こんなところまで確かめにきちゃったんだけれど。——ただ、なにより兄さんらしいと思うのは……ねえ、ヴァレリウス」

「はい」

「兄さんの身代わりになったのは誰？」

「詳しくは存じません。王宮仕えの下級魔道士らしいとは聞いていますが」

「まあ、そんなところなんだろうな。その魔道士も気の毒に……でも、兄さんはそうやって、自分のために誰かが命を落とすのなんて、当たり前だと思っているんだろう。きっと、そんな魔道士のことは悼みもしない。兄さんは——ナリスは確かに頭はいいかもしれないけれど、肝心なところがちっとも想像できないんだ。そうやって、自分の身代わりになって死んでいった魔道士がどれほどの覚悟だったのか、とか、なんの咎もなく、ただ公子だからというだけで、たった十四歳で殺されてしまうということがどういうことなのか、とか……ナリスは絶対に認めないだろうけれどもね。自分にはなにもかも判っている、と冷たく微笑みながらいうだろうさ。まるで判っていないのはぼくのほうだ、といいたげにね。ぼくはナリスのそういうところが、ほんとうに嫌いだし、ほんとうに憎いよ。まったく、そんなボッカの駒みたいに人をもてあそばなくたって、いくらでもいい方法はあったはずなんだ。それこそ、ティオベの毒を自分で使うとかね。そうすれば、その魔道士だって命を落とすことはなかったたし、ナリスだって佯死《ようし》からよみがえってしまえば普通に……ん？」

マリウスは不意に口をつぐんだ。自分の言葉のなかに、妙に引っかかるものを覚えたのだ。

（佯死から、よみがえる——？）

（なんだか最近、そんな感じの話を交わしたことがあったような……）

（なんだったっけ……）

じっと考えるマリウスの脳裏に野太い声が浮かんできた。マリウスははたと気づいた。

（そうだ。あれはワン・チェン・リーだ。チェン・リーと話したんだ。あのとき——蓮

華楼の離れにジャスミンを探しに行ったとき。ラオ・ノヴァルの遺体を見つけたとき）

（チェン・リーは、玄関に倒れていたノヴァルを見て、こう云ったんだ——どっかの馬鹿が運んできやがったんだろう。遺体が自分で歩いてくるわけはねえんだから、って……）

（でも、もし、遺体が自分で歩いてきたのだとしたら——？）

　マリウスははっとした。

（ティオベの毒——）

（もしノヴァルの死がティオベによる佯死で、あの晩によみがえっていたのだとしたら、彼が自力で玄関まで移動したのだとしても不思議ではない。——そして、それだけじゃない）

（あの髪飾り——ぼんのくぼに刺さっていたイェン・リェンの髪飾り。あれをみてぼくは思ったんだ。なぜ、まるで遺体にとどめを刺すようなことを、って——）

（でも、もしノヴァルがよみがえっていたのだとしたら——そして、その彼を誰かがもう一度殺したのだとしたら……）

　マリウスの鼓動がひとつ大きく鳴った。

（そうだ——そうだよ。ノヴァルはおそらく生きかえったんだ。そして、自分で歩いて玄関まで行き——そして誰かに刺されてもういちど死んだんだ。それならなにもかもつ

じつまが合うじゃないか

（だから、やっぱりノヴァルが飲まされた毒は——彼をいったん殺した毒というのは——）

「そうか……」

マリウスはつぶやいた。

「そうか……そうだ、そうだよ！　あれは、ティオベの毒だったんだ！」

「——ディーンさま？」

ヴァレリウスがいぶかしげに問うた。だがマリウスは聞いていなかった。

「そうに違いない！　ラオ・ノヴァルは、ティオベの毒を使ったんだ！　ノヴァルの遺体は誰かに動かされたんじゃない。自分で動いたんだ！　そして、もういちど殺されたんだ！」

「ディーンさま、いったいなんの話です？」

ヴァレリウスが面食らったように尋ねた。

「まったく話が見えないのですが」

「ああ、ごめん」

マリウスはようやく我にかえった。

「実はね、ヴァレリウス……」

マリウスは急いでこれまでの経緯を説明した。しばらく前から西の廓で遊女見習いが何人も行方不明になる事件が起こっていること。そんななか、何者かに掠われそうになっていた娘をひょんなことから自分が助けたこと。その後、自分が世話になっていた妓楼で、楼主たちが毒殺され、助けた娘が忽然と姿を消したこと。そして夜、祭壇の部屋に安置されていた楼主の遺体が玄関まで移動し、そのぼんのくぼに髪飾りが突き刺さっていたこと。さらにその際、妓楼の最高遊女も姿を消したこと。その娘を探しに、神隠しの張本人と噂される闇妓楼を探しあてて訪れ、正体がばれて捕まったところをヴァレリウスに救われたこと――

「とにかく、いろいろ判らないことだらけの事件なんだけど」

マリウスは、少なからず興味を引かれたようすのヴァレリウスに云った。

「その、楼主の遺体の謎だけは、いまのきみの話で判ったような気がする。ねえ、ヴァレリウス。そう思わないか？　ノヴァルはティオベの毒を飲まされたんだと。そして誰かが解毒剤を使って彼をよみがえらせた。よみがえったノヴァルは自分で玄関まで歩いていって、そしてもういちど殺されたのだと」

「そうですね……」

ヴァレリウスは考えながら云った。

「もちろん、可能性としては考えられますし、確かにつじつまはあうように思いますね」

「そうだろう？」

「ただ問題は、まだまだありますよ。なにより疑問なのは、仮に楼主がティオベの毒を使ったとして、なぜティオベの毒を使ったのか……いや、なぜ使わなければならなかったのか、そのような危険を冒してまで、自ら死を装わなければならなかった理由はどこにあるのか、ということです」

「え？」

マリウスは驚いた。

「ということは、ノヴァルはティオベの毒を自分で飲んだってこと？」

「もちろん、そう考えるのが自然でしょうね」

ヴァレリウスは素っ気なくいった。

「お話では、三人を殺した毒というのは、ノヴァルが自ら手に入れた茶にはいっていたのでしょう？　ということは、ノヴァル自身が毒を用意したと考えるのが自然です」

「そうか……」

マリウスは得心した。

「でも、だったら危険ってのは？　ノヴァルは解毒剤を持っていたってことだろう？　それなら別に危険はないじゃない」

「話はそう簡単ではありません」

ヴァレリウスは諭すように云った。

「ティオベというのはその名のとおり、基本的には毒なのです。それも数分で死に至る猛毒です。むろん、その死はかりそめの死、服毒してから二日以内に解毒すれば、甦ることができる。しかし、逆にいえば、解毒剤を与えずに放っておけば、そのまま命を落とすということです。しかも、服毒した本人は、自力で解毒剤を服用することはできない。なにしろ、死んでいるのですから。したがって、ティオベの毒を使い、自らの死を装うためには、死体となった自分に間違いなく解毒剤を与えてくれるものがいなければならないということです。そしてもし、なんらかの事情によって解毒剤を与えるのが遅れれば――あるいは、解毒剤を与えるはずの者が裏切ってしまえば、自分はそのまま死を迎えることになる。つまりは、自らの命を完全に他人に委ねなければならないのです。そのようなこと、よほど切羽詰まった事情と、よほど信頼できる仲間がいなければ、とうていできるものではありません」

「ああ……」

「さらにいうならば、解毒剤を作るのも簡単ではありません。ティオベの毒は魔道師や医師が調合するものですが、その配合は調合する者によって微妙に異なるものです。したがって、ティオベの毒の解毒剤は、基本的には毒を調合した本人にしか作ることはできない。それもティオベの毒のことを知り抜いた腕のいい魔道師か、医師でなければね。もし、その繊細な調合をわずかでも誤れば、解毒剤がまったく効かなかったり、たとえ効いても重い後遺症が残ったりすることがあるのです。したがって、相当の腕が求められる。ティオベの毒を調合すること――単に楽に死ぬことのできる毒を作ること自体はそれほど難しくはありません。ちょっと気の利いた医者や魔道師なら誰でも作れるでしょうが、解毒剤も、となるとそうはいかない。ですから、ティオベの毒は、基本的には自死するための毒なのですよ。伴死の術として使うには、あまりにも危険が大きすぎる。そのためには並大抵ではない事情と、覚悟と、信頼と、準備が必要になるのです」

「うーん……」

「まあ、その楼主が実際にティオベの毒を使ったのかどうか、それは薬物を専門とする魔道師なり、医師なりが慎重に検分しなければ判りませんが、もしほんとうに使ったのだとすると――この事件は相当に根が深いのかもしれませんよ。少なくとも、いまはまったく見えていないような複雑な事情が裏にはあるはずです。その、ノヴァルという楼主が、それほどの危険を冒してまで、他のふたりの楼主を殺害しなければならなかった深刻な事情が」

「あ……」

マリウスは気づいた。

「そうか。ノヴァルがティオベの毒を自ら茶に混ぜたのだとしたら、他のふたりを殺したのも彼だということになるのか」

「そういうことです」

ヴァレリウスはうなずいた。

「むしろ、彼の主な目的はそちらだったのでしょう。彼の伴死はあくまで、ふたりを殺害したのは自分であるということを悟らせないようにするためのものだったはずです。被害者を装うことによってね。そのために彼は相当に周到な準備を行ったに違いありません。ふたりを殺害し、自分が死を装って生き延びるためには、少なくとも、いつ毒を飲むか、そしてその後、どこで、誰に、どうやって自分に確実に解毒剤を与えさせるか、ということを決めておかなければならないのですから」

「そうか……」

「そしてノヴァルは、あくまで自分は死んだとひとに思わせておかなければならない。犯人が自分だと絶対に悟られないためにはその方法しかありません。自らの存在を公から抹殺すること——そのためにこそ彼はティオベを使わざるをえなかった。彼は自分が死んだと思わせてよみがえり、その屋敷からこっそりと姿を消すつもりだった。そしてどこかで、別の人間として生きていくつもりだったはずです。あるいは自分が甦ったあとの身代わりとして、棺に入れておく別の遺体も用意していたかもしれません。それほどのことをしてでも、彼にはそうしなければならない何らかの理由があった。それまで築いてきた大妓楼の主としての立場、西の廓の長としての地位をすべて投げ打ってまでもそうしなければならない理由が。だが、そこで何かの手違いが起きた。わざわざティオベを使うという危険を冒し、死からよみがえったにもかかわらず、結局、彼は何者かにほんとうに殺されてしまったからです」

「ああ……」

「彼がそうしなければならなかった理由は判りませんが、ただ、そこに遊女見習いの行方不明がなんらかのかたちで関わっていることも間違いないでしょう」

「どういうこと？」

「おそらくは遊女見習いの誘拐にも、その楼主が関わっているということです」

「えっ？」

マリウスはまた驚いた。

「ノヴァルがイェン・リェンを掠ったってこと？　でも、なぜ？　だって、イェン・リェンはもともと彼の妓楼の遊女見習いなのに」

「ええ。確かに奇妙なことにも思えますが、楼主たちを殺害した犯人が彼である以上、娘が行方不明となった理由も彼にあると考えるのが自然です。その遊女見習い――ディーンさまが以前に助けたという娘が、その離れの座敷に呼ばれたのは偶然ではないのでしょう？」

「ああ、うん。ノヴァルが呼んだといってた」

「やはりね。ということは、娘の行方不明もまた、ノヴァルの仕業だとみて間違いない。つまりは、彼には妓楼を手放し、地位を投げ打つことはできても、その娘だけは手のうちに留めておかなければならない理由があった、ということになります。その理由が彼自身のものであるのか、それとも彼の協力者によるものであるのかは判りませんが――

――」

「協力者？」

「ええ。彼には協力者がいたはずです。少なくともティオベの毒を彼に渡し、そして解毒剤を飲ませた協力者がね」

「ああ、そうか」

「例の離れの座敷から娘と、そして遊女がどうやって姿を消したのかは判りませんが、それにも協力者がからんでいることは間違いないでしょう。そもそもそこは、普段は楼主しか入らない場所なのでしょうから、誰も知らない細工がなされていたっておかしくはない。むろん、魔道を使ったということも考えられます。ティオベの毒が使われたのだとすれば、そこにはおそらく魔道師がからんでいるわけですし。先ほど、ディーンさまを鞭打とうとしていたあの男も、魔の気配はかなり濃かったですからね」

「え？」

マリウスはまた驚いた。

「そうなの？　エウリュピデスが？」

「ええ。彼自身が魔道師なのかどうかは判りませんが、少なくとも何らかの魔力の持ち主ではあるようです。それもあまりたちのよくない――私たち、ヤヌスの白魔道の徒とは相容れない類のね。もっとも、その魔力は何者かに封印されているようでしたが。もし、彼がこの事件に深く関わっているのなら、ティオベの毒を用意したのも彼なのかもしれませんよ。あるいは彼の魔力を封印したものか――いずれにせよ、あの男とラオ・ノヴァルが結託し、西の廓の有力な楼主を殺害し、遊女見習いを掠った、というのは大いにありうる話です」

「そんな――！」

マリウスは愕然とした。

「だって、ということは、ノヴァルが闇妓楼に関わっていたってことじゃない！　そんなこと……」

「まあ、なんともいえませんがね。あくまで可能性の話です。いずれにせよ、この事件に魔道がからんでいる可能性は相当に高いと思います。――ディーンさま、遊女が行方不明になったあと、その離れの部屋に黒蓮の匂いは残っていませんでしたか？」

「――いや」

　マリウスは少し考えて首を振った。

「覚えはないな。もしかしたら、ジャスミンの香水の――茉莉花の匂いで消されていたかもしれないけれど……」

「うーむ」

　ヴァレリウスは考えこんだ。

「黒蓮の匂いはそう簡単に消せるものではないですからね……よほど力のある魔道師でない限り、黒蓮を使わずにひとを掠うことは難しいはずなんですが……」

「…………」

「ただ、魔道がらみでもうひとつ気になることがあります。ディーンさま、先ほど、神隠しにあった娘たちには奇妙な特徴がある、とおっしゃってましたね」

「ああ、うん」

「少し、詳しく教えていただけますか」

「ああ、それなら……」

　マリウスは、以前にチェン・リーからもらった書き付けを隠しから取り出し、ヴァレリウスに渡した。神隠しにあった娘たちの特徴と、その状況をまとめたものだ。ヴァレリウスは眉間に皺を寄せながら、その書き付けにじっと目を通した。

「――なるほど」

　ヴァレリウスは小さくうなずきながら云った。

「確かに奇妙ですね。双子が三組、黒い肌の娘が二人。それに白皮症、多指症、虹彩異色症――。これがとても気になります。特に魔道師としてはね。こういう存在は、なんというか……とても都合がいいのですよ。魔道的に」

「どういうこと？」

「魔道がもっとも嫌うものは、平穏です。平穏であるということは、時間的にも空間的にも変化がなく、総じて一様であり、均質であり、普遍であるということです。そのような場には勾配はなく、あるいはゆるやかで、魔道の源であるところの精神エネルギーの流れはほとんど生じない。静かな池のようなものです。そしてその流れが生じなければ――険しい山を駆け下る急流のような流れがなければ、魔道は大きなエネルギーを得ることができません。したがって、魔道は乱れを好む。周囲とは違う何か、平たくいえば、人々に珍しいと思わせる何かを、です。異質を好む、といってもいい。ということからすると、この神隠しにあった娘たちは――」

　ヴァレリウスは書き付けをマリウスに返した。

「この遊女見習いたちは、まさしくそういう存在です。少なくともここ、タイスにあってはね。どの娘も、ここにいるというだけで、少なからず人々の注目をあつめざるを得ないでしょう。本人が好むと好まざるとにかかわらずね。周囲とは違う、というのはそういうことですから。そして、そこには強烈なエネルギーの流れが生じる。しかも彼女たちはきわめて美しく、生まれてからずっと外界から隔離されて育ってきたのですよね。廓という、いわば結界のような場のなかで。となると、こういう特殊な——極めて特殊な存在は、魔道師たち、ことにドールの黒魔道師たちにとっては、格好の獲物といってもいい」

「…………」

「この娘たちは、闇妓楼にはみあたらなかった、とおっしゃいましたね」

「うん」

「ということは、この神隠し、そもそも闇妓楼とは関係なかった可能性がありますよ。あるいは、闇妓楼は単なる目くらましであるとかね。ほんとうの狙いは、まったく別のもの——何か大がかりな魔道がからむものであるのかもしれない」

「魔道——？」

「もうひとりの娘——ワン・イェン・リェンにはなにか特徴はないのですか？」

「特にないね……とてもきれいな娘ではあるけれど……」

マリウスは考えこんだ。

「強いていうなら、首筋に変わった大きなほくろがあることくらいかな。花びらのようなかたちの」

「花びら、というと……」

ヴァレリウスは空中に指で五芒星を描いて見せた。

「このようなかたちですか？」

「うん、そうだね。少し丸っこいけれど」

「なるほど……」

ヴァレリウスはうなった。

「確かにたいした特徴ではないですが、ただ、そのかたちは気になりますね。五芒星というのも、魔道的には重要な意味を持つものなので——白魔道と黒魔道を問わず、なにかを封印したり、あるいは異次元からなにかを呼び出したり、というときには五芒星陣がよく使われますからね。となると——」

「………」

「ワン・イエン・リエンがこれほど執拗に狙われたのも——そしてノヴァルがなにもかもを捨ててまでこの娘に執着したのも、もしかすると、いわば生まれながらにして五芒星の刻印を体に持つ彼女がなにか、その魔道を発動させるためには欠かせない最後の鍵のようなものなのだ、ということも考えられます。数えてみれば、これまでに神隠しにあった娘は十一人。ワン・イェン・リェンを入れれば十二人——ご存じのように十二という数字は、私たちの世界では特別な意味を持つものです。魔道十二条、ヤヌス十二神、パロの十二聖騎士侯、ケイロニアの十二選帝侯と十二神将。世界には十二の海があり、ドールの黒魔道にさえ《暗黒の十二条》がある。ワン・イェン・リェンが十二人目の贄《にえ》として、その魔道を完成させるものとして選ばれたのだとしても何の不思議もない」

「そんな……」

マリウスは愕然とした。

「そんな、イェン・リェンが……魔道に？」

「まったく厄介だな」

ヴァレリウスはぼやいた。

「万が一にもそんなことが起こっているのだとすると、あるいはタイスでの私の仕事にも思わぬ影響が出てこないとも限らない。ただでさえ、今回の戦役には大きな魔道が働いているとしか思えない不可解なことが多すぎるというのに。なぜ魔道師ギルドがモンゴールの奇襲を察知できなかったのか。アストリアスが云っていた髑髏《どくろ》の魔道師カル＝モルとは何者なのか。それに加えて、今度はこれだ。ああ、厄介だ！　ほんとうに厄介なことだ！　どうにもあなたは私にとって、やっぱり貧乏神なんじゃないか、という気がしてきましたよ。ディーンさま」

2

「またひどいことをいう」

マリウスは抗議した。

「魔道のことはぼくとまったく関係ないじゃないか。そもそも、ぼくがここにくる前から神隠しは始まってたんだから」

「まあ、そうですけどね」

ヴァレリウスはぶつぶつと云った。

「ぼやきたくもなるってもんですよ。どんどん心配ごとばかりが増えていくんですからね」

「だったらさ、手伝ってよ、ヴァレリウス」

マリウスはここぞとばかりに云った。

「ワン・イエン・リエンと、それからジャスミン・リーを見つけ出すのをさ。この事件にはおそらく魔道がからんでいるんだろう？　だったら、彼女たちを探すぼくらにだって魔道師が必要だ。それに、きみだってこっちの事件が片付けば、ひとつ心配ごとが減るわけだろう？　そうすれば、もともとの仕事に集中できるってものじゃないか」

「そう簡単にはいきませんよ」

ヴァレリウスはすげなく云った。

「とてもじゃないが、私にはそんな時間はありません。これまでひと月ほどもかけて裏からあちこち手をまわして、ようやくタルー公子と極秘で面談できることになったんですから。ほんとうは今日、ここにいる時間だって惜しいんですよ」

「だったら、誰か別の魔道士をよこすとか……」

「無理ですよ。さっきも申しましたでしょう。魔道師ギルドはもう、あなたとは関わらないことに決めたんです。これは導師会議で決まった正式な決定です。ですから、しがない一級魔道師の私が独断であなたを助けたことだって、下手すれば譴責《けんせき》ものなんですからね。——ああ、やっぱり余計なおせっかいを焼くんじゃなかったな。こんな面倒なことになるなんて。せめてあなたがお兄さまの半分でも知略に長けたお方ならね。こんな事件のことは安心してまかせておけるし、こっちの仕事にだってお知恵を拝借もできるんですけどね」

「あのさあ、いいかげんにしろよ、ヴァレリウス！」

マリウスは怒った。

「さっきからぼくのことをさんざん馬鹿にして。自分だって、アストリアスをろくに使いこなせなかったくせに――だいたい知恵ってなんだよ！　なんの知恵がほしいんだよ！」

「もちろん、クムをパロの味方に引き入れるための知恵ですよ。いまのところ、完全に中立を保っているクムを、パロ側として参戦させるための知恵です」

「――クムを味方に？　しかもパロ側として参戦させるだって？」

　マリウスは驚いて云った。

「それはさすがに難しいんじゃないの。なんてったって、クムはモンゴールとはゴーラの盟邦なんだし、アルゴスみたいにパロと姻戚関係があるわけでもない。それに確か、ゴーラ三公国のあいだには相互不可侵条約が結ばれていたんじゃなかったっけ」

「ええ、そうです」

　ヴァレリウスは認めた。

「クムをパロ側として参戦させるには、相互不可侵条約が最大の障害であることは間違いありません。もっとも、クムとモンゴールは盟邦とはいっても、その関係は決して良好ではない。三十年ほど前、ヴラド大公がモンゴールを建国した際、当初は版図をトーラス周辺の森林地帯のみとするという約束がありました。しかし、彼はそれを無視し、当時はクムの事実上の属州であったカダインとオーダイン――穀倉地帯として知られる両州をも承諾を得ることなく、武力をもって平定し、モンゴール傘下に収めました。当然、クムは激怒し、それからというもの、この両州、つまりはカムイ湖東岸地域では、クムとモンゴールの間で幾度となく、国境を巡る戦いが繰りひろげられてきた――というのはディーンさまもご存じですよね。なにしろ、ほんの三年前、公女将軍アムネリスの名を世に知らしめたインガスの戦いの後にユラニアの仲介で停戦し、条約が結ばれるまでは、その状態がずっと続いていたのだから」

「ああ、もちろん」

「ですから、クムがモンゴールに抱いている感情はいまでも良くはない。パロとしてはそこが狙い目なのです。だが問題は、そう、おっしゃるとおり、相互不可侵条約です。これをどうにかしない限り、クムの参戦は難しい。もし、クムが条約を一方的に破れば、それはクムとモンゴールとの関係だけに留まらず、停戦の仲介役であるユラニア大公国との関係にも大いに影響が生じるわけですからね。むろん、それだけの利益があると思えば、クムとて条約を破棄するにやぶさかではないでしょうが、いまのパロにはその利益を差し出すだけの力はありません。というわけで私はいま、おおいに頭を悩ませているのですよ」

「なるほどね」

マリウスは少し考えた。

「でも、それなら……相互不可侵条約が問題なら、それはどうにでもなるんじゃないの。というか——そんな簡単なことで悩んでるなんて、きみもまだまだだね」

「おや」

ヴァレリウスはじろりとマリウスを見た。

「なにか、いいお考えでも？」

「簡単だよ」

マリウスはにやにやと云った。

「クムが条約を破れないなら、モンゴールに破らせればいいんだ。モンゴールにクムの国境を攻めさせればいい。そうすれば、クムはモンゴールを堂々と攻めることができるじゃないか」

「なるほど。それはそうですが、どうやってモンゴールに攻めさせるんです？」

「アレクサンドロスの空城の計だよ！」

マリウスは得意になって云った。

「パロ第一王朝、第三代聖王アルマドランが、当時最強の軍事大国だったハイナム相手にしかけた空城の計さ！　国境の小さな砦だったサインを捨てたと見せかけてハイナム軍を誘いこみ、カレニアの谷に誘導して一気に殲滅《せんめつ》した、あの戦いさ！　あれにならって、クムとモンゴールの国境にあるクムの砦——カムイラルとかタリサとか、そのあたりの砦からクム軍をいっせいに引きあげさせるんだ。それでモンゴール軍がのこのこと攻め込んできたところを、隠れていたクム軍が一気に取り囲んでやっつけて、そのまま国境を越えて攻めかかればいいのさ。ほら！　簡単だろう？」

「…………」

「どうだい、ヴァレリウス。ぼくの知恵だって、捨てたものじゃないだろう」

「いや、あの……」

ヴァレリウスは、しばらくどう云っていいのか迷うような様子を見せていたが、やがてため息をつきながら云った。

「まあ、そうですね。――あなたもアレクサンドロスくらいはご存じだったんですね」

「そりゃあ、そのくらいは知ってるさ」

「そうでしょうね。まがりなりにも王立学問所に通っておられたのだから。それなりに頑張っておられたのでしょうね、あなたも。あのころは、苦手な学問を――ねえ、ディーンさま」

「なんだよ」

「あなたをみていると、私はどうにもリーナス坊っちゃんを思い出すんですよ」

ヴァレリウスの灰色の目がマリウスを見つめた。先ほどまで厳しかった目つきが、少し優しくなっているように見えた。

「まだたったの九つだったのに、浮浪児だった見ず知らずの私を案じて声をかけてくれるほどに優しくて、おっとりとして、ほがらかで、お調子者で、そうやって私のことを一生懸命にやりこめようとして……でも、とても政治や軍事のことなどには向いていない、坊っちゃんのことをね」

「それって、どういう意味だよ。皮肉なのか？　どうせ、またぼくを馬鹿にしようっていうんだろう」

「いや、モンゴールにクムを攻めさせるというのは悪くないアイデアですよ、ディーンさま。でも、空城の計は無理です。いまどきそんな使い古された戦法に、そうやすやすと引っかかる軍人などいません。そもそも、空城の計というのは、戦力的に圧倒的に劣る側が仕掛ける捨て身の計略です。アルマドラン聖王もそうでしたし、いまのパロもそうです。ナリスさまの死を装い、聖騎士侯や聖騎士伯がこぞって首都を離れているいまのパロは、ある意味、モンゴールに空城の計を仕掛けているようなものです。でも、クムはパロとは違う。戦力的にはむしろ、モンゴールよりも充実しているとさえいえるかもしれない。アストリアスの話によれば、モンゴールはノスフェラスに遠征して大敗を喫したそうですしね。そんな状況にあるクムが、よその国からやってきた使節に空城の計を仕掛けろ、なんてそそのかされて、はい、そうですね、とはなりません。あっさりと見破られて、国境の大事な砦を簡単に奪われてしまうかもしれないのですから」

「ひとには向き不向きがあるということです」

「あ……」

　ヴァレリウスはどこか優しげだった。

「坊っちゃんやあなたのように、心根が素直で優しいかたは政治や軍事には向いていないのですよ。そういうものに向いているのは、私やナリスさまのように性根のひねくれた人間なのです。だから、あなたがたが政治や軍事に向いていないのは、決してあなたがたの罪ではありません。ナリスさまがお判りにならなかったのは、そこなのでしょうね。あのかたは、他人に罪の意識を覚えさせるのが実に巧みなかただから、あなたはとても苦しまれたのでしょうけれど——今回のことも正直、困ったことをしでかしてくれるものだと思いましたけれど、それもあなたの優しさゆえのことなのでしょうね。だって、あなたが遊女見習いをこんなに必死に救おうとしているのも、そういう境遇の娘をどうしても放っておけないのでしょう？　坊っちゃんが私に声をかけてくれたように。あなたが敵国の公子と知りながら、ミアイル公子に情けを寄せてしまったように——優しい人に政治的な判断は下せないのでしょう。リーナスさまだって、そうです。ティオベの毒を使おうなどとせずに、それこそ最初からダルブラの毒を使ってナリスさまを殺してしまう手だってあったのに」

「え——？」

マリウスは驚愕した。

「ナリスを殺してしまう手もあった、って、どういうこと？」

「ま、政治にはいろいろな要素があるってことですよ。あなたがたにはとうてい思いつかないような――思いついてもとても実行できないような、ね」

ヴァレリウスは少し微笑んでいるように見えた。

「とにかく、礼をいいますよ。あなたの空城の計は使えませんが、それがどうやらいいヒントになったようですのでね」

「なんだよ。なぐさめはよせよ」

「なぐさめではありません。モンゴールに国境を越えてクムを攻めさせるのではなく、国境を越えずとも、クムを攻める意志があると解釈できるような動きをさせればいいのだ、と気づきましたから。例えば、モンゴール街道から、さらに西に――クム側に陣を取らせるように仕向けるとかね。ザイム近郊のカラムの原、あるいは川をはさんだティファの原あたりに。そうすれば、クムは戦力をタイスやラミアに堂々と集める口実はできる。そしてモンゴールとの国境さえ越えなければ――自由国境地帯のなかでの戦いなら、相互不可侵条約の盲点を突くことはできるかもしれない。タルー公子との交渉では、そのあたりから攻めてみますよ。――さて」

ヴァレリウスはフードを深くかぶりなおした。

「私はそろそろおいとましなければなりません。が、その前にひとつだけ、お手伝いしておきましょう。クム攻略のヒントをいただいたお礼として——ディーンさま、行方不明の遊女か遊女見習いにゆかりのものをなにか、お持ちではないですか？」

「ああ、うん、あるよ」

マリウスは腰の隠しをさぐり、髪飾りをとりだした。

「これでいい？　ワン・イェン・リェンの髪飾りなんだけど」

「結構です」

ヴァレリウスは髪飾りを受け取ると、両手のなかにおさめ、目をつぶり、じっと念を込めるように、なにやらぶつぶつとつぶやいた。マリウスはそのようすを固唾《かたず》をのんで見守った。やがてヴァレリウスは顔をあげ、髪飾りをマリウスに返した。

「少し結界を薄く広げて探ってみましたが、どうやらここからおおむね五モータッド以内には、その娘はいないようです。ただし、地上には、ですが」

「地上には？」

「ええ。ですから、彼女がこのあたりに囚われているとしたら、地下ですね。ちょうどここのような地下室に閉じ込められている可能性はあります。ご存じかとも思いますが、タイスの地下には巨大な空間がひろがっています。で、いま探ってみると、そのところどころが結界になっているのですよ。だから、そのなかがよくみえない」

「結界だって？」

マリウスは驚いた。

「結界ってことは、やっぱり魔道がからんでるってことじゃない」

「ええ」

ヴァレリウスは認めた。

「もっとも洞窟のような狭い空間というのは、それ自体が天然の結界のようなものです。だから魔道師にとっても、そういう洞窟や、ここのような窓のない部屋というのは、結界を張るにはとても都合がいいんです。年老いた魔道師なぞというものが、こぞって洞窟に閉じこもりたがるのもそのためです。だから、タイスの地下空間が結界に満ちているのは不思議なことではない。そのなかには古い結界も新しい結界もあります。特に気になるのは——」

ヴァレリウスは右手で周囲を指す仕草をした。

「この部屋に隣りあった地下空間にある結界です。隣といっても、分厚い岩盤でさえぎられてはいますけれどもね。それがどうやらかなり大きくひろがっている。結界自体は古いもので、もともとは何百年も前の魔道師が残したもの、いわゆる残留思念のたぐいのようですが……。先ほど、闇妓楼には地下牢があるらしいとおっしゃってましたね」

「ああ、そう聞いた」

「となると、この結界があやしいですね。ほんとうに地下牢があるのなら、おそらくはこの結界でしょう。私としては、まずはここを探すことをお勧めします。もっとも、そのためにはまた闇妓楼に入りこまなければならないかもしれませんが」

「ああ……」

マリウスは唇をかんだ。

「そうか。それはまた、なにか策を考えないといけないね。ぼくの正体もばれてしまったし……」

「まあ、私もあまり時間はとれませんが、どこか他に入口がないか、また結界をひろげて探ってみますよ」

「ああ、ありがとう。助かる」

「それから、もうひとつ。これは私の単なる印象なので、話半分で聞いておいてもらいたいのですが、この事件、女性が深く関わっているのかもしれない、という気がします。犯人側にね。というのは、その手口がどうも、女性を思わせるものが多いので」

「女性――？」

「たとえば、蓮華楼の楼主があらためて殺された事件で使われた道具は、女性の髪飾り――いま、まさにあなたが持っている遊女見習いの髪飾りです。これがどうも、道具も手口も男性らしくない。男ならば、もっと暴力的な――たとえば匕首《あいくち》を振るうとか、鈍器で殴るとか、そういう手段を使いそうな気がするのです。もちろん、髪飾りのような細いもので急所を刺す、というのは簡単ではありませんが、相手にすきさえあれば非力な女性でもできます」

「なるほど」

「それから、楼主たちはティオベの毒で殺されていますよね。ディーンさまもご存じと思いますが、毒殺、というのは特に女性が得意とする殺害方法だ、といわれています。実際、中原で有名な毒使いといえば、誰もが名前をあげるのが《海の姉妹》ロクスタと、かつてクムのルーアンで暗躍した娼婦メッサリナだ。いうまでもなく、どちらも女性です。むろん、実際に手を下したのはノヴァルなのでしょうが、その発想そのものにはなんとなく女性的なものを感じます。あるいは女魔道師のようなものが陰にからんでいるのではないか、という気が——まあ、あくまで印象ですが、お心の片隅に留めておいてください」

「わかった。覚えておく」

「それからもうひとつ、これを渡しておきましょう」

ヴァレリウスは、ふところから小さな袋を取り出した。

「役に立つかどうかは判りませんが、いざというときには目くらまし程度にはなるかもしれません」

マリウスは袋を受け取り、中身を確認すると、得心してうなずいた。

「なるほど。わかった」

「それでは、私はこれで失礼しますよ。そこの階段をあがれば、例の娼館の裏庭に出るはずです。簡単に結界を張っておきますから、そうすれば、あとは——いや、ちょっとお待ちください」

ヴァレリウスの表情にふいに緊張が走った。

「外のようすがおかしいですね。なにやら騒がしい」

「え？」

云われてマリウスも耳を澄ませた。確かに近くに大勢があつまり、大声で騒いでいる気配がする。加えてなにかを激しく叩くような音もする。むろん、ここは東の廓、快楽と欲望の中心地であるから、時として喧嘩騒ぎが起こることもあるだろうが、それにしてもこの騒ぎの激しさは度を超している。いずれにせよ、それは遊女の嬌声や酔客たちの陽気な笑い声とはほど遠い、怒りの空気に満ちた騒動だった。

「なんだろう」

マリウスは妙な悪寒をおぼえた。

「まるで楼主が殺された翌朝の西の廓みたいだ。閉じこめられた客が騒ぎはじめたころの——。ねえ、ヴァレリウス。なにが起こっているんだろう」

「どうも、娼館の門の外に男たちが集まって騒いでいるようです」

なにやら念を飛ばしていたようすのヴァレリウスが云った。

「ちょっとみてきます」

「あ、ぼくもいく」

すい、と宙を飛び、天井の入口へ向かうヴァレリウスをマリウスは慌てて追い、階段を駆けのぼった。階段の出口は、かなり重そうな扉でふたがされていたが、ヴァレリウスはまるで布でも払うように、指一本で押し開け、外へ飛び出していった。とたん、朝の明るい光とすさまじい喧噪がマリウスを襲ってきた。やはり大勢の男たちが激しくわめきながら、なにか硬いもので門や塀をがんがんと叩いているようだ。マリウスはそっと顔を出し、暗闇に慣れた目をしばたたかせながら、あたりを見まわした。

そこはヴァレリウスの云うとおり、闇妓楼の娼館と高い塀のあいだにある裏庭だった。いや、裏庭というよりはむしろ、細長いすきまといったほうがいいかもしれぬ。娼館と塀とのあいだに、幅二タッドほどの空間が長く続いているだけだったからだ。その地面はほとんど手入れがされておらず、夜露に濡れた草がひざ丈ほどまで生い茂っている。

咆吼《ほうこう》のような怒りの声は、確かに門のほうから響いていた。ヴァレリウスは先に飛んでいったのか、姿は見えぬ。マリウスは足もとにまとわりつく草に苦戦しながら、急いで門のほうへとまわった。そして娼館の裏手から門の横に出たとたん――

(――あっ！)

マリウスは思わず叫びそうになり、慌てて口を押さえた。

(なんだ、これ！)

闇妓楼の門――昨晩、マリウスが人力車でくぐった門は固く閉ざされていた。だが、その門はいま、外から何者かに押されて大きく揺れていた。否、門ばかりではない。門を支える柱も、その横の高い塀も、まるで地震にでも見舞われたかのように大きく揺れていたのだ。門は見るからに分厚く、太いかんぬきが三本もかけられていたが、それでもぎしぎしと、いまにも壊れそうに揺れていた。それはとても人間のなすわざとはみえず、まるで南方の巨大な象《エルハン》がなんども体当たりを繰り返しているかのようだった。

「おい、門を開けろ！」

「ぶち破るぞ！」

「かまわねえ、たたき壊せ！」

門の外では野太い男たちのすさまじい怒号が飛びかっていた。一方、闇妓楼はそれとは対照的に静まりかえっていた。マリウスにはそのあまりの静けさが気にかかった。まだ夜が明けてまもない時分である。残っている客もいるだろうし、むろん幼い遊女たちも、若い衆もみな娼館にいるはずだ。だが、なかから娘たちの悲鳴が聞こえるでもなく、若い衆が顔をのぞかせるでもない。それはまるで無人の打ち捨てられた館のようであった。

（タオは――？）

マリウスは不安になり、おそるおそる娼館の玄関のほうをのぞきこんだ。

（だいじょうぶかな……相当に怯えてるんじゃないだろうか）

（それにしても、この騒ぎはいったい――）

と、マリウスがもう一度、門を振りかえったときだった。

「ホン・ガンのかたきだ！」

というひときわ大きな雄叫びが聞こえてきたのだ。

（――――！）

マリウスははっとした。

（そうか！　この騒ぎは、ピュロス道場の剣闘士たちか！）

（ホン・ガンが……おそらく彼が殺されたことを知って、それで怒ってここに押し寄せたんだ）

（ホン・ガン……ぼくを助けようとして、それで……）

あの親切だった若者のほがらかな笑顔が脳裏に浮かぶ。強烈な自責の念がマリウスの胸を刺す。彼は思わずヤヌスの印を切った。

（でも）

マリウスは自らを励ました。

(これで闇妓楼も終わりだろう。なにしろ、タイスで一番の道場と聞くピュロス道場を敵にまわしたんだ)

(ということは、チェン・リーも外に来ているのだろうか?)

(だったら、ぼくも合流して——)

とマリウスが意を決して門に向かいかけた——

その、刹那だった。

マリウスの背後から、どーん、とすさまじい爆発音が響きわたった!

3

「うわっ！」

驚いて振り向いたマリウスに、周囲から猛烈な煙と熱気が一気に襲ってきた。少なからぬ煙を吸い込み、激しく咳きこみながら、マリウスは必死に目を開けた。

彼の目に飛び込んできたのは、ぱちぱちと激しくはぜながら、天高く吹きあがる炎であった。朝焼けが残る空に向かい、黒々とした巨大な煙がもうもうと湧いてゆく。まわりからは金色の火の粉が大量に降りそそぎ、あたりには無数の灰がひらひらと舞い落ちていた。その激しい炎は次第に中庭の三方を取り囲みはじめており――

その光景に、マリウスは戦慄した。

（闇妓楼が、燃えている――！）

さよう、東の廓にひっそりとたたずんでいた古い娼館――いくたの幼い少女を毒牙にかけ、邪な男どもの欲望のままに陵《りょう》辱《じょく》してきた闇の妓楼はいま、突然に断末魔のときを迎え、激しい炎のなかに自ら崩れ落ちようとしていたのだ。

（――タオ！）

周囲のすさまじい熱とはうらはらに、マリウスの背が一気に冷えた。

（タオ……タオが、あのなかに！）

猫のような美しい黒い瞳が印象的な少女。けなげにも陽気にふるまいながらも、マリウスの腕のなかで寂しいと泣いた十四歳の娘。マリウスが必ず救い出してあげると、固く誓って別れたばかりのあの少女が――

おそらくは激しい炎につつまれた娼館のなかに取り残されているはずだ。

マリウスは声にならぬ悲鳴をあげた。

「――ヴァレリウス！」

マリウスは降りそそぐ火の粉を手で払いながら、姿の見えぬ魔道師の名を叫んだ。

「ヴァレリウス、いないのか？」

（おりますよ）

マリウスの頭のなかに直接いらえがあった。心話の術だ。

（姿を見られるわけにはいかないので、結界に身を隠しておりますが）

「ヴァレリウス、きみの力で火を消すことはできないのか？　あのなかには、まだ幼い娼婦たちがいるはずなんだ！　おそらく、ぼくが助けると約束した少女も――」

（もうしわけありません。いまの私の力では、雲を呼び、激しい雨を降らせるような技

はできません)

「わかった」

マリウスは即座に決断した。

「じゃあ、ぼくが闇妓楼のなかに入るから、ぼくを炎や煙から守ることはできるか？」

(えっ？)

ヴァレリウスは驚いたようだった。

(ええ、それならできますが。でも、それではディーンさまの身に……)

「ためらってるひまはない！　たのむぞ、ヴァレリウス！」

こんどこそ、ぼくはあの娘を救ってみせる——

(ミアイルさま、お守りください！)

マリウスは祈りながら、そばにあった天水桶からざんぶりと水をかぶると、玄関に一目散に駆け込んだ。館のなかから、たちまち炎が襲ってくる。しかし、その炎は不思議なことに、マリウスの周囲一ターールほどのところでことごとくはねかえされた。その熱も、そして煙も、マリウスにはまったく届かなかった。

(よし、ヴァレリウスのバリヤーが効いてる)

マリウスは勇気百倍し、玄関から娼館の長い廊下へと走りこんでいった。

だが——

「うっ！」

その目の前にひろがる光景にマリウスは思わずうめき、しばし立ちつくした。

それはあまりにも凄惨なものだった。娼館はすでに天井の一部が崩れ、廊下には多くのがれきが重なっていた。火元とおぼしき奥のほうから炎が時折吹きだし、その舌が徐々に壁や天井を舐めてゆく。そして、その手前、玄関を入ってすぐのところには——昨晩、彼を案内してくれたタン婆が驚いたように目を見開いたまま、のどを深々と切り裂かれて息絶えていた。

（——！）

マリウスは唖然としてあたりを見まわした。そこに倒れているのはタン婆だけではなかった。長い廊下のあちこちには、半ばがれきに埋もれるように、下女や若い衆、あるいは客とおぼしき男までもが、みな一様にのどを裂かれ、おびただしい血を流して事切れていたのだ。そしてそのなかには、部屋から必死で逃げ出そうとしたとみえる幼い娼婦の姿も含まれており——

「——タオ！」

マリウスは絶叫した。絶叫して廊下を奥へと走った。タオと——彼が救うと約束した少女とはじめて出会った部屋を目指し、吟遊詩人はひた走った。頭のなかには、魔道師からの警告がしきりと心話で届いていたが、マリウスはまったくかまいもしなかった。

「タオ……タオ……タオ！」

（頼む！　生きていてくれ！）

マリウスは走った。魔道師のバリヤーで炎と煙をはねかえしながら、灼熱の廊下を全力で駆けた。そしてようやく目指す少女の部屋にたどり着き、いままさに炎につつまれようとしている室内へと走りこんだ。

「タオ！」

少女の名を呼びながら、部屋に飛びこんだマリウスの目に映ったもの——

それはベッドの上に力なく横たわるタオの姿だった。

思わず立ちつくしたマリウスの目の前で、少女は目を見開いたまま、顔を彼のほうに向けて息絶えていた。あのくるくると愛らしかった黒い瞳は、もうすでに輝きを失っていた。ほがらかにマリウスに話しかけていた口もとは、わずかに開いて動きを止めていた。そしてその喉は大きく刃物で切り裂かれ、流れだした大量の赤い血がすでに床の上でかたまりはじめていた。

「あ……ああ……タオ……」

マリウスはよろよろと息絶えた少女に近づいていった。

「タオ……嘘だろう？　そんな……なんでこんなことに……タオ……」

マリウスが少女の頭にそっと手を伸ばそうとしたとき——

（うそつき）

マリウスの脳裏に少女の声が響いた、ような気がした。マリウスはびくりとして手を止めた。少女の光を失った虚ろな瞳は、まるでマリウスを責めるかのように彼に向けられていた。

（うそつき。お兄さんのうそつき）

（助けるっていったのに。助けてくれるって約束したのに）

（うそつき、うそつき、うそつき——うそつき！）

「ああ……」

マリウスはふいに全身の力を失い、その場に膝から崩れ落ちた。その目の前で炎がいちだんと激しくなり、その灼熱の舌がついに少女が横たわるベッドに達した。タオが身にまとっている極彩色の薄い衣装がまたたくまに燃えあがる。少女の絹のようにつややかだった髪が燃え、胸の悪くなるような臭いをまきちらす。もはやなすすべもなく、呆然と見つめるマリウスの目の前で、柔らかだった少女の滑らかな肌は赤黒く焼けただれていった。黒瑪瑙《くろめのう》のようにきらめいていた目玉は煮えてまたたく間に白く変色した。そして、その小さな体がぱちぱちと音をたててはぜはじめ——

ついにマリウスは耐えきれず、激しく嘔吐《おうと》した。この惨劇の意図は明らかであった。

この娼館の主は、闇妓楼の所在が明らかになったことを知り、たくましい剣闘士たちが敵にまわったことを悟り、もはやなりふりかまうことなく、闇妓楼を完全に抹消することにより、自らの保身を図ったのだ。妓楼で働くものたちの命を――そして幼い娘たちの命を、まるで虫けらのようにあっさりと踏みつぶして。

（――ぼくのせいだ）

マリウスは、激しくなってゆく炎のなかでぼんやりと考えていた。

（ぼくのせいだ。なにもかもぼくのせいだ）

（ぼくが闇妓楼を突きとめてしまったから――ぼくが正体をきちんと隠せなかったから――ぼくが道場のひとたちを頼ったから……）

（ホン・ガンが死んだのも、タオが死んだのも、この可哀相な娘たちがみんな殺されてしまったのも、みんなぼくのせいだ――）

（そう、みんなぼくのせいで……ぼくはみんなを助けたかっただけなのに）

マリウスは絶望した。その瞳から滂沱《ぼうだ》の涙があふれだした。

（ぼくはどうしていつも間に合わないのだろう……）

（ぼくが間に合っていれば――いや、そもそもぼくがあらわれさえしなければ、ミアイルさまだって、タオだって、まだ生きていたはず……）

（ああ……）

マリウスは怒りとも哀しみともつかぬ感情のなかで、ふいに決意した。

（もう判ったよ。もういい）

（もうたくさんだ。もう終わりにしてしまおう）

（ぼくもミアイルさまやタオのところに行こう。そうすれば――）

（そうすればもう、ぼくのせいで命を落とす人は――）

「――ディーンさま」

（ミアイルさま、タオ、ぼくもすぐに――）

「ディーンさま！　ディーンさま、しっかりしてください！」

ふいに肩を激しく揺さぶられ、マリウスは我にかえった。目の前には黒いマントに身をつつんだヴァレリウスの姿があった。

「なにをしておられるのですか！　もう娼館が焼け落ちます。はやく逃げないと！」

「いや、もういいんだ。ヴァレリウス」

マリウスは力なく首を振りながら云った。

「ぼくはまた間に合わなかった。いつもぼくは間に合わないんだ。ぼくには誰も助けることができなくて……かえってみんな、ぼくのせいで命を落としてしまう。だから、もう――」

「なにを云っているんです！」

ヴァレリウスの手がマリウスの頰を激しく打った。

「あなたには、まだやることが残っているのでしょう？　あなたにはまだ助けなければならないひとが残っているのではないのですか？　あなたがここで諦めたら、そのひとたちはどうなるんです？」

「でも、もう、ぼくみたいな意気地なしには……」

「あなたは意気地なしではない！」

ヴァレリウスは叱咤《しった》した。

「先ほど、私は申し上げましたね。あなたは優しいひとだと。優しさゆえに、厳しい判断を下すことはできないのだと。でも、そのあなたの優しさは、あなたの強さでもあるんです。あなたの優しさは、あなたの勇気そのものなんです。そのことが私にはよく判りました。あなたは優しいひとだけれど、決して意気地なしなんかじゃない。もし意気地なしだったら、いくらバリヤーがあるとはいえ、いちど行き会っただけの娘を助けるために、こんな炎のなかに飛びこむことなんか決してできません。それをさせたのは、誰にも負けないあなたの優しさだ。そうでしょう？」

「ヴァレリウス……」

「あなたは自分の優しさにもっと自信を持つべきだ。そして優しさゆえの強さを自覚するべきだ。あなたの武器は、その優しさです。もちろん、あなたのその優しい手が、望むところまで届かないこともあるでしょう。これまでも、いまも、これからも。でも、その優しさはいつか必ず誰かを救うときがくる、と私は思います。そしていまこそがそのときなのだ、とも。優しいあなたの救いの手を、いままさに待っているひとがふたりもいるんですよ、ディーンさま!」

「ああ……」

マリウスは呆然と魔道師の顔を見つめ——

そして、ゆるゆると立ちあがった。

「ああ、そうだね。ヴァレリウス。確かにそうだ。ぼくはイェン・リェンと、そしてジャスミンを探しだして、助けなければならない」

「そうです」

ヴァレリウスは得たりとうなずいた。

「そのためにはまず、ここから出ることとです。この娼館はもう崩れます。いまは私が念力で支えていますが、もうあまりもたないかもしれない。だから早く行きましょう」

「——わかった」

マリウスはヴァレリウスにうながされるままに、がれきの散らばる廊下を玄関に向かって走り出した。炎と煙の渦巻くなか、無数に散らばる遺体から目をそむけつつ足を速め、紅蓮の地獄と化した娼館から急いで外へと飛び出した。その直後、闇妓楼はがらがらと音をたてて崩れ、炎が天高く吹きあげた。すさまじいがれきと粉塵、強烈な灼熱が背後から襲い、周囲を埋めつくす。そのなかをマリウスは、バリヤーに守られながら一気に駆け抜けた。

（ディーンさま）

ふたたび姿を消したヴァレリウスからマリウスに心話が届いた。

（先ほど、お話ししていた地下牢とおぼしき空間ですが、どうやら入口を見つけました）

「えっ？」

（ここの裏手、少し離れたところにとても大きな娼館があります。わかりますか？）

「――ああ」

マリウスは少し考えて思い出した。

「あれだ。《ボラボラ》亭だ。ホン・ガンがいってた」

（その娼館の裏庭に小さな倉庫があります。娼館の裏の通用門からすぐのところです。その奥に地下への通路を見つけました。右奥の石のふたをはずすと、なかにはしごがかけられているようです。おそらく例の空間に続いていると思います）

「わかった」

（すみませんが、私は急遽、ルーアンに飛ばなければならなくなりました）

ヴァレリウスからの心話が少し遠くなった。ルーアンはオロイ湖の対岸にあるクムの首都である。

（娼館の通用門は開けておきました。倉庫の鍵も壊してあります。私はここを離れますが、くれぐれもお気をつけて。もし、あちらの用事が無事に片づいたら、またこちらに戻ってくるつもりです。ともあれ、娘が見つかることを願っています）

「わかった。ありがとう、ヴァレリウス」

（ご武運を）

その言葉を最後に、マリウスの脳からヴァレリウスの気配が消えた。マリウスは闇妓楼の門へと走った。門はすでに剣闘士たちの手によって破られており、その向こうでは、大柄でたくましい男たちの集団が、半ば呆然として炎に崩れ落ちる娼館を眺めていた。そのうしろには、大勢のやじ馬も集まりつつある。マリウスはかまわず、そのなかへ走りこんでいった。

「通してくれ！」

マリウスは叫びながらやじ馬をかきわけ、急いで門を飛び出した。激しい炎と煙のなかから突然飛び出してきた手負いの彼に、やじ馬と剣闘士たちから驚きと好奇の視線が飛ぶ。マリウスはかまわず、娼館の裏手へまわろうとした。その背中から声がかかった。

「マリウス！」

マリウスはふりかえった。やじ馬のなかから、男がひとりかけだしてきた。ワン・チェン・リーだった。腰には木刀を差している。

「ああ、チェン・リー」

「マリウス、無事だったのか！　これは、どういうことなんだ？　なぜ闇妓楼が燃えている？　そしてお前はなぜ――」

「話はあとだ、チェン・リー」

マリウスは話を遮った。

「おいおい話すよ。でも、いまはイェン・リェンを探さないと」

「探すって、どこを」

「ひとつあてがあるんだ」

いうがはやいか、マリウスは走り出した。

「ついてきて、チェン・リー」

「ああ」

いぶかしげなワン・チェン・リーを引き連れて、マリウスは闇妓楼の裏手の大きな娼館――《ボラボラ》亭に向かってひた走った。炎はいまだ天を焦がし、煙はもうもうとして濃く、空からは火の粉と灰が激しく舞ってくる。そのなかをかいくぐりながら、吟遊詩人と用心棒は東の廓の狭い路地を駆け抜けた。

《ボラボラ》亭の裏手には、小さな竹造りの通用門があった。その向こうには、かなり広い裏庭がひろがり、そのまんなかに小さな噴水があった。その隅には小さな石造りの小屋がある。幸いにも風向きがよく、高い塀にも阻まれて、いまだ激しく燃えさかる闇妓楼の熱も煙もここまではさほど届いてこない。

「おい、マリウス。ここは《ボラボラ》亭じゃねえか！」

気づいたチェン・リーが驚いたように叫んだ。

「ここにイェン・リェンがいるってのか？」

「わからない」

マリウスは通用門に駆けよりながら云った。

「でも、いまの手がかりは、ここにしかないんだ」

ヴァレリウスの云ったとおり、通用門は開いていた。その横には番所があったが、闇妓楼の火事の様子でも見にいったのか、誰も詰めてはいなかった。マリウスはこれ幸いとばかりに通用門をくぐると、急いで小屋に駆けよった。鍵が壊れているのをすばやく確認すると、頑丈な重い鉄の扉を引き開け、なかへ駆け込んで地下への入口を探した。

すると、ヴァレリウスの言葉どおり、右奥の床に半タール四方ほどの石の蓋が見つかった。マリウスは金属の取っ手を摑み、蓋を開けようとしたが、重すぎて開けられない。

「どけ。まかせろ」

続いて入ってきたチェン・リーがマリウスの肩を叩いてどかせ、代わって石の蓋を引きあげようとした。たくましい左腕から肩にかけて、縄のようによじれた太い筋肉が盛りあがる。蓋はしばらく抵抗したが、やがてぎしぎしと音をたてながら開いた。

「よし、開いた」

チェン・リーが荒く息をつきながら、重い蓋を引きずり、脇に寄せた。マリウスはすかさず蓋の下を覗きこんだ。そこには地下に向かって深い穴が開いており、やはりヴァレリウスが云ったとおりに縄ばしごがかかっていた。

「間違いない。ここだ」

小屋の隅には、手持ちのランプがいくつか置かれていた。そばの箱には火打ち石が無造作に入っている。マリウスはランプをひとつ腰にくくりつけ、火打ち石を手に取ると、用心棒にひとつうなずきかけ、穴の底に向かって縄ばしごを慎重に降りていった。

穴は思ったほどは深くはなく、四タールほど降りたところで底に着いた。マリウスに続いて、ワン・チェン・リーもランプをぶら下げて、そろそろとはしごを降りてきた。マリウスは火打ち石を打ち、ランプの芯に火をつけた。まっくらな空間にほのあかい光がひろがってゆく。マリウスはランプをさしあげ、じっとあたりをうかがった。

だが――

「――あれ？」

ランプの灯りに浮かびあがったあたりの様子を見て、マリウスは拍子抜けした。さぞかし、広い空間がひろがっているか、あるいは秘密の地下牢へでもつながっているのだろうと思ったそこは、何の変哲もない、せいぜい五タッド四方ほどの小さな地下室だったからだ。周囲の壁にはきれいに赤いレンガが積まれており、床は削った床が剝き出しで、どこへ通じる扉もない。むろん、誰かがここに閉じ込められている気配など微塵もなく、しんと淀んだ空気がたまっているだけだ。

「あれ、こんなはずじゃあ……」

マリウスは困惑しながら、用心棒をふりかえった。

「ごめん、チェン・リー。なんだか、ぼくの勘違いだったみたいだ。てっきり、この地下にイェン・リェンが捕まっているんじゃないかと思ったんだけど……ただの倉庫かなんかみたいだね」

「――いや、そうとも限らんぞ」

チェン・リーは小さく首を振り、ランプを目もとまでさしあげて、壁のレンガをひとつひとつ調べはじめた。

「なにしてるの？」

「隠し扉を探してる」

「隠し扉、って……」

「お前、タイスの地下には、ばかでっかい地下水路があるってのは知ってるよな？」

「うん。なんども聞いたよ」

「タイスでは、それをいろんなかたちで利用している。それこそ、地下室にしたり、倉庫にしたりな。だが、それだけじゃない。あまり表を堂々と歩けないようなやつらってのは、いざというときの隠れ家や逃げ道に地下水路を使っているっていわれてる。むしろん、おおっぴらにそんなことをいうやつらはいねえが、そういうもっぱらな噂だ。東の廓も同じさ。もともとがいかがわしい娼館ばかりが建ちならんでた非公認の廓なんだ。昔っから手入れなんかがあったときにとっさに逃げられるようにしてあったっておかしくねえ。そもそも、この《ボラボラ》亭も、それなりにいろいろ噂のあるところだ。ま、東の廓の妓楼、娼館ってのは、どれもこれもそうなんだが」

「なるほど」

「ここの部屋だって、おそらく見かけどおりの部屋じゃねえ。だいたいが、裏庭の小屋の床下に、なんにも使われているようすのねえ蓋付きの地下室があるなんて不自然じゃねえか。だから、きっとなんかある。ここにもどこかに仕掛けがあるはずだ」

「わかった。確かに」

マリウスは得心し、チェン・リーとともに壁を調べはじめた。

「ところでマリウス、お前、なんでここにイェン・リェンがいると思ったんだ？　闇妓楼でなにかつかんだのか」

「ああ、うん。実は――」

　マリウスの胸がずきりと痛んだ。さきほどの悪夢のような光景が脳裏によみがえる。マリウスはそれを必死に振りはらった。

「実は、闇妓楼で働かされていた娘に聞いたんだ。闇妓楼には地下牢があるって。そして闇妓楼には案の定、西の廓の廟でイェン・リェンを掠おうとした男がいたんだ。でも、闇妓楼の娼婦たち――少なくともぼくがみた娘たちのなかにはイェン・リェンの姿はなかった。だからきっと、地下牢に閉じこめられているんじゃないかと思ったのさ」

「なるほど。ほかの娘たちはどうだ。神隠しにあった娘たちは」

「いや、ぼくのみたかぎりではいないようだった。闇妓楼の娘の話でも、ここ二ヵ月ほどは新しい娘は入っていないって」

「うーん」

　チェン・リーはかわらず壁を調べながら云った。

「そいつは妙だな。やっぱり地下にとらわれてるってことなのか？　しかし、だとすると何ヵ月も閉じこめられてるってことか。そいつは……」

「そうなんだよね。それがちょっと解せない」

「しかし、この地下室のことがよくわかったな」

「ああ、それは、その――」

マリウスは少しためらった。ヴァレリウスのことを云うわけにはいかない。

「結局、ぼくは正体がばれてしまって、あの男——エウリュピデスに捕まってしまったんだけれど、そのときにやつらが、この地下への入口のことを話しててさ」

「捕まった？」

チェン・リーは驚いたようだった。

「よく逃げられたな」

「ああ、うん。きみたちのおかげだよ」

マリウスはまた小さな嘘をついた。

「きみたちが門の外で騒いでくれたおかげで、やつらがあわてて出て行ってさ。それでなんとか縄を解いて、外に出られたっていうわけ」

「そうか」

「でも、きみたちはなぜ闇妓楼に？　てっきり道場で待っていると思ってたんだけれど」

「そのはずだったんだけどな」

チェン・リーの口調に苦みが混じった。

「うちのやつが——お前のあとをつけさせてた若いのが殺されてるのが判ってな」

「ああ……」

マリウスの胸がずきりと痛んだ。

「ホン・ガンのことだね」

「会ったのか」

「うん」

マリウスはうつむいた。

「闇妓楼のやつらに捕まりそうになったぼくを助けてくれて……囲まれたところを二度も助けてくれたんだけれど、最後は不意打ちみたいに刺されて――」

「そうか」

チェン・リーはうなずいた。

「現場の様子から、そんなところじゃねえかとは思ったが――やっぱり、殺したのは闇妓楼のやつらなんだな」

「うん」

「ちくしょう」

チェン・リーは歯がみをした。

「可哀相なことをしちまった。――まあ、ともかく、闇妓楼の場所はホン・ガンから報告がきてたし、念のため偵察に行かせたやつからホン・ガンが殺されてるって知らせが入ったもんだから、道場のやつらもいっぺんに頭に血がのぼっちまってな。それで後先考えずに闇妓楼に押し寄せちまったんだが、まさかあんなことになるとはな……もっとも七年前のことがあるから、予想しておくべきだったのかもしれんが」

「七年前って――？」

「実は以前にも、闇妓楼が問題になったことがあったのさ。あのときにはノヴァルさまたちが中心になって、西と東で力を合わせて闇妓楼を突きとめて潰したんだ。大火の直後、まだはっきり袂《たもと》を分かつ前だったからな。そのときもやつらは娼婦を皆殺しにして地下水路に放り捨て、そのままとんずらしやがったのさ」

「そんな……」

「まったく、悪魔だな」

チェン・リーは吐き捨てるように云った。

「悪魔そのものだ、あいつらは――とにかく絶対に許さねえ。いつか必ず見つけ出して、必ずたたき切ってやる」

第八話　暗渠に潜む魔

1

「――ん？　ちょっと待って」

マリウスはチェン・リーの言葉を聞きとがめた。

「その七年前の闇妓楼の事件、解決したのは楼主なの？」

「ああ」

チェン・リーは怪訝《けげん》な顔をした。

「それがどうかしたか」

「いや……」

マリウスは逡巡した。

彼とヴァレリウスの推理では、ノヴァルはおそらくティオベの毒を使って一度生きかえったはずだ。その理由は、他の楼主ふたりを殺害し、ワン・イェン・リェンを拉致し、なおも自らはその罪を逃れるためだと考えている。そのおおもとの動機は判らないが、ヴァレリウスが云うには、ノヴァル自身が闇妓楼に関わっている可能性も考えられるということだった。チェン・リーはむろん、ノヴァルが被害者であることは疑っていないようだが、ティオベの毒による伴死を前提にすれば、むしろ加害者である可能性が極めて高い。

もっとも、それをチェン・リーに納得させるのは難しいだろう。ティオベの毒そのものは有名だが、その解毒剤――死者蘇生の秘術の存在を知るものはほとんどいないからだ。マリウスがそれを主張したところで、詩人の戯れ言と一蹴されるのがオチだ。ましてや、七年前にも闇妓楼が存在し、それを潰したのがノヴァル自身であるというのなら、なおさら彼が今回の闇妓楼と関係があるなどと思うはずもないだろう。用心棒を納得させるには、ノヴァルとエウリュピデスを結びつける強力な証拠が必要だ。だが、そんなものをいまのマリウスが手にしていようはずもない。

そしてマリウスには、もうひとつ気づいたことがある。ジャスミンは離れに行く前、謎めいた言葉を残していった。それと先ほどのチェン・リーの言葉をあわせて考えると、あの離れにはひとつ、事件の鍵となるような、誰も気づいていない秘密がありそうだ。なにしろヴァレリウスも云っていたではないか――あの離れには、誰も知らない細工がなされていたっておかしくはない、と。だがジャスミンだけは、その秘密に感づいていたのではないか。そして、それがワン・イェン・リェン失踪の謎を解く鍵となる秘密であることにも。

（だけど……）

それをチェン・リーに指摘することは、マリウスにはためらわれた。なぜなら、その秘密はおそらく、ノヴァルがティオベの毒を使って死からよみがえったという推測――用心棒が決して信じないだろう彼らの推測とも深く関わりがあるはずだからだ。さらに、ノヴァルが離れの玄関で事切れていたという事実、そのうなじに刺さっていた遊女見習いの髪飾り、血塗れのショール、壁にぽつんと残された血の手形、そしてヴァレリウスが残していった数々の言葉――それらをあわせて考えると、ジャスミンとイェン・リェンの消失の陰にはひとつ、容易には口にできない怖ろしい可能性も浮かびあがってくるではないか。唯一の希望は、それが正しければ、イェン・リェンとジャスミンは同じところにいるだろうということだ。だが、それもむろん、彼女たちがまだ生きていれば、の話である。

「ねえ、チェン・リー」

マリウスはおそるおそる尋ねた。

「きみは最初に楼主たちが殺されたとき、座敷に入ったんだよね？」

「ああ、もちろん」

「そのときさ、黒蓮の匂いはしなかった？」

「黒蓮だと？　いや、覚えてねえな。そもそも、あの甘ったるい匂いは遊廓にはつきものだからな。多少はしていたと思うが、とりたてて気にしたこともねえからな」

「そうか……」

マリウスは思案した。

「あと、もうひとつ。ぼくとチェン・リーが離れに行ったとき、壁に血の手形がついていたよね」

「ああ」

「あれは、最初からついていたものではないんだよね」

「ああ、もちろん」

（やっぱり……）

マリウスは暗澹《あんたん》たる気分になった。

（ぼくの思った通りだ）

（もちろん、まだはっきりそうと決まったわけじゃない。だけど、そう考えるとなにもかもつじつまがあってくる）

（とても信じられないけど、でも、もしそれが正しいとしたら……）

たとえイェン・リェンとジャスミンを見つけ出すことができたとしても、彼女たちはとてつもない窮地に追い込まれることになるやもしれぬ。

　だが、このマリウスの推測をチェン・リーに相談するわけにもゆかぬ。それを彼に納得させること自体が難しいし、もし納得させることができたとしても、それに彼がどう反応するか、マリウスにはまったく読めないからだ。いまはたったひとりの心強い味方だが、もしかするといきなり敵にまわらないとも限らない。

（当分は、ぼくの胸におさめておくしかないか……）

　そしてマリウスにはもうひとつ、気になることがあった。

（あの男――ぼくが拷問されたときに地下室にいた男）

　そう、マリウスがエウリュピデスに捕まり、拷問されかけたとき、彼の手下とは別にもうひとり男がいた。

（エウリュピデスが旦那、って呼んでたあの男）

（あの男は誰なんだろう。ずいぶんと偉そうだったけど。エウリュピデスも、あの男の命令は素直に聞いていたものな）

（もしかして、チェン・リーならわかるだろうか――？）

「あのさ、もうひとつ聞いていいかな」

　マリウスは夢中で壁を調べているチェン・リーに尋ねた。

「こんな男に心あたりはある？　かっぷくのいい、いかにもえらそうな男なんだけど。

眉がすごく太くて、そこに重なるように大きなほくろがあってさ」

「ああ」

　チェン・リーはすぐにうなずいた。

「そいつはリュウ・マンジュだな、間違いなく。この《ボラボラ》亭の主の。東の廓を牛耳ってる首領《ドン》みてえなやつさ」

「えっ？」

　マリウスは驚いた。

「そうなの？」

「そうさ。もともとは西の廓の大妓楼の跡取りでな。ノヴァルさまとは大の親友だったんだが、例の大火で東と西が別れたときに仲違いして犬猿の仲になった。もっとも、七年前の事件のときには、協力して闇妓楼を潰したんだけれどもな。で、そのマンジュがどうかしたのか」

「うん、実はぼくがエウリュピデスに――」

　と、マリウスが云いかけたときだった。

「おっ、あったぞ！　マリウス、みてみろ。たぶん、これだ」

　突然、チェン・リーが壁の隅を指さして大きな声をあげた。そこには奇妙な丸いかたちの石が埋め込まれていた。用心棒は、その石を太い親指でぐいと押し込んだ。すると石がごとりと引っ込み、その脇の壁の一部がくるりとどんでん返しのように開いた。その向こうの暗闇からかび臭い、湿気を含んだ風がすうっと吹いてくる。チェン・リーはランプを差し向けた。壁に開いた穴の向こうには、さらに地下深くへと降りる狭い階段が通じていた。

「ほら、な？」

用心棒は得意げだった。

「よし、マリウス、先に行け。俺はここを閉めてからいく。気をつけろよ」

チェン・リーに促され、マリウスは身をかがめながら、急な階段を慎重に降りはじめた。まもなくチェン・リーも扉を閉め、あとに続いて降りてきた。ざらついた岩を削り出して作られている階段は狭く、じめじめと湿っていた。苔むした臭いが冷気に混じる。マリウスはおそるおそる地下へとくだっていった。

階段を降りると、十分に立って歩けるほどの地下道が続いていた。壁には岩が荒っぽくむきだしになっているところと、切り出した四角い石を積み重ねて壁を造っているところがある。よく見れば、床と天井のあいだには柱状の黒い熔岩が鍾乳石のように林立しており、その隙間を埋めるように石が積まれているのだった。おそらくはひとの手で一から掘ったものではなく、もとからあった地下の洞窟を利用して作ったものなのだろう。

その長い年月を示すように、石壁は濃緑の苔でびっしりと覆われている。ところどころが青白くぼんやりと光っているのは、このあたりではよくみられるヒカリゴケに違いない。天井にもまた緑がかった光の粒が無数に点在し、まるで満天の星空のような不思議な光景を生み出していた。目をこらすと、その地下の星はときどきゆっくりと動いていた。うわさに聞くツチボタルだろう、とマリウスはあたりをつけた。床には赤いレンガが敷きつめられているが、すでに割れたり、崩れたりしたものも多く、ところどころに邪魔な熔岩の柱を切り除いたと思われる痕も残っている。

地下道の壁には壁龕が規則正しくならんでいたが、どれも半ば朽ち、苔に埋もれていた。灯りといえば、マリウスたちが持つランプだけだが、どちらもかろうじて足もとを照らす程度の灯りしかなく、この地下道がどこへ、どこまで続いているのかは知りようもない。ただ、地上の娼館を焼き尽くさんとする焦熱が嘘のように、その空気はひんやりと冷えていた。

「――誰の気配もねえな」

しばらく奥をすかしみていたチェン・リーが云った。

「そもそも、近いうちにひとが入った形跡もねえ」

「はずれかな」

「わからん」

チェン・リーは首を振った。

「だが、この地下道の先は、確かに闇妓楼の方角だ。だから、こいつがその地下まで続いているってのはありそうだぞ。とにかく行ってみよう」

チェン・リーは豪胆にも怖れるようすを微塵も見せず、ランプを腰にぶらさげたまま、木刀を手にして地下道へと入っていった。マリウスもあわててその後に続いた。地下道の冷たく、湿った闇がじっとりとまとわりついてくる。

「気をつけろよ」

チェン・リーがささやくように云った。

「なにが出てくるかも判らねえからな」

「うん」

と答えながら、マリウスはまったく別のことを考えていた。

（あの旦那……マンジュという男――）

（あの男、《ボラボラ》亭の主なのか。ならば、闇妓楼がその裏手にあることも不思議ではないし、この地下道が二つの妓楼を結んでいたとしてもおかしくはない）

（そしてノヴァルとエウリュピデスとは元親友で、以前の闇妓楼事件にもからんでいたという。となれば、ノヴァルとエウリュピデスをつなぐ輪があの男だということは考えられるな）

（だけど、そうか）

マリウスは気づいた。

（チェン・リーは、マンジュは東の廓を牛耳っていると云った。そしてノヴァルは西の廓のギルド長だ。ということは、闇妓楼には東の廓と西の廓の首領がともに関わっている可能性が高いということじゃないか。となると――）

この事件は、やはり単なる殺人や誘拐に留まらぬ、見かけよりもはるかに規模の大きな事件なのかもしれぬ。

そうなると気になるのは、神隠しにあった西の廓の娘たちのことだ。チェン・リーは、客が喜ぶような一風変わった娘たちを闇妓楼が集めたのだろう、と推測していたが、実際には闇妓楼にはそれらしい娘は見あたらず、少なくとも客をとらされているようすはなかった。タオの証言もそれを裏付けている。となれば俄然、ヴァレリウスの推理――彼女たちが邪な魔道に使われているのではないか、という言葉が現実味を帯びてくる。闇妓楼は単なる目くらましなのだ、という言葉が。

（もし、そうだとしたら、闇妓楼をやつらがあっさりと破壊し、放棄したのも、単に闇妓楼がその目くらましとしての役割を終えただけのことで、必ずしも保身をはかったということだけではないのかもしれない）

（でも、それがほんとうなら――）

マリウスは戦慄した。

（これはもうぼくの手に負えるものではないんじゃないだろうか。ぼくとチェン・リーの手に負えるようなものでは……）

（それに、もし蓮華楼での事件の真相が、ぼくの考えるようなものだとしたら、イェン・リェンとジャスミンを助けるのも難儀なことになりそうだし——）

マリウスは臍をかんだ。やっぱり、ヴァレリウスが残っていてくれれば——という思いがよぎる。

（だけど——）

（だけど、たとえそれでも、ぼくは）

マリウスは自らを鼓舞した。

（そう、ぼくはワン・イェン・リェンを死なせたくない。今度こそ、約束を果たしたい。そしてジャスミン・リーにも会いたい。会って話を聞きたい。エリサ母さまのことを——彼女がなにを、なぜ知っているのかを）

（しっかりしろ、マリウス。いまは魔道のことは考えてもしかたがない。ヴァレリウスも戻ってくるといってくれていたじゃないか。そもそもイェン・リェンが魔道の手に落ちたと、まだ決まったわけじゃないんだ。もし、もう落ちていたとしても——ほんとうにぼくの手ではどうにもならないとなったら、そのときは恥も外聞もない。ロルカにだって、アルノーにだって、魔道師ギルドにだって、もういちど頭をさげて助けを請えば

いいんだ。大規模な魔道がからんでいる、となれば、彼らだって動くだろう）

（とにかくやれることをやろう。使えるものを使おう。今度こそだ、マリウス。もう失敗するのはごめんだ）

マリウスは両手でぴしゃりと頬をたたいた。その音に、先を行く用心棒がちらりと振りかえったが、すぐに前に向きなおって歩いてゆく。

地下道はときどきうねりながらも、おおむね闇妓楼に向かって延びていた。天井にはところどころにコウモリ《グードル》がぶら下がっており、それが時折飛びまわってはばたきの音を響かせていたが、それ以外には大きな生物の気配は感じられない。ただふたりの足音と、遠くからの水の流れの音だけが洞窟に響いていた。

（だけど、難しいぞ）

マリウスは無意識に下唇を噛んだ。

（もし、イェン・リェンとジャスミンがみつかったとしても、それからふたりをどうすればいい？）

（このままだと、西の廓に連れ戻されるのは間違いない。だけど、それでは——もし、ぼくの考えが正しければ、ふたりの身が危うくなるだろう）

（それに、ぼくがイェン・リェンに約束したのは、蓮華楼に連れもどすことじゃない。西の廓から逃がしてあげることなんだ。これまでずっと籠に閉じこめられてきた小鳥に、

自由な空をみせてあげること）

（だとしたら……）

「――あのさ」

マリウスは用心棒に尋ねた。

「もし、ワン・イェン・リェンが……あの娘とジャスミンがみつかったら、どうするつもり？」

「どうするって？」

チェン・リーは面食らったようだった。

「そりゃあ、助けるさ。当たり前だろう」

「いや、そのあと」

「もちろん、蓮華楼に連れて帰る。他になにがある？」

「うん。まあ、そうなんだけど」

マリウスと違い、蓮華楼の用心棒であるチェン・リーであれば、当然のことだろう。

だが、それでは元の木阿弥《もくあみ》ではないか、と思う。かといって、この屈強な元剣闘士を説得するのは難しそうだ。むろん力づくで止めるのは、とうてい無理な話である。

（どうすればいいんだろう）

マリウスは懊悩《おうのう》した。だが用心棒は、マリウスの惑いに微塵も気づかぬようすで話し続けていた。

「とにかく、早くきちんと連れて帰ってやらねえとな。そうしねえと、それこそ自警団のやつらに、ふたりがはなからそのつもりで足抜けしたんじゃねえか、って疑われかねん。楼主さまたちの事件があるから、ふたりともある意味、放っておかれてるが、特にジャスミンは最高遊女《ハオターリャン》なんだ。西の廓は絶対に足抜けなんか許さねえ。ほかの遊女たちに示しがつかねえからな」

「………」

「もしそんなことにでもなったら、それこそすさまじい狩りが始まるだろう。というか、普段ならもう、廓総出で血まなこで探しているはずなんだ。それで、もしふたりが捕まるようなことがあれば——誘拐じゃねえ、足抜けだ、なんていいがかりをつけられでもしたら、いったい、どんな目に遭っちまうか、考えただけでも俺はおそろしくて震えが出るよ。ただでさえ、蓮華楼はいま、アイノ遊廓や紅夢館のやつらから逆恨みされてるんだからな。楼主が死んだのはお前らの警戒が甘かったからだっつってな。だから、なんとしても早く連れかえってやらねえと——おっと」

チェン・リーが足をとめた。

「くそっ、行き止まりだ」

「え？」

うつむきながら歩いていたマリウスは、驚いて顔をあげた。チェン・リーの言葉どおり、目の前には鉄の扉が立ち塞がっていた。チェン・リーは、扉の錆びついた取っ手をつかみ、激しく揺さぶった。扉はぎしぎしと大きくきしんだが、まもなくして取っ手はぽきりと折れてしまった。

「古いな」

用心棒は扉にランプを突きつけ、隅々に目をこらしながら云った。

「あちこち錆びついてやがる」

「ぜんぜん使われてないみたいだね」

「ああ」

チェン・リーは扉の蝶つがいをしげしげと見た。

「手入れされてるようすもねえな。だが、こいつならどうにかなるだろう」

「どうにかなるって？」

「下がってろ」

チェン・リーはやにわに右足を振りあげると、扉の蝶つがいを靴のかかとで何度も蹴りつけた。たちまち、鋭い金属音が地下道に響きわたる。だが、二度、三度と蹴りつけるうちに金属音は次第に鈍くなり、やがて破壊音とともに蝶つがいがはじけ飛んだ。と同時に、重い鉄の扉がゆっくりと向こう側に傾いていき、凄まじい大音響とともに床に倒れこんだ。思わず覗きこもうとしたマリウスを、チェン・リーは左手で制した。

「待て」

チェン・リーはマリウスを下がらせると、壁際に身を寄せ、しばらく奥をうかがった。

マリウスはチェン・リーの後ろに身を隠しながら、そっと尋ねた。

「どう？」

「一瞬、かすかに人の気配がしたような気がしたんだが――」

チェン・リーの緊張がわずかに解けた。

「気のせいか。あるいは逃げやがったか」

「だいじょうぶ？」

「ああ、差しあたってはな」

マリウスはおそるおそる奥を覗きこんだ。地下道の向こうから、ゆらゆらと揺れる光が濡れた壁に映って見える。

「奥に灯りがみえる。やっぱり誰かいたんだ」

「そのようだな」

チェン・リーは、油断なく木刀を構えながら奥へ向かって歩み出した。マリウスも後に続いた。

地下道のようすは、扉の手前とはだいぶ変わっていた。奥に進むにつれ、苔はほとんどみられなくなり、頻繁に人が出入りしていた気配がうかがえる。壁に並んでいる燭台にも、わりと綺麗なろうそくの燃えさしが残っている。そして地下道は、十タッドほども進んだところで左に鋭く曲がっていた。その向こうからは、かなり強い灯りが漏れてくる。

「用心しろよ」

用心棒はマリウスに一声かけると、油断なく気配をうかがいながら、角の向こうをそっと覗きこんだ。マリウスはささやいた。

「どう？」

「誰もいねえようだ」

チェン・リーもささやき返した。

「誰もいねえが、マリウス。どうやら当たりだぞ」

「え？」

「地下牢だ」

「ほんと？」

「ああ。そこから灯りが漏れてる。誰か閉じこめられているに違いねえ」

「イェン・リェン？」

「かもな」

用心棒はマリウスに向かって顎をしゃくった。

「行くぞ」

「うん」

角を曲がった向こうには、チェン・リーの言葉どおりに、地下牢がいくつも並んでいた。いずれも頑丈そうな鉄の扉で、それぞれ違うルーン文字が大きく書かれていた。その上のほうにはのぞき窓が、下のほうには蓋付きの隙間が空いており、一番奥の扉からはかすかに光が漏れていた。扉が並ぶ向こうには、さらに洞窟が続いている。マリウスたちは、その扉に急いでかけよった。

そばの壁には燭台が並んでおり、まだろうそくが燃えつきずに残っていた。扉からは鍵の束がぶら下がっており、そのなかの一本が扉に突き刺さっていた。そのようすは、この牢から囚人を出そうとしたものが、なにかにあわてて逃げ出したあとであるように思われた。先ほどチェン・リーが蹴倒した扉の音に驚いたのやもしれぬ。

「イェン・リェン！　そこにいるのはイェン・リェンかい？」

マリウスは扉に飛びつくようにして、上の隙間からなかを覗きこんだ。小さな部屋には粗末なベッドが置かれ、それを常夜灯のろうそくが淡く照らしだしていた。ベッドの上には幼い娘がふたり座っており、抱きあったまま怯えた目でマリウスを見つめていた。

「誰かいる！」

マリウスはチェン・リーにささやいた。

「娘がふたりだ」

「イェン・リェンか」

「いや、違う。でも……」

マリウスは、扉に刺さっている鍵を確かめると、ぐいっとひねった。かすかにきしむ音がして、鍵が開いた。マリウスは扉を引き開けた。

「ぶたないで！」

娘のひとりが悲鳴をあげた。もうひとりの娘がその陰に隠れるように、頭を抱えて震えている。マリウスは、覗きこもうとするチェン・リーを制し、そっと顔だけを部屋に入れると、娘たちに静かに話しかけた。

「ねえ、きみたち、だいじょうぶ？　怖がらないで。絶対にぶったりしないよ。ぼくたちは、悪いものじゃないんだ」

「…………」

やや大柄な娘が、ちらりとマリウスを見たが、その目は不信に満ちている。マリウスはそっと微笑みかけた。

「もう悪いやつらはいなくなったからね。安心して。だいじょうぶだよ。ここから出してあげるからね」

「…………」

「ねえ、きみたち。少し話を聞かせてくれないかな」

マリウスの優しげな顔だちと声に少し警戒心をゆるめたのか、娘たちはおずおずと顔をあげた。まだずいぶんと幼い。少し大柄な娘は十三、四歳、小柄な娘は十一、二歳くらいといったところだろう。ふたりとも目は真っ赤に泣きはらしており、髪はぼさぼさで垢抜けないが、なかなかにきれいな、よく似た顔立ちをしている。

「――あなたは誰ですか？」

大柄なほうが小さな声で尋ねてきた。マリウスは微笑んで答えた。

「ぼくはマリウス。吟遊詩人だ。悪者に捕まえられた知り合いの娘を探してるんだ。きみ、名前は？」

「――イオ」

「そっちの娘は？」

「エララ」

「姉妹？」

「はい」

「タイスの生まれ？」

「いいえ、違います。オネリ村です。ファイラの近くの」

「ファイラか。北のほうだね。そこでさらわれたの？」

「いいえ。あたしたち、タイスの遊廓で見習いとして働くことになってたんです。それで馬車に乗せられてこっちまで来たんですけれど……。そしたら、これからお前たちにはすぐに客を取ってもらうっていわれたんです。だからとても驚いて、話が違います、って騒いだら、すっごく怒られて、ひどく折檻されて、ここに閉じこめられて……ほんとうは蓮華楼っていう大きな遊廓で働くはずだったんですけれど……」

「蓮華楼だって？」

マリウスは驚いて聞いた。

「連れてこられたのはいつ？」

「よく判りません」

娘は首を振った。

「ここには昼も夜もないから……なんとなく十日くらいかな、とは思いますけど」

「——チェン・リー、なにか知ってる？」

マリウスは振りかえって尋ねた。用心棒は首を振った。

「いや、俺はなにも聞いてない。うちに新しい遊女見習い《イエリヤン》が来るっていうなら、話は聞いているはずだがな」

「ってことは、この娘さんたちは最初からだまされてたってことかな」

「たぶんな」

「うーん……」

マリウスはうなった。ということは、これもまたノヴァルの仕業なのだろうか。

「ねえ、イオ。ここにはきみたちの他にも誰か閉じこめられているのかな」

「わかりません」

イオは首を振った。

「少なくともあたしは誰もみてませんし、誰の声も聞いてません」

「このあたりには誰もいないようだぞ」

他の部屋を調べながら、ワン・チェン・リーが云った。

「どれももぬけのからだ」

「そうか……。ねえ、チェン・リー、どうしよう」

「人手がいるな」

用心棒の声に迷いはなかった。

「とにかく、一刻も早くイェン・リェンを見つけ出さなきゃならねえし、かといって、この娘らを放っておくわけにもいかねえ。それに、他にも同じように捕まってる娘がいねえとも限らねえ。ふたりで探してたんじゃあ、らちがあかねえだろう」

「ああ、そうだね」

「どうするかな」

チェン・リーは考えこむそぶりを見せた。

「ともあれ道場のやつらに声をかけて、手伝ってもらうことにするか。それと、この娘らも連れていって、とりあえず預かっておいてもらうように頼もう」

「じゃあ、《ボラボラ》亭まで戻る？」

「いや」

チェン・リーは首を振った。

「《ボラボラ》亭から外に出るってのは、いかにも筋が悪いだろう。ひとにみられたらどうにもならん」

「じゃあ、どうするの」

「別の出口を探そう。《ボラボラ》亭のほうは、しばらく使った形跡がなかったからな。ということは、もっと奥に別の出口があるんじゃねえかと思う。——なあ、そうじゃねえかい、嬢ちゃんたち。あんたらは、あっちのほうから連れてこられたんじゃねえかい」

チェン・リーが奥のほうを指さすと、姉のイオが小さくうなずいた。

「ええ」

「ここへ降りてきた入口ってのは、どんなのだったか覚えてるかい」

「わからないんです。目隠しをされていたから」

「なるほど」

チェン・リーはうなった。

「そういうことか。——よし、そいつを探すぞ。俺が先に行く。嬢ちゃんたちは俺についてきな。マリウスはうしろからついてきてくれ」

「わかった」

マリウスたちは、地下道をさらに奥に向かって歩きはじめた。ほどなくして、少し開けた空間に出た。地下道はそこから右に向かって放射状に四つに枝分かれし、さらに奥へと伸びていた。左側には見張り小屋が設けられていたが、無人であった。中をのぞくと、壁には鍵の束が三つぶら下がっていた。そして小屋の脇には上に通じる狭い階段があった。

「これだな」

チェン・リーは階段を見あげながら云った。その先は蓋でふさがれている。

「ちょっと待ってろ」

チェン・リーが階段をすばやくのぼっていった。そのまま慎重に蓋を持ちあげ、そっとあたりをうかがってから戻ってくる。

「どうだった？」

マリウスの問いに、チェン・リーは難しい顔で答えた。

「よくわからん。どっかの地下室みてえだが、暗くてよくみえねえ」

「どうする?」

「うーん」

用心棒は頭を強くかいた。

「とにかく、いっぺん上にあがってみるしかねえだろうな。ちょいと賭けにはなるが……。もう一度いってくる。ちと心細いかもしれんが、しばらく辛抱しといてくれ」

「わかった」

チェン・リーはふたたび階段をのぼり、もう一度ふたを開けて、そのまま出ていった。マリウスはそのようすを見届けると、両脇から不安げにしがみついてくる娘たちを抱き寄せ、なだめながら、あたりをうかがった。

地下道はいずれも洞窟のように奥が深く、ランプの灯りだけではどこまで続いているのかはまったく判らぬ。ただ一番左の地下道、マリウスたちが通ってきたところからほぼまっすぐに続く地下道からは、ときおり冷たい空気が流れてきており、川の流れのような音も遠くからかすかに響いていた。それはこの地下道が広大な地下水路――タイスの地下を流れ、オロイ湖までつながっているといわれる複雑な水路に通じていることを示唆していた。その圧倒的な深い闇から響いてくるその音は、黄泉にひそむ怪物の咆吼のようでもあった。

しばらくして、頭上でがたりと音がし、ワン・チェン・リーが降りてきた。マリウスはほっと息をついた。

「チェン・リー、どうだった？　出られた？」

「ああ」

チェン・リーはうなずいた。

「間違いない。闇妓楼だ」

「火事は？」

「まだくすぶってるが、おおかた消えてる。床はがれきの山だが、屋根と壁は残ってるところも多い。まだひとも入ってねえから、いまのうちなら誰にも気づかれずに上に出られる。妓楼のまわりは大騒ぎだが、ちょうどそばの塀が破れていて、そこからこっそり外に出られたよ。ついてたな」

「道場のひとたちは？」

「みつけた。若いのをひとり残しておいてくれていたよ。そいつに道場に走ってもらって、もういっぺんやつらを呼び戻してくれるように頼んでおいた。——それで、この嬢ちゃんたちをどうするか、だが」

「うん」

「マリウス、お前、この娘《こ》らを道場まで届けてくれねえか？　俺はここに残って、イェン・リェンを探そうと思うんだが。お前、道場の場所はわかるか？」

「うーん、ここからだとどうだろう。まあ、ひとに聞けばなんとかなるだろうけれど……」

マリウスはためらった。

むろん、娘たちを道場まで届けるくらいのことはできるだろう。まわりが大騒ぎになっているというが、それにうまく紛れることができれば、簡単に見とがめられることもあるまい。

だが、もし自分がここを離れているあいだにチェン・リーがイェン・リェンたちをみつけてしまったら、彼女たちは間違いなく蓮華楼に連れもどされてしまう。それを思うと、ここをチェン・リーにまかせてしまうことはマリウスにはためらわれた。逆に云えば、チェン・リーにイオとエラを託し、そのあいだにイェン・リェンたちをみつけられれば、いろいろと算段することもできるはずだ。

（だけど……）

マリウスはそっと振りかえり、闇に向かってぽっかりと口を開けている地下道をおそるおそるみた。

（ここにひとりで残るのもイヤだな……）

いまは頼りになるチェン・リーがいるからいいが、これがたったひとりで、この圧倒的な静寂と闇のなかに残されたら、と思っただけで怖気が走る。ましてやイェン・リェンたちを探すなら、どこへ通じているとも判らず、その先になにが待ち受けているとも判らない、まるで巨大な竜のはらわたのような地下道へ、ランプひとつを頼りに潜りこんでいかなければならないのだ。もし、どこかで迷ってしまえば、もう二度と地上に出ることはかなわないかもしれない。そうなれば、あてどなく闇をさまよい、餓え、渇き、やがて肉体も精神も朽ち果てて、誰にも知られぬまま骨をさらすことになる。いつものマリウスならば、即座に地上に戻ることを選んでいただろう。

だが——

（あたし、外に行ってみたい！）

マリウスの脳裏では、寂しげな少女の声が必死に訴え続けていた。

（そしてお母さんに会いたい。会ってみたい！）

（もう蓮華楼に閉じこめられているのはイヤ。廓から出られないのはイヤなの！）

マリウスの記憶のなかで、少女は彼をひたとみつめていた。その瞳には、まだ何も知らぬまま、運命の軛《くびき》につながれた娘の深い哀しみが浮かんでいた。その哀しみはまさしく、かつてのマリウス——宮殿に閉じこめられ、孤独をかこっていた王子ディーンがかかえていたものと同じ哀しみであり、少女の嘆きは、当時のディーンの嘆きそのものだった。そしてそれは、異国の宮殿で誰にも愛されずに日々を過ごしていた公子の哀しみであり、家族のために闇妓楼で陵辱される日々を過ごしていた少女の慟哭《どうこく》でもあったのだ。

（イェン・リェン……ミアイルさま……タオ……ぼくは……ぼくは――！）

もうこれ以上、かつての自分のような子供たちを救えずにいるのはごめんだ――とマリウスは思った。そう、ヴァレリウスも云ってくれたではないか。あなたは自分の優しさにもっと自信を持つべきだ、そして優しさゆえの強さを自覚するべきだ、あなたの優しさは、あなたの勇気そのものなのだ――と。

「――チェン・リー」

マリウスはふいに決意した。

「やっぱりぼくがここに残る。ぼくが残ってイェン・リェンを探すよ。この娘さんたちはチェン・リーが届けてきてよ」

「え？」

用心棒は目を丸くした。

「お前が残る？」

「ああ」

マリウスはきっぱりと云った。

「ぼくは道場の人たちと面識があるわけじゃない。そんなぼくがいきなりこの娘たちを連れていっても、うまく話が通るかどうかは判らない。それに、やっぱり不案内ではあるし、途中で何かあったら、ぼくじゃあ、この娘たちをうまく守れない。だからきみがいったほうがいいと思う」

「いや、しかし、だいじょうぶか？　まだ闇妓楼の残党だってひそんでいるかもしれんのだぞ」

「それはそうかもしれないけど、それは地上に出たって同じことだもの。とにかく、少しでも早くイェン・リエンを見つけないと。まだ、ここにいるかどうかだって判らないんだし、ここにいないとなったら、すぐに別を探さなくちゃいけない。そのためにも、ぼくがここに残ってイェン・リエンを探す。だから、チェン・リーはできるだけ早く娘さんたちを届けて、仲間を連れて戻ってきてよ」

「――わかった」

チェン・リーは多少迷っているようすながらも、うなずいた。

「じゃあ、そうしてくれ。ちと心細いだろうが、なるべくすぐに戻ってくる。これをお前にあずけておくよ」

ワン・チェン・リーは木刀をマリウスにわたすと、少女二人を抱きよせた。

「じゃあ、イオ、エララ。行こう。安全なところに連れていってやるからな」

「はい」

「それじゃあ、マリウス。頼んだぞ」

「うん。チェン・リーも気をつけて」

「ああ」

用心棒はひとつうなずくと、娘二人をうながして階段をのぼっていった。マリウスはそれを見届け、木刀を腰のベルトに差すと、鍵の束を手に取った。闇妓楼の地下にひろがる迷宮からは、圧倒的な静寂と闇が迫ってくる。マリウスは両手で頬をもういちどたたくと、その深淵を挑むように睨みつけた。

2

(さて、どうするかな)

　マリウスは、目の前の闇にじっと目をこらした。

　地下道は五本に分かれ、半円形に放射状に延びている。一番右は《ボラボラ》亭へ続く道だが、その他の地下道がどこに通じているのかまったく見当がつかない。ただ、左の通路からは相変わらず冷たい空気がときおり流れてきており、水の流れる音も確かに聞こえてくる。そちらが地下水路に通じているのは間違いなさそうだ。

(チェン・リーの道場はロイチョイからそう遠くはなかったはずだ)

　マリウスは思案した。

(娘たちがいるから、そう早くは戻ってこられないだろうけれど、それでもそんなに時間はかからないだろう。となれば、迷っている時間はない。とにかくかたっぱしから調べてみよう)

(となると……)

マリウスは、左の通路に向きなおった。

（まずは、こっちからかな。ほんとうに地下水路に通じているのかどうかも確認しておきたいし）

マリウスはひとつうなずき、ランプをかかげ、慎重に歩きだした。

と、そのとたん――

《否……》

突然、強い否定の気配が脳裏に響き、肩をそっと引き留められたような気がした。

「――え？」

マリウスは驚いて足をとめ、まわりを見まわした。だが、あたりはしんと静まりかえり、何の気配もない。

（気のせいか……）

マリウスは気を取り直し、あらためて歩きはじめた。だが――

《否！》

再び否定の気配が、先ほどよりも強くはっきりと響いた。

「――誰だ！」

マリウスは叫び、周囲をみまわした。ランプをあちらこちらへと向けてみるが、壁も床も天井も、ぬらぬらと濡れた光をかえすだけだ。

（なんだ、いまのは）

あるいは、ひとりで地下道に残されたことへの恐怖が、自分に幻聴を届けたのだろうか――一瞬、そんな思いが心に浮かんだが、マリウスはすぐさま否定した。

（違う。そんなはずはない。ぼくは確かに自分の意志でこの先に進もうとしているのだ）

（ということは――）

マリウスは試しに、みたび奥へと歩を進めてみた。そのとたん、

《否……否！》

やはり、否定の強い気配が伝わってきた。マリウスは確信した。

（間違いない。魔道だ）

（しかし、いったい誰が――？）

「――ヴァレリウスか？」

マリウスは小さな声で問うた。だが、すぐさまうんざりしたような否定の気配が返ってきた。

（違うか……）

（だとしたら……あ、そうか！）

マリウスはふいに思い出した。

（もしや、残留思念――？）

さよう、ヴァレリウスが云っていたではないか。この地下道には古い結界が張られていると。そして、それはいにしえの魔道師の残留思念の類である、と。

（その残留思念が、ぼくに呼びかけているのか？　もしそうなら、こちらの心も読めるのだろうか）

マリウスは試しに念じてみた。

（――お前は、魔道師か？　この地下道の結界の主か？　その残留思念なのか？）

《…………是》

マリウスの脳内に、ためらうような肯定の気配だけがゆらぎとして伝わってきた。

（やはり、そうか）

マリウスは得心した。だが、その残留思念がなぜ彼を引き止めようとしているのかが判らぬし、そもそも、彼の味方なのか、それとも敵なのかすら判らぬ。とはいえ、その気配に敵意がみじんも感じられぬのは確かだ。

（お前は、ぼくの敵か？）

強い否定。

（ならば味方か）

肯定。

（ぼくを助けようとしてくれているのか）

強い肯定。

（ぼくが求めるものは、この先にはないのか？）

なんども繰り返しうなずくような、はっきりとした肯定の気配。

（ほんとうかな……）

マリウスは、なおもためらいながら分岐に戻り、隣の地下道をのぞいてみた。左の通路とは違い、奥から水の音は響いてこないが、それを除けば特にこれといった特徴はない。マリウスは二、三歩、足を踏み入れてみた。すると、頭のなかにまたしても震えるような肯定の気配が響き、肩がうしろからそっと押される感触がした。

（――この通路か？　ここに彼女がいるのか？）

《是！　是！》

残留思念から肯定の気配が続けざまに伝わってくる。

（そうか……）

なおも半信半疑ながらも、マリウスは意を決して歩を進めた。すると――

（ん？）

マリウスはびくりとした。その通路の奥から、小さな赤児のような声が聞こえたような気がしたからだ。

（なんだ、いまの声――）

（こんなところに赤ん坊が？　いや、まさか……）

（でも……）

罠かも知れぬ、と思わないでもなかった。しかし、持ち前の好奇心を抑えることはできなかった。マリウスはそろそろとランプをかかげ、用心深くゆっくりと歩いていった。するとこんどはすぐ近く、足もとから声がした。

（えっ？）

マリウスは驚いた。その声には確かに聞き覚えがあったからだ。ただし、その声の持ち主は、このような場所にいるはずもないものだった。聞き間違いだろうか、とも思ったが、マリウスの鋭い耳が、そのような間違いを犯すことはめったにない。

（まさか――）

マリウスは、声に向かって慌ててランプを突き出した。彼のすぐ目の前で、二つの小さな目がきらりと光った。その目の持ち主は一瞬、びくりとして逃げるそぶりをみせたが、マリウスがちゅちゅっ、と舌を鳴らすと立ち止まった。そしてひとつ鳴き声をあげると、ゆっくりとマリウスの足もとに寄ってきて体をこすりつけた。それは小さな猫《ミャオ》だった。その薄汚れた三毛の背中には、三つの黒いぶちがまっすぐに並んでいた。

「――ミオ？」

マリウスはランプを置き、足もとにまつわりつく猫を抱きあげた。すると猫はマリウスのあごに頭をこすりつけるようにして、嬉しそうにごろごろと喉をならした。

それは間違いなく、ワン・イェン・リェンが大事に飼っていた猫のミオだった。蓮華楼での日々のなかで、仔猫はすっかりマリウスにもなついていたのだ。

「お前、なんでこんなところに――まさか……」

マリウスは仔猫をそっとなでた。仔猫は身をよじってマリウスの腕から抜け出すと、奥に向かって走り出した。マリウスはあわててランプを拾いあげ、その後を追った。と、すぐにどこかから漏れてくる光が目に入った。マリウスははっとした。

（あった！　地下牢！）

案の定、地下道の先には、地下牢とおぼしき鉄の扉がいくつも並んでいた。ミオは、そのうちのひとつの下の隙間から、器用に蓋を開けて部屋のなかへと駆けこんだ。マリウスはいそいでその部屋へ駆けより、のぞき窓からなかを覗きこんだ。なかにはやはり粗末なベッドがあり、その上には頭に大きな包帯を巻き、遊女見習いのお仕着せを着た少女が、仔猫を抱いて座っていた。そしてそのかたわらには、見覚えのあるヨウィスの服をまとった女がベッドに腰かけ、少女の顔をじっと見つめていた。マリウスの鼓動がひとつ、大きく鳴った。

（――いた！）

「――イェン・リェン！」

マリウスは思わず興奮し、扉を叩いて叫んだ。

「イェン・リェン！　ジャスミン！　ああ、みつけた！　やっとみつけた！　ぼくだよ！　助けにきたよ！」

「――え？」

その声に、ジャスミン・リーは驚いたように振りかえった。

「マリウスさま？」

「ジャスミン！」

マリウスは小さな窓から手をふってみせた。

「よかった、ふたりとも無事だったんだね！」

「ええ」

ジャスミンは、あわてて扉に駆けよってきた。

「マリウスさま、どうしてここが？」

「詳しい話はあとだ」

マリウスは急いで鍵の束を探った。扉のルーン文字を確認し、同じ文字の鍵を探しあてると、いそいで鍵を外し、扉をいきおいよく引き開けた。そのとたん、ジャスミンが飛び出し、マリウスの首にしがみついてきた。

「ああ、マリウスさま！　嬉しい！」

「ジャスミン……」

マリウスは少々驚きながら、遊女の細くひきしまった腰を強く抱きしめた。その髪はもつれ、服は汚れており、その体からは饐《す》えた汗のにおいがただよってきたが、それでも馥郁《ふくいく》とした茉莉花の香りはまだかすかに残っていた。

「マリウスさま、おひとりですか？」

「いや、チェン・リーも来てる。いまは助けを呼びに行ってる。闇妓楼のやつらは姿をくらました。娼館に火をつけて逃げ出したらしい。もうだいじょうぶだよ、ジャスミン。イェン・リェン」

マリウスは牢のなかをのぞきこんだ。ワン・イェン・リェンは変わらずベッドに横になり、お気に入りの仔猫をなでながら、機嫌よさそうに微笑んでいた。だが、マリウスのほうをみようとはせず、どこか心ここにあらずといった風にみえた。

「――イェン・リェン？」

マリウスはいぶかしく尋ねた。少女はのろのろと顔をあげると、マリウスを認めて微笑んだ。

「ああ、マリウスさま。こんにちは。なんだか久しぶり」

「イェン・リェン……」

マリウスはジャスミンを振りかえった。

「いったいどうしたんだい、イェン・リェンは」

「わかりません」

ジャスミンは首を小さく振った。

「離れでみつけたときから、ずっと様子がおかしいんです。これでも、ずいぶんと正気を取り戻してくれて、わたくしのこともようやくわかるようになったのですけれど、でもまだどこかぼんやりしていて……頭の怪我のせいなのか、それとも……」

「みてみる。——ちょっとごめんね、イェン・リェン」

マリウスは少女の顔をのぞきこみ、親指で下まぶたを開いて色をみ、瞳孔の開き具合を確認し、目の前で指を振って反応を観察した。イェン・リェンはなにをされているのかも判らぬようすで、にこにこと機嫌よくしている。

「案の定だ」

マリウスは得心し、ジャスミンを振りかえって云った。

「催眠にかかっているみたいだ。黒蓮を使われているんだと思う」

「黒蓮……」

ジャスミンは小さくうなずいた。

「やはり、そうでしたか」

「うん。ぼくも少し心得があるからね。間違いなく、黒蓮の催眠術にかかったひとの特徴が出てる。それも相当強く。その催眠がまだ解けていないんだ」

「解けるのですか？」

「時間が経てば解けるだろうけれど、いまは無理だ。でも、これですっかり判ったよ」

「え？」

「歩けるんだよね？　イェン・リェンは」

「ええ。いうことは素直に聞いてくれますから」

「そうか。じゃあ、急ごう」

マリウスは促した。

「早く、ここから出よう」

「はい。──あ、でも……」

ジャスミンの目が迷うように泳いだ。

「でも、わたくし、廓には──」

「ほら、早く。早くしないと、チェン・リーが戻ってきてしまう」

「──え？」

ジャスミンは驚いたようにマリウスを見あげた。

「どういうことです？」

「ジャスミン」

マリウスは遊女をひたとみつめた。

「ぼくがここに来たのは、きみたちを助けるためだ。西の廓に連れ戻すためにきたんじゃない。ぼくは、きみたちをなにもかもから自由にするためにきたんだ」

「え……？」

「ぼくは、きみたちを闇妓楼から、そしてこのタイスそのものから救い出すためにきたんだ。だから、チェン・リーが戻ってこないうちに、どうしてもきみたちをみつけたかったんだ。彼がいたら、どうしたってきみたちは蓮華楼に連れもどされてしまう。それでは、また牢獄に閉じこめられてしまうのも同じだ。それはぼくがほんとうにしてあげたいことじゃない。イェン・リェンにも約束したしね。廓から出してあげると。廓の外の世界を見せてあげると。――それに」

マリウスは声を低くして云った。

「ぼくが思うに――きみはもう、蓮華楼に戻るわけにはいかないんじゃないかい？　それだけのことをしてしまっている。そうだろう？　きみも、もしかしたらワン・イェン・リェンも」

「ああ……」

ジャスミンはそっとため息をついた。

「マリウスさま。やっぱりご存じだったんですね——」

「ああ。ぼくはみたんだ。ラオ・ノヴァルの遺体を。急所をイェン・リェンの髪飾りで刺されて、離れの玄関で息絶えていた彼をね。あれはきみのしわざなんだろう？」

「えっ？」

ジャスミンは目を大きく見開いた。

「ノヴァルは——楼主は死んだのですか？」

「ああ、そうだよ」

マリウスは驚いた。

「知らなかったの？　というか、あれはきみのしわざではなかったの？」

「いえ、その、わたくしは……」

ジャスミンは少し口ごもった
「わたくしは、その、てっきり、仕留めそこねたとばかり……」

「仕留めそこねた」

マリウスは確かめた。

「じゃあ、やっぱり、きみが刺したんだね」

「ええ」

ジャスミンは小さくうなずいた。

「そうです。でも、もう、それは廓に知られているのだろうと思っていました。あのまま、ノヴァルは逃げ出したと思っていましたから……」

「なるほど」

マリウスはうなずいた。

「そうか。ノヴァルは、きみが刺したときにはまだ生きていたんだね。そして玄関まで逃げたところで力つきたんだ」

「ああ、そうだったんですね。ノヴァルは玄関で……ああ、なんてこと……」

ジャスミンの肩から力が抜けるのがわかった。

「でも、マリウスさま。あなたは、それを知りながら――わたくしがノヴァルを殺したことを知りながら、わたくしたちを逃がすというのですか？」

「もちろんさ。ノヴァルが死んだのはある意味、自業自得だとぼくは思う。だって、彼は闇妓楼に深く関わっていたはずだ。そしてワン・イェン・リェンを自分の欲のために利用したんだ。そうだろう？　きみは離れに行って、それを目の当たりにしたんじゃないか？　死んだはずのノヴァルが生きかえり、行方不明のはずのイェン・リェンがそこにいるのをね。そしてノヴァルがイェン・リェンを、自分の欲望のために利用したことに気づいたんだ。そのイェン・リェンの頭の怪我も、おそらくはそのことに関係しているはずだ。だからきみはイェン・リェンを助けようとして、彼女の髪飾りでノヴァルをとっさに刺した。部屋に落ちていた血塗れのショールは、イェン・リェンの怪我を治療したときに、その血を拭ったものだ。そして、楼主を刺してしまったきみは、ワン・イェン・リェンを連れて離れから逃げた。そう、きみはいっていたよね。離れにはひとつ気になることがある、って。あれは離れから地下の洞窟へと通じる通路のことだったんじゃないか？　ちょうど《ボラボラ》亭の地下室から、この洞窟に通じていた通路と同じように——きみは昔、離れで暮らしていたときに、その通路があることに気づいていたんだろう？　だから、イェン・リェンがいなくなったとき、新しい離れにも地下に通じる通路が隠されているんじゃないか、イェン・リェンはそこから掠われたんじゃないか、って考えたんだ。そうじゃないかい？」

「マリウスさま……」

「きみが考えたとおり、離れには確かに地下への通路が隠されていた。壁に残っていた血の手形は、きみたちがそこを通って逃げたときにワン・イェン・リェンがつけたものだろう。だけど、その通路への入口は、もともとノヴァルがイェン・リェンをつれて逃げるために開けておいたもののはずだ。だとすれば、その先では闇妓楼の連中が、ノヴァルがイェン・リェンを掠ってくるのを待っていたに違いない。ところが、そこにあらわれたのはノヴァルではなく、きみとワン・イェン・リェンだった。きっと彼らは驚いたことだろう。でも、かえって幸いとばかりに、きみたち二人を捕まえて、この地下牢に閉じこめたんだ。そうだろう？」

「…………」

　ジャスミンはなにも云わぬ。だが、その青ざめた表情は、マリウスの言葉が真実であることを雄弁に語っていた。

「幸い、チェン・リーはそのことにはまだ気づいていない。彼はノヴァルが一度生きかえったなんてこと、夢にも思っていないからね。ノヴァルが刺されたのも、遺体を冒瀆《ぼうとく》するあくどいいたずらだと思ってる。きみとイェン・リェンのことなんか、ちっとも疑っていない。でも、いずれ彼も——彼でなくとも、誰かが気づくかもしれない」

「…………」

「だから、とにかく逃げよう。きみたちがノヴァルのせいで罪を負うことがあってはならない。そして、いまはタイスから逃げ出す絶好のチャンスだ。きみたちがここにいることはまだ、ぼく以外には誰も知らない。きみたちを掠ったやつらも姿をくらました。チェン・リーもこの場を離れてる。だから、彼が戻ってくる前に逃げ出してしまえば、誰にも気づかれることなく、みんなで自由になれるんだ」

「…………」

「ジャスミン。そうだろう？」

「——わかりました」

しばしの無言のあと、遊女はふいに決意したように云った。

「マリウスさまの仰るとおり、いまは確かに絶好の機会――ノヴァルのことを、他ならぬわたくしがいま殺《あや》めたというのも、きっと天の思し召しなのでしょう。いまを逃したらきっと、イェン・リェンと一緒にタイスから抜けだすことなど、絶対にできはしない。そう、神はおっしゃっているのでしょう。そして、きっと一生を牢獄で暮らすことになる。わたくしも、もしかしたらイェン・リェンも。行きましょう、マリウスさま」

「よし！」

マリウスは力強くうなずいた。

「じゃあ、いそいで地上に出よう。チェン・リーが戻ってくる前に。そうすれば――」

「いいえ、マリウスさま」

ジャスミンは首を振った。

「地上は危険です。わたくしたち――わたくしとイェン・リェンはおそらく、あまりにも目立ってしまう。特にロイチョイでは、いつわたくしたちのことを見知ったものに出会わないとも限りません。そもそも西の廓では、足抜けは最大の御法度――もし、わたくしたちの犯したほんとうの罪に誰も気づかなかったとしても、見つかってしまえば、わたくしたちは終わりです」

「ああ、たしかに」

「ですから、この地下道を通って逃げましょう。おそらく、この地下道は、どこかでタイスの地下水路に通じているのではないかと思うのです。この地下道にはときどき、冷たい空気の流れがあります。そして、どこからか川の流れるような音がします。だから、きっと――」

「そうだね」

マリウスはうなずいた。

「確かにここには、地下水路に通じている気配がある。たぶん、空気の流れと水の音のようすからして、ここのとなりの地下道の先が通じているんだと思う。――だけど、地下水路に出たとして、そこから先はどうする？　水路はとても入りくんでいて、どこにどうつながっているか、誰にも判らないということだったけれど……」

「だいじょうぶ、だと思います」

ジャスミンは強いまなざしでマリウスをみつめた。

「わたくしには、ひとつ心あたりがあるのです」

「心あたり？」

「ええ。地下水路に出ることができさえすれば、希望はあります。少なくとも地上に出るよりは安全です」

「そう」

マリウスは決断した。

「わかった。じゃあ、そうしよう。――イェン・リェン、こっちにおいで」

マリウスは仔猫をあやして遊んでいる少女を、そっとベッドから降ろした。ワン・イェン・リェンは仔猫を抱いたまま、素直にマリウスについてきた。

「じゃあ、ジャスミン。イェン・リェンを頼むよ。ぼくが先に行く」

マリウスは少女を遊女にあずけると、ランプをかかげ、先頭に立って歩きはじめた。ちらりと振りかえると、イェン・リェンもしっかりとした足どりでついてくる。マリウスは少し安堵した。

「とにかく、いそがないと。チェン・リーがいつ帰ってくるか判らないし、下手すると闇妓楼のやつらが戻ってこないとも限らない」

「ええ、急ぎましょう」

マリウスたちは、連れだって歩きはじめた。ジャスミンがこれまでの経緯をかいつまんで話すうちに、ほどなく闇妓楼に通じる階段の前に出た。マリウスはその手前でいったん足をとめ、そっと顔をのぞかせて気配をうかがった。階段のあたりは静まりかえっており、なんの気配もない。マリウスは得心してふりかえった。

「うん。だいじょうぶだ。誰もいない。行こう」

マリウスたちは階段の前を急いで通り抜け、地下水路へ通じるとおぼしき地下道へと入り込んだ。この地下道も他のものと同じく、曲がりくねりながら奥へと続いているようだった。進むにつれて、空気はさらに冷たくなり、その流れを肌にはっきりと感じるようになってきた。湿気も増し、壁には水滴がびっしりと結露している。水流の音も徐々に強くなってきた。

壁や床のところどころには、大ミミズがうねうねと蠢《うごめ》いていた。その体は生白く、太さは子供の手首ほどもある。先端には吸盤のような丸い口があいており、小さな鋭い歯がびっしりとならんでいた。大ミミズたちは、ランプの光を避けるようにいっせいにうごめき、なかにはマリウスに向かって威嚇するように頭を振りまわすものもいた。その口からしたたる粘液の臭いが鼻をつく。マリウスはぞっとして壁から身を離した。

奥へ進むにつれ、壁にも天井にもヒカリゴケが大きくひろがってきた。だがその淡い光は、ところどころが筋のように長く、黒く欠けていた。それは人の胴体ほどもある太い蛇がのたくったあとのようにみえた。先日、ライラに聞いたラングート・テールの伝説がマリウスの脳裏をよぎる。もっとも、あれは蛇ではなく、蛙神《あしん》とひとのあいだに生まれた子だということだったが……

「――マリウスさま」

ジャスミンが低い声で話しかけてきた。

「いったいノヴァルはどうやって生きかえったのですか？　あれはただの死んだふりだ

ったのでしょうか」

「いや……」

マリウスはどう説明していいものか迷った。

「そうだね……ノヴァルが一度死んだことは間違いないだろう。西の廓の医者が検分して確かめたんだからね。だから、誰かが——おそらくは闇妓楼のやつらが彼を生きかえらせたんだと思う。その……特殊な毒を使って」

「特殊な毒」

ジャスミンはつぶやいた。

「もしかして、ティオベの毒でしょうか」

マリウスは驚いた。

「そうだよ」

「知ってるの？」

「ええ。聞いたことがあります。ティオベの毒には解毒剤があるのだ、という噂を。昔、パロでお勤めしているときに。そんなの嘘だ、と子供ごころに思っていましたけれど……」

マリウスはその言葉にはっとしたが、ジャスミンは自らの出自をもらしたことに気づいていないようだった。ジャスミンは言葉を続けた。

「でも、そうだとしたら、解毒剤を与えたのは誰なのでしょう」

「たぶん、イェン・リェンだと思う」

マリウスは少しためらいながら云った。ジャスミンは目を丸くした。

「そんな、イェン・リェンが？　まさか！」

「もちろん、彼女の意思じゃないよ。イェン・リェンは操られたんだ。黒蓮の術で」

「ああ……」

「イェン・リェンはおそらく、最初に離れに呼ばれたときに、ノヴァルに——あるいはその仲間に黒蓮の催眠術をかけられたんだ。そして命じられたんだと思う。死んだノヴァルに解毒剤を与えるように、ってね。たぶん、それまでは地下の通路にでも隠れているように命じられていたんだろう。もしかしたら、楼主たちに供したアイナ茶に毒を盛ったのも、操られたイェン・リェンだったのかもしれない」

「————！」

ジャスミンがはっと息をのんだ。

「そんな……イェン・リェンがラン・ドンさまとガン・ローさまを——？」

「ほんとうのところは判らないけれど、その可能性は高いんじゃないかな。もちろん、もしそれはイェン・リェンの罪じゃない。悪いのはノヴァルと闇妓楼だけれど、でも、もしそうだとしたら……それが西の廓の知るところになったら、イェン・リェンが罪を問われたっておかしくない。特に楼主を殺されたものたちは、このままでは収まらないだろう。そしてきみは、ノヴァルを手にかけてしまっている。だからぼくは、どうしてもイェン・リェンときみを西の廓に戻すわけにはいかないと思ったんだ」

「なんてこと……」

「そんなことが……」

遊女は唇をかみしめた。

「だから、とにかく逃げよう」

マリウスはジャスミンの肩をそっと叩いた。

「このまま逃げきってしまえばいいんだ。——ところで、ジャスミン」

「はい」

「きみは、地下水路に出さえすれば心あたりがある、っていったよね。それはどういうこと？」

「それは、その……」

と、ジャスミンがためらいがちに答えかけたときだった。

「そいつはぜひ、おいらにも聞かせてもらいたいね」

前方の闇のなかから、とつぜん聞きおぼえのある声が響いてきた。

3

「誰だ！」

マリウスはすばやく飛びすさり、とっさにランプをジャスミンに渡しながら、腰のベルトから木刀を抜いた。

「その声——エウリュピデスか？　そうだな？」

マリウスは闇に向かって厳しく問うた。

「またお前か！」

「そいつはおいらのせりふだよ」

いかにもうんざりした声とともに、ほのかなランプの光のなかにエウリュピデスの細身の体が浮かびあがった。右手にさげたレイピアが、ランプの光にゆらゆらと朱く光る。長かった髪はだいぶ短くなっていたが、いつもつけていた白い仮面は外されていた。その容貌を見て、マリウスは思わず息をのんだ。

その露わになったエウリュピデスの顔——

髪をざっくりとうしろでまとめ、銅の環をはめた額のしたには、長い睫毛にふちどられた黒い瞳が濡れてきらめいていた。肌は抜けるように白く、無機質なつやのなかにも白蛇のうろこのそれを思わせるぬめりがあった。すっと通った鼻筋のしたには、雪原に咲いた深紅のバラのような紅唇がなまめかしくも酷薄さをただよわせている。そしてひとつひとつの造作をまとめるほっそりとしたかたちのよいあご——それはかのクリスタル公アルド・ナリス——マリウスの兄にして、誰もが認める中原一の美貌の持ち主に決して引けを取らぬほどの完璧な美しさであった。

「まさか……」

ジャスミン・リーがおののくようにつぶやいた。

「まさか、その顔……ああ、まさか、《悪魔》——?」

「《悪魔》?」

マリウスはジャスミンに問うた。遊女はうなずいた。

「ええ。かつてロイチョイで名を馳せた男娼ですわ。とても人気の高い男娼でしたけれど、あまりにも冷酷で、あまりにも残忍で——それでタイスを追放された男です。でも、まさか戻ってきていたなんて……」

「へえ。西の廓随一の最高遊女《ハオターリャン》さまもご存じとはね。たいしたもんだな、おいらも」

エウリュピデスは、鼻を鳴らしながらせせら笑い、マリウスに向きなおった。

「マリウス、いったい何者なんだ、あんたは。ただの吟遊詩人かと思ったら、妙に剣は使える。あやしい術も使う。おまけにどこで金を工面したんだか、いけしゃあしゃあと闇妓楼まで乗り込んできやがって、ピュロス道場のやつらまでけしかけやがる。おまえのせいで闇妓楼は終わったようなものだ。しかも、おいらの自慢の髪までだいなしにしやがって」

「おまえ――」

マリウスは木刀をかまえながら、油断なく云った。

「いったいどこから現れたんだ」

「おいらは神出鬼没なんだよ」

エウリュピデスはにやりと笑った。赤く長い舌がちろちろと唇を舐める。その巴旦杏《はたんきょう》の瞳がランプにきらめいたとき、その虹彩が蛇のように縦に裂けてみえた。あの男には魔の気配がある、といったヴァレリウスの言葉が脳裏によみがえる。

「お前、タオを殺したな」

マリウスはエウリュピデスを睨みつけた。

「あんなにいい子を……あんなに気立てのいい子を、よくも……」

「タオ？　誰？」

エウリュピデスは首をかしげた。

「しらないなあ、そんな娘は」

「お前が闇妓楼で働かせていた娘じゃないか！」

「いたっけ？　そんなの。おぼえてないや」

男娼はせせら笑った。

「で、なに、そのタオってのは、あんたのなによ」

「闇妓楼で敵娼《あいかた》をつとめてくれた娘だ」

「へ？」

エウリュピデスは目を丸くした。

「敵娼だと？　ただの？」

「ああ」

「へえ。――ってことは、おいおい」

エウリュピデスは吹きだした。

「あんた、まさか、うちの闇妓楼を探りにきて、それでちゃっかりうちの娘と寝て惚れちまったとでもいうのか？　よっぽど床が上手かったのかね、そのタオって娘は。なんだ、だったら生かしておけばよかったかな。惜しいことをしちまった」

「お前……」

「しかし、なんだよ。あんたも、ああいう幼い娘が好きだったんだな。うちの娘ら、ずいぶんと具合がよかっただろ？──ああ、そうか」

エウリュピデスはくくっ、と含み笑いをした。

「あんたがワン・イェン・リェンにこだわってるのはそのせいだな？　あんた、そういうちっこい娘が好きで、イェン・リェンに惚れちまって、それで──」

「ふざけるな！　ぼくはタオを抱いてなんかいない！」

マリウスは怒った。

「ぼくはタオに闇妓楼の話を聞いただけだ。お前たちが働いてきた悪事のことを。タオは泣いていたよ。こんな仕事はつらい、つらくてしかたがないってね。たった十四の娘をだまして連れてきて、あんなことをさせるなんて──だからぼくは、タオを助けるって約束したんだ。それなのに、お前は！」

「ふん。偉そうなことをいうねえ、あんた。でも、あんたにそんなことをいう資格があるとは、おいらには思えないんだけどなあ。密偵のマリウスさんよ」

「なにを──！」

「なあ、知ってるか、ジャスミン」

エウリュピデスは遊女に話しかけた。

「このマリウスってのはな。吟遊詩人のふりをして、やさしげな顔して偉そうなことをいってるくせに、ほんとは暗殺者なんだぜ。ついこのあいだ、トーラスでひとを殺してきたんだ。しかも殺したのは、そのタオとかいう娘と同じ、たった十四の男の子、モンゴールのミアイル公子さ」

「ちがう！」

マリウスは激高した。

「ぼくはミアイルを殺していない！　ぼくは彼を助けようとしたんだ。あの牢獄のような宮殿から。でも、それをぼくの――」

兄が、といいかけてマリウスは気づき、あやうく言葉を飲みこんだ。

「――ぼくは罪をなすりつけられただけだ。ぼくは体よく利用されて、体よく捨てられただけだ。ぼくはミアイルに広い世界を見せたかったんだ。だから、この娘にも――イェン・リェンにも、タオにも、この広くて自由な世界を、自由に飛びまわってほしいと思っていた。それなのに、お前は……」

「ふん」

エウリュピデスは鼻で笑った。

「そもそもマリウス。お前だってジャスミンにだまされているだけなんじゃないのか？この女、陰じゃあ魔女だっていわれているんだぜ。男をたぶらかして、骨の髄までしゃぶりつくすまで離さない、まるでタイスの申し子のような魔女だ、ってな。そんなやつに手を出して、のちのち後悔しなけりゃいいけどな、詩人」

「うるさい。だまれ」

マリウスは木刀をかまえなおした。

「とにかく、イェン・リェンは渡さないぞ。お前がワン・イェン・リェンを——この娘と神隠しにあった娘たちをつかってなにをしようとしているのかは知らない。だけど、それだけお前がイェン・リェンに執着するってことは、この娘には、お前たちに必要ななにかがあるんだ。よこしまな魔道の糧にでもするつもりなんだろう。そんなこと、決してさせるものか。だから絶対にぼくはこの娘を守る！　そして神隠しにあった娘たちも——」

「はあ？」

エウリュピデスはあきれたようにいった。

「なにいってんだ、あんた。神隠しってなあ。あれはおいらたちの仕業じゃないぜ」

「——なに？」

「っていうか」

男娼の黒い瞳がきろりと光った。

「あれ、あんたらの仕業なんじゃないかと思ってたんだけど。マリウスさんよ。違うの？」

「な……」

マリウスは耳を疑った。

「なんだと？　おまえ、また口から出まかせを――」

「だから、この詩人のいうことを真に受けないほうがいいぜ、ジャスミン」

エウリュピデスはマリウスを無視して遊女に云った。

「こいつはとんでもないくわせものなんだ」

「ふざけるな！　お前こそ――」

「こっちはおおいに迷惑したんだ」

エウリュピデスは、レイピアをマリウスに向けて小さく振りながら云った。

「あんなに目立つことをしやがって。おかげで急にうちの妓楼が疑われて、風当たりが強くなってさ。こっちは法度破りがばれないように、女衒からひっそり娘どもを仕入れていたっていうのに」

「嘘をつけ！」

「嘘なものか。ついこないだ、ノヴァルの口利きでふたり仕入れたのだって、かれこれ三月《みつき》ぶりのことだったんだ。そう簡単にぽんぽんと上玉の娘らを手に入れられるものか。ましてや西の廓から遊女見習いをさらうなんて、どだい無理な話さ」

「じゃあ、なんでここにイェン・リェンがいるんだよ！　それこそお前とノヴァルの仕業じゃないか！　それに気の毒なモイラだってそうだ。二年前に彼女をさらったのもお前たちだろう！」

「モイラ？」

男娼は首をかしげた。

「ああ、あの孕んじまった娘のことか。あれはたまたま手に入っただけさ。おいらが西の廓に潜りこんだとき、道に迷ったんだかなんだか、他の娘とふたりでふらふらとおいらの目の前にやってきたからね。ちょうど人目もなかったし、これ幸いと黒蓮かがせてもらってきたのさ。イェン・リェンもそうさ。最初はね。ノヴァルがなかなか娘をよこさないもんだから、またあんな間抜けな娘がいねえもんかな、って物色してたらさ。その娘が日も暮れてからひとりで廟のあたりをうろうろしてるのをみかけたもんでね。こっそりついていっただけ。あんときはあんたに邪魔されたけどね。ま、そんな幸運、そうそうあるものじゃない。だから、神隠しなんておいらたちには無理だよ。あんなに短い間に、あれほど大勢の娘をさらうなんてことはね。少なくとも、いまのおいらには無理さ」

「──そんなでたらめをぼくが信じるとでも？」

「おいらたちも調べたんだ」

エウリュピデスはマリウスの問いを無視して云った。

「邪魔だったからね。こっちに火の粉が飛んでくるのも迷惑だったし、万が一、そいつらが廓の娘たちをつかって別の闇妓楼をつくろうとしてるんだとしたら、こっちだって商売あがったりだ。なにせ娘の質が違いすぎるからさ。そんな商売敵はごめんだ。——ま、それでだいぶ苦労したけどね。ようやく、ひとりだけはつきとめた。神隠しの黒幕、魔道使いをね」

「——誰だよ」

「メッサリナ」

男娼はさらりと云った。

「毒使いのメッサリナ。知らないとはいわせないぜ」

「ああ、もちろん知ってるさ」

マリウスはエウリュピデスをにらみながら云った。背後でジャスミンの顔が青ざめたが、マリウスはそれに気づかなかった。

「その名を聞いたことのないものなどいるものか」

メッサリナは、《海の姉妹》ロクスタと並ぶ伝説の毒使いだ。先ほどのヴァレリウスとの話でも名が出た女である。若いころ、ヴラド大公の毒殺に成功しかけたことで有名になったルーアンのもと娼婦だ。

「あいつだよ。おいらの見立てでは。西の廓の娘らを次々とさらったのは」

「なんのために」

「さあね」

エウリュピデスは肩をすくめた。

「それはメッサリナに聞かないと。それこそあんたがいってたように、魔道にでも使うのかもね。医者のまねごとをして西の廓にちょくちょく出入りしてたという噂もあるからな。ジャスミンなんかは会ったことがあるんじゃないの？」

「――そうなの？　ジャスミン」

マリウスはジャスミンをちらりと見たが、遊女は表情をこわばらせたままなにも云わぬ。エウリュピデスは続けた。

「しかも、奴が特に出入りしていたのが《ミーレの館》なのさ」

「なんだって？」

マリウスは驚いた。《ミーレの館》といえば、イェン・リェンをはじめ、神隠しにあった娘たちが育てられた孤児院だ。

「メッサリナが《館》に出入りしていた――？」

「そうさ」

エウリュピデスは、レイピアをまた小さく振りながらうなずいた。

「ま、とにかくメッサリナなら、黒蓮の麻薬、白蓮の媚薬、黄蓮の毒消しに赤蓮の眠り薬、ダネインの毒にルーカの毒、ニオベーの毒――毒でも薬でもなんでもござれだ。西の廓に出入りしたって疑われもしない。おまけに《館》の娘らのことにも詳しいはずだ。それでおいらは得心したのさ。なるほど、やつならあれだけ多くの遊女見習いをさらうことができるかもしれないってね。魔道も使うらしいからな、やつは。だけど、まだわからないことがある」

「なんだよ」

「協力者がいるのさ。メッサリナにはね。少なくともひとり。それがわからない。いるのは間違いないが、どれだけ探したって網に引っかからない。素性がまったくわからない。どうもタイスの人間じゃあないんじゃないか、って話になってきてね。——それでさ」

エウリュピデスはすっと間合いを詰めてきた。マリウスはジャスミンたちをかばいつつ、一歩下がった。

「だからマリウス、おいらはあんたがその協力者なんじゃないかと思ったのさ」

「なぜ」

「そりゃそうだろう。ついこのあいだまでトーラスにいた暗殺者が、急にタイスにふらっと現れたと思ったら、イェン・リェンをさらう邪魔はする、闇妓楼に潜りこんでくる、おまけにこうしてしつこくおいらの前に現れて、ジャスミンとイェン・リェンを取り戻そうとする。どう考えたってただものじゃない。それに西の廓で神隠しが始まったのは紫の月の十日、あんたがミアイル公子を暗殺した日だ。あんたがトーラスから姿を消した日に、タイスで神隠しが始まって、そこにあんたががっつりからんでくる。しかも棒組はメッサリナ。もう昔の話とはいえ、あんたと同じ暗殺者仲間だ。それを偶然というなら、偶然にもほどがある」

「ばかだね」

　マリウスは鼻で笑った。

「ぼくがトーラスにいたときに、タイスで神隠しがはじまったなら、ぼくがそれにからんでいるはずがないじゃないか」

「まあ、そうだね。少なくとも最初の事件はね」

　エウリュピデスは認めた。

「でも、それはメッサリナがひとりでやったとしても、そのあとであんたが加わったってことはおおいにある話だからね。――ま、とにかくジャスミン。こいつを信じるのは禁物だよ。こいつこそ、西の廓の娘を次々と毒牙にかけて、こんどはイェン・リェンを狙っているに違いないんだから」

「いいかげんにしろ!」

　いいながらマリウスはジャスミンをちらりとみたが、遊女は青ざめたまま唇を噛み、イェン・リェンを守るように抱きしめて何も云わぬ。

「お前だけはゆるさないよ、マリウス」

エウリュピデスはレイピアをかまえなおした。

「とことんおいらの邪魔をしやがって、とうとう闇妓楼まで潰しやがった。さっきは妙な術にやられたが、こんどはそうはいかない。そうとわかっていれば、おいらだってそうやすやすとはやられないよ。なんてったっておいらの師匠は、あんたが名前を聞いたら腰を抜かすような大魔道師なんだから」

「誰だ」

「いわない」

男娼の口がにやりと半月に裂けた。

「そう、おいそれと名前を明かしていいようなひとじゃないんだよ」

「――ジャスミン」

マリウスは木刀を正眼にかまえながら、遊女にむかってささやいた。

「ランプをおいて、イェン・リェンを連れて下がっていて。ぼくがこいつをくいとめるから。なんだったら、そのまま先に逃げてくれてもいい」

「でも、マリウスさまは――？」

「ぼくはだいじょうぶ。ちゃんと手は考えてある」

「――わかりました」

遊女は素直に床にランプを置くと、少女を連れてすばやく奥に下がっていった。

「おいおい、逃げるなよ！」

エウリュピデスは叫び、マリウスとの間合いを一気に詰めると、レイピアを鋭く突いてきた。マリウスはすばやく体を開き、木刀でレイピアを払った。鋭い音が洞窟に反響し、ふたりの体が入れ替わる。マリウスは身軽に体勢を立て直し、振りかえりざま木刀で喉もとを狙ったが、エウリュピデスは体をのけぞらせて避け、すばやく入れ違った。木刀とレイピアが二度、三度と交錯し、そのたびに硬く乾いた音がこだまする。五、六合ほど打ちあったあと、ふたりは申し合わせたかのように飛びすさり、ふたたび距離を取った。

「へっ、やっぱりやるねえ、あんた」

エウリュピデスがにやりと笑った。マリウスは木刀を正眼にかまえたまま、じりじりと床に置かれたランプのほうへ動いていった。油断なく、エウリュピデスとの間合いをはかる。およそ五タッド。やや遠い。

（もう少し、引きつけないと）

マリウスの頭脳は冴えていた。タオとホン・ガンの仇、という怒りが、マリウスに常ならぬ勇気と胆力を与えていた。彼は冷静にエウリュピデスの動きをはかった。

（あと少しだけ……）

マリウスは木刀をすっと下段におろした。そのまま切っ先を左にながして相手をさそう。誘いに乗ったエウリュピデスが、右手にまわりながら間合いをじりじりとつめてきた。

（いまだ！）

マリウスはふいにしゃがみこみ、床のランプを拾いあげると、それをエウリュピデスの足もとに向けて思い切り投げつけた！

「おっ！」

エウリュピデスはあわてて飛びすさった。その目の前でランプが床に激突し、激しい音をたてて破裂した。ガラスの細かい破片が一面に飛び散り、床に大量の油が広がった。その上をランプの残り火がちろりと舐め、炎が油の上をすべるように走った。油が一気に燃えあがり、マリウスとエウリュピデスの間に低い炎の幕をつくる。ふいの熱気がふたりを襲い、炎の揺らめきがエウリュピデスの顔に邪悪な影をうみだした。

「――ふん」

エウリュピデスは鼻で笑った。

「ばかじゃないの。こんなもの脅しにもならないよ」

いいながら、エウリュピデスはレイピアを振りあげ、炎を飛び越えようとした。マリウスは、その瞬間を逃さなかった。

（よし！）

マリウスはすかさず隠しに手を突っ込み、丸いものを二個、三個つかみとると、それを炎に放り込んだ。そのますばやく後ろにさがり、岩陰に身を隠して口と鼻を袖で押さえてしゃがみこむ。

「お？」

思わずたたらを踏んだエウリュピデスの目の前で、それが炎に触れたとたん――

炎がとつぜん激しく爆《は》ぜ、すさまじい爆発音が洞窟のなかに響き、大量の煙がもうもうと巻きあがった！

「うわあっ！」

悲鳴をあげたエウリュピデスの姿がたちまち煙のなかに消えた。

「くそっ、なんだ、これは！」

煙の向こうに、激しく咳きこみながら、のたうちまわる男の姿が見えた。マリウスはくるりと背を向け、迫ってくる煙と熱気から逃れて一目散に洞窟の奥へと走りこんだ。

マリウスが炎に放り込んだもの――

それはヴァレリウスがくれたケムリソウの実だった。乾燥させ、火にくべたり、強くたたきつけたりすると激しい音をたててはじけ、煙を吐く性質がある。そのため祝いごとの際の景気づけに使われたり、色のついた粉をまぶして狼煙《のろし》に使われたりする実だ。

マリウスが投じた実には強い刺激を与える青蓮の粉が仕込まれており、それが煙とともに舞いあがってエウリュピデスを襲ったのだ。まともに吸い込むと息ができなくなり、鼻やのどの粘膜がただれ、最悪の場合には死に至ることもある。

洞窟はたちまち大混乱に陥っていた。天井にぶら下がっていたコウモリがいっせいに飛び立ち、マリウスの耳もとで激しい羽音をたてた。なかには、そのまま床に墜落してくるものもある。壁からは巨大な白ミミズがぼたぼたと落ち、床で激しく身をくねらせていた。マリウスは袖で鼻と口を塞ぎ、ミミズを踏み散らかしながら身を低くして逃げた。それでも目がちくちくと痛み、涙がぼろぼろとこぼれてくる。

やがて洞窟の奥から吹きこむ風に煙は散り、涙にかすんでいたマリウスの目もようやく視界を取り戻してきた。とはいえ、もはや手もとにランプはなく、ケムリソウを爆ぜさせた炎も遠くなり、あたりにはヒカリゴケのほのかなあかりしかない。マリウスは目をこらしながら、奥に向かって大声で呼びかけた。

「――ジャスミン！」

「マリウスさま！」

意外に近いところからいらえがあり、奥からジャスミンがイェン・リェンの手を引きながらかけよってきた。

「いまの音は？　あの男は？」

「ケムリソウを使ったんだ」

マリウスは、ふたりを洞窟の奥へとうながしながら云った。

「青蓮の毒を仕込んでおいたケムリソウをね。どうやらまともに吸い込んだようだから、少なくともしばらくは苦しくて動けないはずだ。いまのうちに逃げよう。急いで！」

「はい」

ジャスミンはうなずき、マリウスたちは手を取りあって暗闇のなかへとかけだした。

そのとたん、はるか後方から、どーん、どーん、と大きな音が響いてきた。あるいは残っていたケムリソウが爆発した音かとも思ったが、そうではない。むしろ、なにかが岩壁に激しくたたきつけられているような音だった。

（――なんだ？）

驚いてふりむいたマリウスの目に、大量のコウモリの群れがみえた。その雲霞《うんか》のようなかたまりはたちまち迫り、マリウスたちの頭上を襲った。コウモリたちは、パニックを起こしたように互いにぶつかり合い、壁に衝突し、マリウスたちにも容赦なく体をぶつけてきた。マリウスとジャスミンはあわてて身をかがめた。

「きゃっ！」

ぼおっとしていたイェン・リェンの頭にコウモリがぶつかり、少女は悲鳴をあげて倒れこんだ。ジャスミンが急いで少女を抱きかかえてかばった。その上をあとからあとから、次々とコウモリがかすめるように飛んでゆく。すさまじいはばたきの音が洞窟に反響し、マリウスたちを前後左右から包みこんだ。だが、マリウスは気づいた。そのコウモリたちのはばたきのなかに、聞きなれぬ妙な音が混じっている。

（なんの音だ？）

マリウスは少しだけ頭をあげ、いぶかしく耳をすませた。

それはコウモリの慌ただしく、耳につくような羽ばたきや甲高い声とは正反対のものだった。鈍く、重く、まるで地響きのように体に伝わる音——ごごごっ、という、硬い岩の上をなにかが引きずられてゆくような音だったのだ。そしてその音は次第に大きさを増し、洞窟の空気をびりびりと震わせていった。狂乱したコウモリたちが、われさきにと奥へ向かってすさまじい勢いで逃げてゆく。

「マリウスさま！」

ジャスミンが悲鳴をあげた。

「この音はいったい——」

「わからない」

マリウスの背にも怖気が走った。

「けど、まさか——」

地下水路に棲まうという白く巨大な怪物ガヴィー、蛙の化け物ラングート・テールー

—そういった数々の伝説が再び脳裏をかけめぐる。そういえば、ここへくる途中、洞窟の壁や天井には、なにか巨大なものがのたくったような痕がついていたではないか。

マリウスはおそるおそるうしろを透かし見た。地響きのような音は、少しずつ大きくなってゆく。その重い音のなかに、しゅっ、と息を吐く鋭い音や、ひゅるひゅるという笛のような音もときおり混じっている。ふいにただよってきた生臭さに、マリウスは思わず顔をしかめた。それは腐臭のような、汚泥のような、邪な瘴気《しょうき》をはらんでいるような臭いだった。その気配は急速に強まり、容赦なくマリウスたちの背後に迫ってきた。

(——近い！)

はっとして身構えるマリウスたちの前に、洞窟の角からついに音の主がその巨大な姿をゆっくりとあらわし——

「——うわあっ！」

「きゃあああっ！」

そのあまりにおぞましい姿に、マリウスたちは悲鳴をあげたまま、その場に凍りついてしまった。

彼らの前に姿を現したもの——

それは巨大な白い蛇のような——あるいはミミズのような生き物だった。胴体は人よりもはるかに太く、全身は生白い半透明の皮膚とも鱗ともつかぬもので硬く覆われ、粘液にぬらぬらとまみれていた。その下からは赤と青の編み目のような太い血管が凶々しく透けていた。そして洞窟の天井につくほどに高く持ちあげられた太い首の先には——

人面！

否、人というにはそれは、あまりにも異形であった。あるいは蛇が人に変化しようとして失敗した、とでもいうような戯画的なものであった、といえるやもしれぬ。

その巨大な頭は猿のように丸く、頭頂からは長い黒髪が流れ、耳たぶが大きく横に張り出していた。口は顔の端から端まで続く裂け目となり、鼻はのっぺりとして潰れ、二つの鼻孔は小さな点のようであった。丸い両目は左右に離れ、金色でまぶたはない。その虹彩は赤く、まさしく蛇のように縦に裂け、狂気に満ちて周囲を睥睨《へいげい》していた。

顔面はひびのようなうろこで覆われ、大きく裂けた口には鋭い牙がずらりとならんでいた。口の端からは饐えた刺激臭のする粘液がだらだらと流れ、先端からは赤く長い舌がちろちろとのぞいていた。かすかな光を映して揺れる舌の動きは妙に猥雑で淫靡《いんび》であり、鎌首をもたげたその姿は、奇妙なぬめりも相まって、否が応でも怒張した陽物を想像させた。それはまさしく淫魔——あたかも、タイスの東の廓という淫蕩な現世の異界を象徴するような妖魅であった。

（あ、あ、あ……）

マリウスは呆然として、その巨大な怪物を見つめていた。怪物は激しく怒り、巨大な尾を上下左右に大きく振りまわしていた。分厚い皮膚に覆われたそれは極めて硬く、洞窟の壁に当たるたび、破壊音とともに熔岩のかけらがばらばらと頭上から降ってくる。

そして、その狂った目がついにマリウスたちをとらえたとみえた瞬間――

凄まじく甲高い咆吼とともに、その巨大な怪物が怖ろしい勢いで彼らに襲いかかってきた！

第九話　妖蛇襲撃

1

タイスの地下水路――

クム大公国第二の都市にして、美と頽廃の都として知られるタイスには、その地下に眠るもうひとつの王国がある。

夏から秋にかけてのごく短い雨季をのぞけば、ほぼ常に太陽が照りつけ、夜は提灯や篝火が照らす街なかを大勢の人々がゆきかう光あふれる地上のタイスとは対照的に、その地下水路を支配するのはドールの黄泉さながらの闇、そのものである。

初代タイス伯タイ・フォンによる偶然の発見以来、人々はさまざまなかたちで地下水路を利用してきた。そのなかには地下室や倉庫、いざというときの避難路など、人々の生活を潤し、その命を救ってきたものもあれば、世に名高い紅鶴城の地下牢のように、人々の命を奪い、恐怖の的となってきたものもある。だが、それらは広大な地下水路のほんの一部に過ぎぬ。その暗渠にはまだ、人の手が触れていない空間がその数万倍もかくれていると云われる。

これまでに好奇心旺盛な数多くの人々が、その洞窟の探検へと乗りだしていったものの、そのほとんどはそのまま還らぬ人となった。また生き残った少数のものも、幾多の難所に阻まれ、ごく一部の構造を解明するのみに留まっている。判っているのは、その洞窟を形成する岩石はほとんどが熔岩であるということのみだ。学者たちによれば、太古の火山の噴火により熔岩が大河をせき止め、オロイ湖とカムイ湖が誕生した後に、地下水が侵食してできたものが地下水路であろうという。だが、それもむろん推論に過ぎぬ。全貌が判らぬ以上、その学説の正しさなど、誰も証明しようもない。タイスの地下水路とは、いまなお人々の英知による光を拒み続ける暗黒の闇に他ならぬのだ。

その神秘ゆえ、地下水路には数えきれぬほどの伝説がある。そこには幾多の妖しきものが棲まうと云われる。例えば、巨大な白い人喰い鰐ガヴィー。あるいは蛙神ラングートと人とのあいだに生まれた不義の子である怪物ラングート・テール。入りくんだ暗渠を縦横無尽に這い回っているという盲目のクロウラー。そして運悪く地下へ落ちた人々の末裔《まつえい》であると云われる《水賊》たち――それらはいずれもタイスの守り神たるラングート女神の眷属《けんぞく》であるとされる。なぜなら、この地下水路とはそもそもが宮殿――ラングート女神が築きたまいし地下宮殿である、とされているからだ。

むろん、その宮殿を実際に目にしたものは、少なくとも地上にはない。女神が鎮座すると云われる玉座を目にしたものもない。そして、それらが確かに実在するのだ、ということを知るものもまたいないのである。

さよう——

その知られざる地下宮殿は、地下水路の奥深くにある。それは狭く、長く、入りくんだ水路を抜けた先にある広々とした洞窟だ。幅も高さも奥行も数十タールに及ぶ。不思議なことに、地下水路のなかでその洞窟だけは、周囲を熔岩ではなく、すべて白くなめらかな石灰岩で囲まれている。その白壁には水がつたってしたたり落ちており、天井からは鍾乳石が、床からは石筍《せきじゅん》が無数にのびている。なかにはそれがつながって石柱となっているものも多い。それらの表面もまた常に水に濡れており、洞窟内を照らす松明と鬼火を映して虹色に輝いている。

さながら神殿のような無数の柱の奥には、天然の棚田のような階段状の台座がある。そして、その周囲に林立する巨大な石柱——まるで動物の脚の骨を無数に組み合わせたような壮大な白亜の柱が滑らかに艶めきながら、時には赤く、時には青く、妙なるグラデーションを描きつつ、遙か頭上の天井にまで屹立している。その広大な天井からは、微細なガラス管のように透明な美しい鉱物がびっしりと並んで無数に垂れ下がっており、あたかもクリスタル・パレスのシャンデリアのように、この天然の宮殿を壮麗に飾り立ているのだ。
それはまさしく、地下の神殿と呼ぶにふさわしい荘厳なたたずまいであった。そして
その台座の上には、まさに《玉座》のごとく、ゆったりとした背もたれと、立派な肘掛
けがついた、自然のものとも人工のものともつかぬ椅子のかたちの鍾乳石が、白い巨大
な獣の毛皮をまとって鎮座していたのである。
そしていま——
その玉座には《冥王》《レーデス》が座っている。
そこには、タイスの地下水路に君臨する若き《冥王》が座っているのだ。
《冥王》——それは類い稀なる美貌の持ち主である。その体は鞭のように引き締まって
細く、肌は血管が透けてみえるほどに白い。まだわずかに幼さを残す顔立ちは名工の手
による彫刻のように端正で、長いまつげにふちどられた切れ長の目には、淡い翡翠《ひすい》の瞳
が強い光をたたえている。
そしてなによりも印象的なのは、美しい長髪である。生まれてからほとんど切ったこ
とがない、腰まで伸びるその髪は、いっさい混じりけのない銀色であり、それが周囲の
鍾乳石と同じように淡い虹色に輝いているのだ。
もし、彼が地上のものであったなら、太陽神《ルアー》の化身として讃えられたやもしれぬ。そ
の銀髪はまるで陽光そのもののように輝き、女性的な優しさと男性的な厳しさを兼ね備

えた美貌はあらゆる人々を魅了し、そのたたずまいは生まれながらにして選ばれし者の威厳をもって人々をひれ伏させただろうからだ。

だが、運命の皮肉と云うべきか――

《冥王》が産声をあげたのは、ルアーの恩寵がいっさい届かぬ地下水路であった。彼に雪花石膏《アラバスター》の肌を与えたのは、地上の光をいっさい通さぬ地下水路の闇であった。彼に銀髪を与えたのは、彼を身ごもっていた母――かつて史上稀にみる美姫と謳われながらも、支配者の手によって理不尽に地下水路に落とされ、一夜にして精神を狂わせた母の怨嗟《えんさ》であった。そして彼にカリスマを与えたのは、その美しい母を女神として崇拝し、彼を神の子として育てあげた地下水路の住人、《水賊》たちであった。

さよう、彼を《冥王》たらしめたもの――彼にルアーの化身のごとき特質を与えたものとは、ルアーに見放された結界たる地下水路そのものだったのである。それはまさしくルアーとイリス――陽と陰を司る双児の二神が瓜二つとされるように、強すぎる光と深すぎる闇――相反するものは表裏一体にして、それぞれが生み出す究極のものは相似である、という真理そのものであったやもしれぬ。

かくして《冥王》は地下水路の権化として、この魔窟を支配する最初の王となった。そして《冥王》には、成し遂げねばならぬ野望が生まれた。それは、《冥王》が地上の支配者に、心のうちでつきつけた挑戦状であり、宣戦布告であった。すなわち、自らを宿した母――かつて西の廓の最高遊女《ハオターリャン》として地上の人々から崇拝された母ルー・エイリンを地下へと突き落とし、狂い死にさせた地上の支配者――タイスの領主として暴虐な権力を振るう父、タイス伯タイ・ソンへの復讐を、《冥王》は胸に強く誓って生きてきたのだ。

そしてもうひとつ、《冥王》には果たさねばならぬ誓いもある。まだ見ぬ父への復讐と同じく、幼い日に心に深く刻みこんだ盟約とも云うべき誓いを、彼は果たさねばならぬのだ。

そのためにはなんとしても手に入れなければならぬものがある。西の廓で生まれ、彼と同じように外界を知らずに育った純粋無垢なる美しい少女と、そして彼の母と同じように遊廓に君臨してきた遊女を、彼はなんとしてもその手に収めねばならぬのだ。これまですでに十一人、無垢にして希有なる娘たちを西の廓という結界から奪い、我が手に収めてきたが、あの二人を絶対に欠かすわけにはゆかぬ。

その最大の妨げとなった闇妓楼は、一夜にして燃え尽きた。だが、二人の行方はいまだ杳《よう》として知れぬ。生きているやも、死んでいるやも判らぬ。地上では彼とひそかに意を同じくする仲間がその行方を求め、地下では彼の眷属たち――地上の支配者たちの逆鱗《げきりん》に触れ、地下へ逐《お》われた人々である《水賊》たち、そして太古から人間と妖魅が混血を繰り返して誕生したといわれる半人半妖の《スライ》たちが懸命に探しているが、いっこうにその消息はつかめぬ。なにしろ地下の支配者たる彼らにさえ、その全貌をみせぬほど、地下水路は複雑にして広大な存在でありすぎるのだ。

（ワン・イェン・リェン……ジャスミン・リー……どこへ消えた！）

若き《冥王》の身内に苛立ちが募る。

（あの娘らを、命あるままに我がもとに収めねば……なんとしても、なんとしても！）

もし、《冥王》がそれを果たせなければ、彼の盟約が成就することはもはやありえぬ。彼女たちを闇妓楼に奪われても、西の廓に奪還されても、死の女神ゾルードに連れ去られても、彼の積年の誓いが果たされる日は永遠に訪れぬ。

広大な地下水路の一画、淡い虹色に輝く美しい鍾乳石に囲まれた地下の王宮のなかで

――

のちに忽然と地上に姿を現し、異名をもって人々に畏怖されることになる若き《冥王》は、もどかしさとあせりに身を焦がしていた。

それは《冥王》たる彼にとって、新たな敵との闘いであり、根深き因縁との闘いであり、儚《はかな》き人の運命との闘いであり――そして彼に生を与え、育んだ地下の《魔窟》そのものとの闘いでもあったのである。

「――逃げろ！」

と叫んだときにはもう、マリウスの眼前に死が迫っていた。

地下水路へと続く洞窟に、突如として現れた巨大な怪物——

その妖蛇の大きく裂けた口がばくりと開き、ずらりと並んだ無数の巨大な牙が彼を襲ったのだ。

「うわああっ！」

絶叫するマリウスの目に真っ赤な二股の舌が鋭く迫り、粘液が肌にしたたり落ちて、焼けつくような痛みが走る。強い刺激臭と腐臭に息がつまる。もし、マリウスがそのまま動けなかったならば、彼の胴は真っ二つに食いちぎられ、血と臓物を洞窟にまきちらしていただろう。妖蛇の口が閉じる寸前、マリウスがとっさに体をうしろに投げ出し、さらに二度、三度とそのあぎとから逃れることができたのは、まさに僥倖、ヤヌスの恩寵としか思われぬ。

（なんだ、この化け物！）

考えるいとまもあらばこそ、妖蛇は凄まじい咆吼をあげながら再び襲いかかってきた。マリウスはすばやく立ちあがると、妖蛇の鼻先をかいくぐり、かろうじて体を入れ替えた。そのまま木刀をかまえて妖蛇に対峙する。妖蛇は激しく息をつき、異形の人面を揺らしながらマリウスを睨みつけていた。マリウスは叫んだ。

「ジャスミン、逃げて！」

「マリウスさま……」

「いいから早く！　奥へ！」

マリウスの声に、遊女は少女を抱えて奥へと逃げ出した。だが、妖蛇は彼女たちには目もくれなかった。その狂気に燃える赤い目も、鋭く光る無数の牙も、ただひたすらにマリウスのみを狙い、彼が右へ寄れば右へと、左へ寄れば左へと、ぴたりと影のように追ってくるのだ。ならば、とマリウスは少しずつ、ジャスミンたちとは反対に、地下道の入口の方に向かって下がりはじめた。案の定、妖蛇はじりじりとマリウスを追ってくる。

（よし、それなら……）

マリウスは木刀で牽制しながら、入口のほうへと妖蛇を引きつけてゆく。妖蛇は牙をならしながら、マリウスに迫ってくる。そして妖蛇が再び鎌首をもたげ、マリウスに向かって牙を剝いた瞬間――

マリウスは、洞の入口に向かって脱兎のごとく駆けだした！

人面蛇はやや虚を突かれたようだったが、すぐに咆吼をあげながら、マリウスを追ってきた。硬いうろこが地面とこすれる凄まじい音が背後から執拗に迫ってくる。

（武器はふたつ）

マリウスは走りながら、必死で頭を巡らせた。

（この木刀、そしてあのケムリソウがもうひとつ）

むろん、それで妖蛇を倒すことは無理だ。だが、とにかくジャスミンとイェン・リェンが逃げる時間を稼がなければならない。地下水路にでればあてがある、といったジャスミンの言葉を信じるならば、少なくともそれまでの時間が必要だ。

とはいえ、廓の女たちの足である。しかもイェン・リェンはまだ、黒蓮の催眠が解けぬままなのだ。どうにかして妖蛇を追い払うか、足止めせねばならぬ。せめて深い傷を負わせたい。このまま逃げ回るだけでは埒《らち》があかぬ。そもそも、いつ妖蛇が気を変えて、マリウスから彼女たちへとその矛先を変えないとも限らないではないか。

（どうすればいい？　考えろ——考えろ！）

むろん、妖蛇との闘いかたなど知るよしもない。だが、吟遊詩人として幾度となく語り、歌ってきた神話の物語——そのなかにはシレノスやバルギリウス、アルリウス、マリオンなど、幾人もの英雄譚がある。そして英雄には数々の化け物や怪物との闘いがつきものだ。怪物たちの弱点はさまざまだが、概ね共通しているものがある。眼、そして体内だ。ならば、この人面蛇の弱点もそこに違いない。というより、それに賭けるしかないではないか。

（よし！）

マリウスは意を決して振りかえり、妖蛇に対峙した。妖蛇は尻尾と鎌首を大きく振りながら、けたたましい咆吼をあげて迫ってくる。ひるみそうになる心を必死で奮い立たせるマリウスの眼前に、またたく間に妖蛇の巨大な顔が迫り、その口が大きく裂けた。伸びる舌、無数の鋭い牙、したたる粘液。その向こうにぽっかりと空いた暗い内腔――

（いまだっ！）

マリウスはやにわに振りかぶると、隠し持っていたケムリソウを妖蛇の喉の奥に向かって思い切り投げつけた！

硬く乾いたケムリソウは、妖蛇の喉の奥にぶつかり、そのまま体内へと吸い込まれるように消えていった。妖蛇はぐっ、と舌を出し、えずくようなしぐさを見せた。その動きが一瞬止まる。その瞬間にマリウスは鋭く反応した。

「そこだっ！」

マリウスはすかさず木刀を抜き、その切っ先をふたたび妖蛇の喉に向け、腕もちぎれよとばかりに勢いよく突き出した。木刀は妖蛇の牙のあいだをかいくぐり、内腔の粘膜をすべるように走り――そのまま妖蛇の喉奥に深々と突き刺さった！

――ギャアアアアアアアアアッ！

妖蛇は苦悶の雄叫びをあげ、鎌首を持ちあげて大きくのけぞり、喉に木刀を突き立てたまま激しく頭を振った。その硬い頭が周囲の壁にぶちあたり、激しい音とともに岩屑が舞う。マリウスはすばやく立ちあがると、苦悶する妖蛇を尻目に、ジャスミンたちを追い、地下道の奥に向かって一目散に走り出した。

「ジャスミン！　無事か？」

「マリウスさま！」

すぐさまジャスミンからほっとしたようないらえがあった。

「ご無事でしたか！」

「うん、なんとか」

「あの蛇は？」

「木刀を喉に突き刺した。そのすきに逃げてきた」

マリウスは汗をぬぐいながら答えた。背後からは妖蛇の凄まじい咆吼と壁に体を打ちつける音が聞こえてくる。

「でも、たぶんたいした傷じゃない。きっとまた追ってくる。だから、いまのうちになんとかして地下水路に出よう。このままじゃあ、かくれようにも逃げようにもどうにもならない」

「わかりました」

マリウスとジャスミンはワン・イェン・リェンを両脇から抱え、なかばかつぐようにして走り出した。洞窟はどこまでも深く、まるでそれ自体が巨大な妖蛇のはらわたのようにもみえる。だが、奥から聞こえてくる地下水路の水流の音は、確かに大きくなりつつあった。相変わらずヒカリゴケの頼りない光のほかには灯りはなく、床もぬめって足をすべらせる。三人は、なんども転びそうになりながらも、そのたびに互いを支え合い、走り続けた。

（早く、とにかく早く、この洞窟から外へ――！）

マリウスは焦った。喉はあえぎ、胸は苦しく、脇腹にも刺すような痛みが走る。隣からは遊女と少女の苦しそうな息づかいも聞こえてくる。それでも彼らは走らざるをえなかった。なにしろ、それには彼らの生命と、自由と、未来がかかっているのだ。

水流の響きは急激に大きくなってきた。もはや流れが岩にぶつかり、跳ね返るしぶきの音が聞こえ、水の匂いさえもただよってくる。地下水路が近い、とみて、マリウスは前方をすかしみた。洞窟は、しばらく先で左に鋭く折れていた。そして水の流れる音はその向こうから聞こえてくる。

「もうすぐだ、ジャスミン。イェン・リェン。たぶん、あの角を曲がれば――」

マリウスたちは、転がるようにして角を曲がった。とたんに水流の音が一段と激しくなった。洞窟は十タッドほど先で終わっていた。唐突にあらわれた出口の先は、確かに地下水路へ通じていた。とうとうと流れる川面に、ヒカリゴケの光が淡く映る。

だが――

「ああっ！」

マリウスたちは思わず絶望の声をあげた。

地下水路へと――彼らを自由の地へといざなうはずだった地下道の出口。

そこには巨大な鉄格子がはめられており、彼らの行く手を完全に阻んでいたのである！

「ちきしょうっ！」

マリウスは鉄格子に駆けより、激しく揺さぶった。だが、鉄格子は周囲の岩壁に食い込むように固定されており、彼の非力ではびくともせぬ。否、どれほどの剛力のものであっても、それを動かすことはできなかったであろう。どこかに体を通せそうな隙間がないかと探してみるが、それも見あたらぬ。せめて小柄なイェン・リェンだけでも、と思うが、どうやらそれもままならぬ。

「どうしよう、ジャスミン」

マリウスは焦った。

「どこにも脇道なんかはなかったよね」

「ええ」

ジャスミンは唇を噛んだ。

「せっかく、ここまで来たというのに……地下水路は目の前だというのに……。ああ、どうしてわたくしは髪飾りを手放してしまったのでしょう。せめて、あれさえあれば…

……」

「えっ？」

マリウスは聞きとがめた。

「髪飾りって、イェン・リェンの？」

「ええ」

「あるよ。ぼくが持ってる」

「えっ？」

ジャスミンははっとしたようにマリウスを見た。

「お持ちなのですか？」

「うん」

マリウスは、隠しから髪飾りを取り出してジャスミンにみせた。

「これだろう？」

「貸してください！」

ジャスミンは必死の形相でマリウスから髪飾りを奪うと、紅玉を飾る銀の花びらの一枚にやにわに口をつけ、鉄格子から外に向かって強く吹いた。すると、ぴぃーっ、と鋭く甲高い音が二度、三度と地下水路に響きわたった。その音に反応したか、あちらこちらからコウモリの激しい羽音が聞こえてくる。マリウスは驚いた。

「え？　なに？」

「助けを呼んだのです」

　ジャスミンは、なおも髪飾りの笛を吹きながら云った。

「約束したのです。昔。友と」

「友って……」

　と、マリウスが云いかけたときだった。

　洞窟に突如として凄まじい咆吼が響き、後方からうねるような地響きが聞こえてきた。マリウスとジャスミンははっとして振りかえった。

「蛇だ！」

　マリウスは叫んだ。地響きと咆吼はまたたくまに近づいてきた。洞窟をふたたびコウモリが激しく舞い、羽音が壁に反響する。マリウスは必死であたりを見まわした。鉄格子の脇に、かろうじて体を隠せそうな小さな洞《ほら》があった。

「かくれて！」

　マリウスはイェン・リエンとジャスミンを洞に押しこむと、自分もなかに潜りこんだ。洞は幅も高さも一タールにはるかに満たず、奥行きもさほど深くはない。さほど体の大きくないマリウスでもうずくまるのがやっとだ。マリウスは這うようにして、そっと洞から外をのぞいた。すると、地下道の曲がり角の向こうから――

怒りに激しく身をくねらせながら、あの巨大な妖蛇がその不気味な姿をあらわした！

「きた！」

マリウスはあわてて洞の奥へと身を縮こまらせた。妖蛇は頭と尾を激しくふり、周囲の壁や天井から岩くずを飛ばしながら迫ってくる。その衝撃が、洞の壁をつたって体にびりびりと伝わってきた。ジャスミンはイェン・リェンを抱きかかえるように、洞の奥にその身を押しつけていた。

（去ってくれ！）

マリウスは息を潜め、必死に祈った。だが、その願いは届かなかった。洞の入口に妖蛇の歪んだ人面が現れ、マリウスたちをまともに睨みつけたのだ。

「うっ！」

怯んだマリウスの目の前で、妖蛇の赤い目がきらめいた。その縦に裂けた瞳のかすかな光には、まるで人を淫らな夢に誘うような艶《なま》めかしさがあった。淫蛇、という言葉が脳裏を走る。その怪しい瞳には、どこか見覚えがある——とマリウスは思った。

妖蛇はしゃあっ、と奇妙な音をたてながら、マリウスたちに向かって鋭い牙を剝いた。光る粘膜のあいだから長い舌が鋭く伸びる。吐き気をもよおすような血の臭いと腐臭がマリウスたちを襲う。無数の牙がマリウスの眼前にまたたく間に迫る。

「うわあああっ！」

マリウスは悲鳴をあげた。

（ヤーンよ！）

マリウスは観念の目を閉じた。だが次の瞬間、激しい音がして、妖蛇の動きがふいに止まった。マリウスに牙が届こうかという寸前で、妖蛇の巨大な頭は狭い洞につかえていた。妖蛇は低くうなりながら暴れ、頭を洞に押しこもうとするが、その牙はむなしく鳴るばかりでマリウスには届かぬ。悔しげにうなりながら、妖蛇は洞から頭を抜いた。

マリウスは思わず安堵の息をついた。

しかし、ほっとしたのもつかの間――

妖蛇は再び鎌首を持ちあげ、怒りの咆吼をあげると、硬い尾を洞の入口に激しく振りおろした！

（――――！）

うずくまるマリウスたちの上に、岩くずが凄まじい破壊音とともに激しく降りかかってきた。妖蛇は容赦なく尾を打ちつけ、そのたびに岩壁に亀裂が入った。二度、三度、と繰り返すうちに、亀裂は徐々に大きくなり、飛び散るかけらも次第に激しさを増した。洞の入口は少しずつ、しかし確実に、広く、大きくなっていった。

「わあああっ！」

マリウスはなおも体を奥に押し込みながら、まわりに落ちた岩くずを手当たり次第に妖蛇に投げつけた。だが、その硬い頭には傷をつけることすらできぬ。いくつかは巨大なロのなかにも飛びこんだが、それも鋭い牙のひとかみでことごとく木っ端みじんに砕かれてしまった。

（だめか……）

マリウスは絶望した。妖蛇は尾を振りまわして壁を崩しながら、頭をしつこく洞に突っ込んでくる。二股の舌がなんどもマリウスをかすめ、唾液の酸がいくどとなくマリウスの肌をちりちりと焼いた。マリウスはさらに奥へ身を縮めようとしたが、もう隙間は残っていなかった。ジャスミンとイェン・リェンは彼の背後でかたく抱きあい、顔を伏せて縮こまっていた。

そしてついに――

妖蛇の強烈な一撃に、洞が完全に崩壊した！

「ああっ！」

崩れ落ちる岩くずから両腕で頭をかばいながら、マリウスは悲鳴をあげた。もはや、その体を守るものはなにも残っていなかった。マリウスは本能的にジャスミンとイェン・リェンを背後にかばい、身ひとつで妖蛇に対峙していた。妖蛇の瞳が、青白い光をわずかに映して玻璃《はり》のようにきらめいた。それは獲物を捕らえたことを確信した愉悦にもみえた。妖蛇の真っ赤な舌と無数の白い牙が、ゆっくりとマリウスに迫ってくる。

（食われる）

マリウスはもはや身じろぎひとつもできずにいた。

（死ぬ。死んでしまう）

（まさか、こんな化け物に食われてしまうなんて……）

（いやだ）

マリウスの瞳から涙があふれた。

（いやだ。死にたくない。そして、死なせたくない）

（ミアイルも、タオも、ぼくが守りたかった子たちは、みな死んでしまった。そして、ホン・ガンも、イェン・リェンも、ジャスミンも、みんなぼくのために……）

（ぼくは、彼らにとってただの死神だったのだろうか）

（そして、ぼくにもとうとう……）

マリウスは涙にかすむ目で迫りくる死を見つめていた。これまでの二十年余の記憶が、走馬灯のように脳裏を駆けめぐる。父母に愛された幼い日々。父の死。母の死。兄との相克。出奔。密偵。決別。そしてミアイルの死、タオの死——結局、ぼくはなんのために生きてきたのだろう、とマリウスはぼんやりと思った。

マリウスの目の前で、妖蛇の口が無限に裂けた。その真っ赤な口腔が彼の頭上に大きくのしかかってきた。凄まじい腐臭。かすかにただようトーシン草の匂い。そしてついに、その鋭い牙がマリウスの頭を食いちぎろうとした――

そのとき！

突然、何者かが妖蛇とマリウスのあいだに飛びこみ、彼の体を突き飛ばすと、銀色の光の筋を一閃させた！

2

その凄まじい音の元凶を目にしたとたん、剣士の体は鋭く動きだしていた。

それは衝動というよりも、むしろ本能と云うべきものであった。彼は目の前でなにが起こっているのかを理解する間もなく――凄まじい咆吼をあげながら暴れているのがこの世にありうべからざる巨大な人面妖蛇であることも、その妖蛇が襲っているのが何者であるのかも意識することなく、しかしその怪物の唯一の弱点が目であることを瞬時に把握し、ただその一点をめがけて全ての筋肉を躍動させていたからだ。

その本能――かつて常に生死の境に身を置いていた剣闘士としての本能を目覚めさせたのは、久々に腰に差した懐かしい大剣の感触であったやもしれぬ。怪異にもひるまぬ勇気を彼に与えたのは、卑劣な騙し討ちにやられ、その大剣を遺して若い命を散らした見習剣闘士の無念であったやもしれぬ。

そこに救わねばならぬ者がいる――

ゆえもなく確信した男は、手にしたランプをとっさに離すと、ためらうことなく妖蛇の長い胴体の横をすり抜け、死地へと身を躍らせた。そして、その場にうずくまっていたものを突き飛ばすと、妖蛇の鋭い牙をかいくぐりながら、抜く手もみせずに大剣を振り抜いたのである！

——ギィィィィァァアアアアアア！

響きわたる悲鳴！

苦悶の雄叫びをあげ、牙から粘液をまきちらしながら仰《の》けぞる妖蛇の左目は、みごとに真一文字に裂けていた。その破裂した眼球から、どろりと房水《ぼうすい》が流れだし、青みがかった血液が勢いよく噴き出した。たまらずのたうちまわりながら体を退いた妖蛇に油断なく目を配っていた男に、背後から声がかかった。

「チェン・リー！」

その声に、剣士は自分が救ったのが誰であったのかを悟った。

「マリウスか！　大丈夫か！」

「う、うん」

「イェン・リェンはどうした！」

「みつけた。ジャスミンも」

「なに？」

チェン・リーは驚いて、ちらりと後ろを確認した。すっかり崩れ落ちた洞のがれきの向こうに、声もなく抱き合いながらうずくまっている二人がいた。だが遊女の顔はしっかりと前を向き、彼を見つめる瞳には変わらぬ強い光が宿っていた。

「よし」

チェン・リーは安堵してうなずいた。

「ならば、あの化け物さえどうにかすりゃあいい、ってことだな」

「でも、どうしてここへ」

「えらい音がしてたからな」

チェン・リーは妖蛇に油断なく目を配りながら云った。

「急いで戻ってきたが、お前らの姿は見えねえし、呼んでも返事はねえ。そしたら、こっちで岩をガンガンぶったたいてるような音がする。さては、ってんであわててきてみたら、これだ」

「そうか……ありがとう。助かった」

「お前たちはしばらく俺のうしろにいろよ。そしてもし、すきがあったら逃げろ。道場の仲間が闇妓楼に向かってるはずだ。そう遠くねえうちに着くだろう。やつらと合流しさえすれば、もう安心だ。ちゃんとお前たちを西の廓に連れかえってくれる」

「あ……」

「だが、まずはこいつだ」

チェン・リーは、妖蛇にむけてあごをしゃくった。妖蛇はまだ苦しげに息をついているが、残った右目は油断なく、黒い髪の間からチェン・リーとマリウスたちを睨みつけていた。裂けた口から銀色の牙と赤い舌が見え隠れする。チェン・リーは地下道の入口のほうをうかがったが、怪物はその巨大な胴体を巧みに使い、洞窟を塞いで逃げ道を閉ざしていた。

（くそっ）

チェン・リーは小さく悪態をつき、大剣をかまえなおした。

（しかし、でかいな……）

用心棒の背筋にひやりとしたものが走った。先ほどは夢中で飛びこみ、うまく敵のすきを突くことができたが、こうしてまともに対峙すると、相手のとんでもない化け物ぶりにあらためて圧倒される。チェン・リーは、かつての大地震のときのことを思い出していた。

あのころ、彼はまだ駆け出しの剣闘士だったが、同じ道場には現在の道場主であるフロルスと、不世出の大闘王ガンダルがおり、互いによきライバルにして親友として技を競い合っていた。そのふたりが大地震のおり、見世物小屋であばれだした大灰色猿と対峙し、みごとに退治したことがあった。だが、そのおりにフロルスは足首を壊し、以来、鍛錬は続けているものの、ながらく競技会には出られずにいる。

大灰色猿と巨大な妖蛇、その姿かたちは大きく違えども、同じような化け物を前にして、自分も——剣闘士としてはとうに挫折し、利き腕すらも失っている自分でも、彼らと同じように闘うことができるだろうか。そもそも実績は彼らの足もとにも及ばぬ。しかも彼はたったひとりで、三人を守りながら闘わなければならないのだ。

チェン・リーは大剣を正眼にかまえ、剣先で妖蛇を牽制しながら、じりじりと円を描くように動いた。洞の入口には崩れた岩のかけらが散乱し、これでは足もとが定まらぬ。彼は三人をうしろにかばいながら、少しずつ、ゆっくりと妖蛇との間合いを図り、地下水路と洞窟を隔てる鉄格子を背にする位置をとった。

(狙いはただひとつ。奴の右目だ)

岩をも砕く妖蛇の硬い体に剣が通用するはずもない。顔面も胴体も硬く分厚い皮膚で覆われている。むろん、標的の小さな右目を狙うのも容易ではないが、そこならば切り裂くことができるのは、すでに明らかだ。しかも妖蛇に手足はなく、左目は潰れている。右目をかばうすべはなく、かといって剣から目を背けてしまえば、こちらの様子がうかがえぬ。

となれば——

(あの右目はつねに、俺の目の前にあるはずだ)

だがむろん、そう何度もチャンスはあるまい。一撃で仕留めそこなえば、たちまち硬い尾や鋭い牙が襲ってくる。よしんば、彼がそれを避けられたとしても、他の三人が逃げおくれ、そちらに矛先が向いてしまえば、もはや彼らの命はあるまい——その思いに、チェン・リーの手のひらに汗がにじんだ。大剣の柄がわずかに滑る。競技会なら松脂で汗をとめておくところだが、むろんそれはままならぬ。彼はやむなく、油断なく妖蛇のようすをうかがいながら、大剣をつかんだまま、服でぎこちなく手汗をぬぐった。

と、その刹那——

妖蛇の残る右目が鋭く光り、チェン・リーに襲いかかってきた！

「——くそっ！」

大剣が間に合わぬ、と瞬時に判断した彼は、身をわずかにかがめ、妖蛇の攻撃をかろうじてかわした。妖蛇の頭が鉄格子に激突し、凄まじい金属音とともに火花が飛んだ。チェン・リーはとっさにマリウスたちに右へ移動するように合図し、自分は逆に左にすばやく動いた。妖蛇の右目を自分に引きつけ、他の三人をその視界から外そうとしたのだ。

案の定、妖蛇は頭を大きく振り、チェン・リーを追ってきた。彼は慎重に足場を確かめながら、切っ先を妖蛇の右目に合わせて牽制した。妖蛇も彼の狙いはわかっているのだろう。ときおり咆哮をあげ、牙を鳴らして威嚇してくるが、蛇ならではの用心深さで切っ先からは十分に間合いをとっている。

（右腕があれば――！）

もし、彼に利き腕が残っていれば、剣で相手を牽制しつつ、もう一方の手で陽動を仕掛けることもできただろう。結局、彼が剣闘士の道を諦めたのも、片腕ではどうしても単調になりがちな攻撃や防御の不利を克服することができなかったからだ。一瞬でもい、妖蛇の気をそらす手立てはないものか――チェン・リーの頭は猛烈な勢いで回転していた。

と、その思いが伝わったのやもしれぬ。

妖蛇の視線を避けるように右に回りこんでいたマリウスが、急にしゃがみこむと、岩くずを拾いあげ、妖蛇に向かって投げつけたのだ！

狙い違わず、岩くずは妖蛇の潰れた左目に勢いよくあたった。ふいに傷をえぐられた妖蛇は苦悶の咆吼をあげ、その顔を一瞬マリウスに向けた。チェン・リーはそのすきを見逃さなかった。

（いまだ！）

チェン・リーは瞬時にその体を躍らせた。その視野が絞りこまれ、妖蛇の赤く光る右目に収斂《しゅうれん》してゆく。彼は巨大な大剣をまるでレイピアのようにかまえ、寸分違わず、妖蛇の右目めがけて突き出した。

（もらった！）

チェン・リーは勝利を確信した。だが、その瞬間——妖蛇の目がふいに白く変色した。用心棒の目の前から、妖蛇の瞳が一瞬にして消えたのだ。

（——なにっ？）

驚く間もあらばこそ、チェン・リーの渾身の剣——確かに妖蛇の目をとらえ、切り裂いたはずの大剣は、分厚いゴムのような膜にはじきかえされていた。それは妖蛇の瞬膜であった——彼の剣が届こうか、というまさにそのとき、その瞬膜が働き、右目を守ったのだ。

チェン・リーの大剣は、その硬い膜をわずかに傷つけながら、その上をむなしく滑っていった。直後、瞬膜が開き、ふたたび現れた妖蛇の瞳には、嘲笑が浮かんでいるように見えた。渾身の一撃を外され、バランスを崩したチェン・リーを、すかさず妖蛇の巨大な尻尾が襲った！

「ぐふっ！」

チェン・リーは、人の胴ほどもある尻尾に脇腹を勢いよく打たれ、洞窟の壁にしたたかにたたきつけられた。その衝撃に頼みの綱の大剣も、むなしく彼の手を離れていった。背中と頭を強く打ち、息は詰まり、意識が飛びかけた。その彼をまるで嬲《なぶ》るように、妖蛇がその巨大な体を巻き付け、ぎりぎりと締めあげてきた。

た。

「ぐおっ！」

チェン・リーはとっさに全身を硬直させ、妖蛇の万力に必死で抵抗した。剣闘士を退いてからもなお、鍛えあげてきた筋肉が縄のようによじれ、極限まで膨れあがる。だが、世にあるまじき怪物の力は凄まじく、彼の筋肉をもってしても抗することはできなかった。

チェン・リーの肋骨はきしみ、その肺は徐々に押しつぶされ、その体内から空気が失われていった。用心棒は必死で息を吸おうとあえいだが、締めあげられた胸はまったく膨らもうとはしてくれなかった。彼の視界が急速に狭まってゆく。

「チェン・リー！」

脈打つ耳鳴りの向こうから、ジャスミンの悲鳴が聞こえてきた。チェン・リーは最後の気力を振りしぼり、左の拳を振りあげて妖蛇の目を狙った。だが、もはやろくに力入らず、妖蛇はなんの痛痒も感じないようであった。

（だめか……）

用心棒の心を絶望が覆いはじめた。彼はむなしく妖蛇の体を叩き続けたが、それはかえって彼の最後の体力を奪うばかりであった。妖蛇はケケケッ、と嘲笑のような声をあげた。その口から激しく粘液がしたたり、その胴がさらにきつくしまった。チェン・リーの脇腹がみしりと鳴り、強烈な痛みがはしる。

（だめだ……）

チェン・リーの意識は急速に遠のきはじめていた。その左腕は力を失ってだらりと下がり、首はがくりとうなだれた。そしてついに——

彼の肋骨がにぶい音をたて、臓腑でなにかが激しく音をたてて爆ぜた、ような気がした。

チェン・リーは激しい衝撃に続き、自分を締めあげていた圧力がふいに失われるのを感じた。妖蛇に巻かれていた体は崩れ落ち、地面にたたきつけられた。だが、その痛みももはや、チェン・リーにはほとんど感じられなかった。彼の本能はしきりと立ちあがれ、闘え、と訴えていたが、彼はみじんも体を動かすことはできなかった。

（殺《や》られる——）

ついにチェン・リーは観念した。もはや、妖蛇の鋭い牙が彼の体を両断するのは時間の問題だった。大量の獲物を前に愉悦する妖蛇の姿が脳裏をよぎる。

（くそっ、ジャスミン……イェン・リェン……やつらだけでも）

チェン・リーは、はげしく咳きこみながら、かすむ目を必死に開いた。少しずつ呼吸が回復し、割れ鐘のような耳鳴りが徐々に引き、ぼんやりと揺れる視界が次第に焦点を結んでゆく。彼は刺すようなあばらの痛みに耐えながら、あたりを見まわし、遊女たちの姿を求め——

（──なにっ？）

チェン・リーは愕然とした。

妖蛇が、いない。

いまのいままで闘い、彼を死地に追いこんだはずの妖蛇の姿が消えていた。洞窟は冷気のなかに静寂を取り戻していた。背後からは地下水路の流れが聞こえ、細かいしぶきが飛んでくる。だが、どれほどあたりを見まわしても、あの巨大な化け物はどこにもいなかった。幻でも見ていたのだろうか、と思ったが、そうではない証拠にチェン・リーの体は傷だらけであり、あたりには妖蛇がまきちらした岩くずが散乱していた。

「──チェン・リー！　大丈夫？」

マリウスの声に、チェン・リーは振りむいた。マリウスのうしろからは、イェン・リエンを抱えたジャスミンが青ざめた顔で心配そうにのぞきこんでいた。その手には、チェン・リーが持ってきたランプがあった。用心棒は自分の体のようすを確かめながら、そろそろと立ちあがった。息をするたび、妖蛇に締めつけられた胸に鋭い痛みが走るが、動けないほどではない。背中の打ち身もひどいが、背骨や腰はやられていないようだ。

「ああ、どうやら大丈夫だ。お前たちには怪我はねえか」

「ああ、うん」

「あの化け物はどうした」

「消えたよ」

「消えた？」

チェン・リーは困惑した。

「どういうことだ」

「ぼくにもよくわからない。だけど、チェン・リーが捕まったとき、蛇の腹が爆発したんだ」

「爆発？」

「うん。たぶん、ぼくがさっき奴の口に放りこんだケムリソウだと思う」

マリウスは少し得意げだった。

「あれがきっと爆発したんだ。胃で殻が溶けたかなんかして」

「そうか」

チェン・リーはわずかに得心した。あのときはあまりの苦しみに、自分の肺腑のあたりでなにかが爆ぜたような気がしたが、あれは妖蛇の体内の爆発が衝撃となって伝わってきたものだったのだろう。

「それは手柄だったたな。――それで」

「そしたら化け物がチェン・リーを離して、暴れながら苦しみだして、しばらくしてすうっと黒い煙のようになって消えてしまったんだ。まるで蒸発するように――魔道師が姿を消すときみたいにね。ケムリソウのなかには青蓮の毒が仕込んであったから、それが効いたんじゃないかな。よかった。あぶなかった」

「なんと」

チェン・リーは信じられぬ思いで首を振った。

「じゃあ、あの化け物はなんだったんだ。結局は幻だったってのか」

「幻っていうか、魔道がつくりだしたものなんじゃないかな。または……」

吟遊詩人の目にあやしいかぎろいがみえた。

「それこそ魔道師のたぐいの化身なのかもしれない。なにかそういう、魔力を持つものの」

「魔道か」

チェン・リーはにわかには承服しかねてまた首を振った。

「どうもそういうのは好かねえな。しかしまあ、そう思わねえと説明のつかねえことが起きてるのも事実だからな。――なら、ジャスミンたちが蓮華楼から消えたのも、やっぱり魔道だったのか」

「いや……」

マリウスはジャスミンをちらりとみた。

「あれは魔道というか、ちょっと違うんだけど。でも、とにかく、この事件に魔道がからんでいることは間違いなさそうだよ。もしかすると、そもそも娘たちが神隠しにあった理由が魔道にあるのかもしれない、とぼくは思っているんだ」

「なんだと？　どういうことだ」

「それはおいおい話すよ。いまはまず、ここを出ないと」

「ああ、そうだな」

チェン・リーは大剣を拾いあげ、鞘におさめて腰に差した。

「ここじゃあ、またどんな化け物が出てくるか分からねえからな。さっさと道場の連中と合流して、西の廓に戻るぞ」

チェン・リーは脇腹の痛みをこらえながら、洞窟を戻ろうとした。だが、マリウスたちは顔を見合わせたまま、ついてこようとはしなかった。チェン・リーはいぶかしんだ。

「どうした。お前たち。なにしてる。早く行くぞ」

「いや、その……」

マリウスが妙におずおずと云った。

「そのことなんだけど、チェン・リー」

「ん？」

「その……ジャスミンとイェン・リェンを見逃してあげてくれないかな」

「――なに？」

チェン・リーはまたしても困惑した。

「見逃す、ってのはどういうことだ」

「だから……」

マリウスは腹をくくったように、チェン・リーの目をまっすぐに見ながら云った。

「ふたりを蓮華楼に連れかえらずに、このままロイチョイから——タイスから逃がしてあげてほしい。頼む。ふたりを自由にしてあげてほしい」

「——なにを云っているんだ、マリウス！」

チェン・リーは驚いて思わず叫んだ。

「そんなこと、できるわけねえだろう！　足抜けだぞ！　西の廓最大の御法度だ。云ったただろう。西の廓は足抜けを絶対に許さない。特に最高遊女《ハオターリャン》の足抜けなど、絶対に許すわけがない。どんな手を使ってでも探し出すし、探し出せば、それこそ待っているのは地獄だ。百年前に足抜けを試みて捕まったファン・ビンの話、吟遊詩人のお前ならば聞いたことがあるだろう。服を剝がれ、手足を切られ、目を潰され、舌を切られ、そのまま地下牢に投げ込まれ——それこそ家畜のように餌を投げ与えられ、糞尿にまみれたまま、ふた月も苦しみ抜いて死んだんだ。亡骸はそのまま裏手の森に吊るされてカラスの餌食《ガーガー》だ。お前はジャスミンをそんな目に遭わせたいのか？」

「そんなことないよ！　でも、チェン・リー。きみさえ黙って見逃してくれれば——ジャスミンとイェン・リェンが見つかったことは、まだぼくときみしか知らないんだ。だから、きみさえ黙っていてくれれば、ふたりがここで捕まっていたことは誰にも判らない。なんだったら、闇妓楼の火事に巻き込まれたことにしてくれたっていい。そうすれば、西の廓にだって、きっとばれないし……」

「いや、無理だね」

用心棒は首を横に振った。

「お前は、西の廓がどれだけ足抜けに容赦しねえか、知らねえからそんなことが云えるんだ。だいたい、万が一にもそれがばれたら、俺だって、お前だってただじゃすまねえんだぞ。いまはまだ、楼主さまが殺された騒ぎのせいで、ジャスミンらに目は向いちゃいないが、そんなものは時間の問題だ。そもそも」

チェン・リーはジャスミンを見た。ジャスミンは青ざめた顔でチェン・リーをにらんでいた。

「ジャスミン。お前は、もう間もなく、あと半年もしねえうちに年季が明けるんだぞ。いま足抜けをして、なんの得がある？　あと何ヵ月か我慢して、それで大手を振って西の廓を出ていけばいいじゃねえか」

「………」

ジャスミンは青ざめたまま何も云わぬ。かわってマリウスが云った。

「チェン・リー。それは、そうかもしれないけど……少なくともジャスミンはあと半年我慢すればいいのかもしれないけど……」

マリウスは、相変わらず何も判らぬようすでにこにこしている少女の肩に触れながら云った。

「でも――でも、ワン・イェン・リェンは、まだ十二歳で……まだこれから十五年も西の廓に閉じこめられて暮らすんだよ？　あと五年もすれば水揚げされて、それから十年も遊女として暮らさなければならないのに……このまま連れ戻しては、あまりにもかわいそうだよ。生まれてから一度も廓の外に出たことすらない、親の顔すら知らないっていうのに」

「――イェン・リェンは……」

痛いところを突かれて、用心棒は口ごもった。イェン・リェンはきょとんとしたようすでチェン・リーを見つめている。ジャスミンは少女の頭にあごをうずめるように、少女をしっかりと抱きしめていた。チェン・リーは遊女たちから目をそらしながら、言葉を絞りだした。

「イェン・リェンのことは、俺が精いっぱい、面倒をみるよ。もちろん、用心棒の俺ごときに何ができるってわけでもねえが、少なくとも悪い客がつかねえように見張ってるし、いざとなりゃあ腕力だって剣だって容赦なく振るう。とにかく、イェン・リェンが立派な遊女になって、年季がしっかり明けるまで、できるだけ楽に暮らせるよう、俺が精いっぱい頑張るよ」

「――楽に暮らす？」

それまで黙って話を聞いていたジャスミンが口を開いた。

「できるだけ楽に暮らす、ですって？　あなたは、ずっとわたくしたちのそばにいながら、いったいなにを見てきたのですか？　遊女に楽な暮らしなどありませんよ、チェン・リー。楽に暮らした遊女など、いったいロイチョイのどこにいるのです？　そんな暮らしがわたくしたちの、いったいどこにあるのです？」

「ジャスミン……」

「廓には楽な暮らしなんかない。あるのは地獄のような暮らしだけ。来る日も来る日も閉じこめられて、意に沿わぬことを、まるで自分が望んでいるかのように演じ――もし、少しでも楽な暮らしがあるというのなら、それはわたくしたちが自ら精神を壊してしまうことでしょうね。そう、ちょうどいまのこの娘――黒蓮の術がまだ解けずにいるこの娘のように、精神を壊して、何も感じなくなれば、少なくとも辛くはなくなるかもしれない。気の毒にも地下水路に突き落とされた、あのルー・エイリンもそうだったのでしょう。ファン・ビンだって、最後はそうだったのかもしれない。でも、あなたが望むのは、この娘にそういう暮らしをさせることなのですか？　この娘に――イェン・リェンに、精神を壊してしまえと、そう云うのですか？　このまま黒蓮の夢のなかで半ば死んだように生きていけばいいと云うのですか？」

「そうじゃねえよ！」

チェン・リーは呻いた。

「そうじゃねえけど……」

「チェン・リー。お願い」

ジャスミンは懇願した。

「わたくしたちを見逃して。わたくしたちふたりに——いいえ、わたくしはだめでも、せめてイェン・リェンだけにでも、このまま自由をあげてちょうだい。お願い」

「自由をやるっていったって」

チェン・リーは困惑した。

「そもそも、イェン・リェンを自由にしたって、どこに連れていくっていうんだ。イェン・リェンは《館》の娘なんだぞ？　俺と同じように西の廓で生まれて、西の廓で育ったんだ。もちろん、親もわからねえ。ここを出ていったところで、いくところなんかねえじゃねえか」

「それは……」

「ぼくがどうにかする」

口ごもったジャスミンに代わってマリウスが云った。

「ぼくがイェン・リェンの面倒を見るよ。そして彼女の母親を探す。チェン・リー、このあいだいってたよね？　きみは自分の母親を見つけることができたって。だったら、イェン・リェンだってきっと見つけることができるはずだ。そうすれば——」

「無理だよ、マリウス。無理だ。絶対に無理だ！」

チェン・リーは声を荒らげた。

「そりゃあ、万が一ってことがねえとはいわねえよ。イェン・リェンの母親だって、そりゃあ見つからねえとは限らねえ。たしかに俺だって母親が見つかったんだ。だが、そのあとどうなったかも教えただろう？　せっかく見つけた母親に、あんな扱いをうけたとき、俺がどんだけ打ちのめされたと思う？」

「そうだけど、でも——」

「それにこのままイェン・リェンがいなくなった、そしてお前もいなくなった、となったら、西の廓がどう考えるかなんて目に見えているだろう。そんなもの、子供にだってばれる。誰だって思うさ。お前がイェン・リェンをさらったんだと。そうなりゃあ、たちまち人相書きがまわる。お前とイェン・リェンのな。そしてイェン・リェンもお前も目立つからな。きれいな顔した吟遊詩人が、とんでもなくきれいな娘を連れて歩いてるんだ。誰もが一目見て、おや、と思うさ。逃げ切れるわけがねえ」

「だけど……」

「とにかく、あきらめろ」

チェン・リーはきっぱりと云った。

「お前の気持ちも、ジャスミンの気持ちも判らねえじゃねえが、ここはおとなしく西の廓に戻るのがすじってもんだ。それがジャスミンにもイェン・リェンにも辛いことだってのは判る。でも、一か八か目のねえ賭けに出て、捕まって殺されるよりはマシじゃねえのか？　結局は廓に戻ることが一番の得策だと俺は思う。とにかく約束する。ジャスミンのいうとおり、確かに楽な暮らしはさせてやれねえかもしれねえが、それでもできるだけ辛くねえように、俺が必ずイェン・リェンを守るよ。だから――」

と云いかけたときだった。

チェン・リーのうなじの毛がちりちりと不吉に騒いだ。

（――殺気！）

剣士の本能が発した警報に、彼はとっさに身を地面に投げ出した。その耳もとを何かがひゅん、と音をたててかすめ、岩壁に鋭くあたって落ちた。用心棒はすばやく立ちあがると、そのままマリウスたちをかばうようにして走った。そのあとをひゅん、ひゅん、と続けざまに何かが追うように飛んできたが、チェン・リーは大剣を振りまわしてたたき落とした。小さな吹き矢だった。チェン・リーは妖蛇の攻撃で崩れた洞にマリウスたちを押しこむと、自らも身を隠しながら叫んだ。

「誰だ！」

闇妓楼の残党だろうか——

そう疑いながら、チェン・リーは油断なく様子をうかがった。床に置かれたランプのゆらめく光に、ぼおっと何者かの姿が浮かびあがった。それは全身を黒いマントとフードで包んだ小柄な者であった。その右手には、小さな筒がかかげられている。あれか、とチェン・リーはあたりをつけた。矢にはおそらく毒でも塗ってあるのだろう。ケス河の向こう、ノスフェラスの砂漠に棲まう半人半猿のセム族はそれを得意にしていると聞いたことがある。もっとも、そのようなものが遠く離れたタイスの地下に現れるはずもないが——

（——魔道師か？）

チェン・リーは大剣を握りなおした。なにしろ廓で暮らす身である。魔道師など、見かけたことすら数えるほどしかないが、もしこの新たな敵がそうであるというならば、厄介なことこのうえない。ただでさえ飛び道具を使ううえに、どんな妖術を使ってくるのか、見当もつかぬ。どうにかして一気に間合いをつめ、敵が術を使う前に一撃で首をはねるしかあるまい。チェン・リーは足場を固め、全身の筋肉を緊張させながら、タイミングをはかった。

「チェン・リー」

背後から、マリウスが小声で話しかけてきた。

「誰かいる？　見える？」

「ああ」

チェン・リーは外の様子をうかがったまま云った。

「魔道師みてえなやつがいる。黒いフード、黒いマント。顔は見えねえ」

「魔道師だって？」

マリウスははっとしたようだった。

「背格好はどのくらい？」

「男だとすりゃあ、小柄だな」

「小柄。――ねえ、チェン・リー」

「ん？」

「その魔道師、たぶん味方だ」

「なんだと？」

「ちょっといいかな」

マリウスは、チェン・リーの背後からそっと顔をだし、ランプの光のなかにたたずむ影に向かって声をかけた。

「ヴァレリウス！」

「………………」

その声に、魔道師はぴくりと反応した。いまだ全身からは油断なく張りつめた気が立ちのぼっているが、殺気は薄れたようだった。マリウスは続けた。

「ヴァレリウス、ぼくだ！　マリウスだ！　ぼくは無事だ！　この人は味方だ！　吹き矢を降ろしてくれ、ヴァレリウス！」

3

「味方、だと――？」

　用心棒は驚いたようにマリウスを見た。だが、マリウスはかまわず魔道師に問いかけた。

「ヴァレリウス。ねえ、ヴァレリウスなんだろう？　この人はワン・チェン・リーだ。ほら、さっき話した……」

「ディーン様」

　魔道師はしばしためらう様子を見せていたが、やがてゆっくりと吹き矢を降ろして云った。

「ディーン様。ご無事で」

「――あれ、その声」

　マリウスは気づいた。

「ヴァレリウスじゃないな」

「わたくしは――」

魔道師は、高めのややしわがれた声で云いながら、うやうやしくひざまずき、頭をたれた。

「わたくしはラルスと申します。ヴァレリウス様に命じられてまいりました」

「ギルドの者か」

「――はい」

「ヴァレリウスはルーアンか？」

「――はい」

「そうか……」

「――おい、マリウス」

背後からチェン・リーの低い声がした。マリウスははっとしてふりむいた。用心棒は厳しく眉根を寄せ、不審げにマリウスを睨みつけていた。

「マリウス。これはどういうことだ。こいつはいったい誰だ。ヴァレリウス？　ラルス？　だいたい、ギルドとはなんだ。妓楼ギルドじゃねえよな。それにディーン様、だと？　お前はマリウスじゃねえのか？　こいつらはお前の手下なのか？　お前はいったい――誰だ？」

「チェン・リー」

マリウスはあわてて手を振り、用心棒をなだめようとした。

「いや、違うんだ。これは、ええと、その、なんていうか……」

「どうにも妙だな、マリウス。お前は、いったい何者だ?」

チェン・リーは耳を貸そうともせず、マリウスに詰めよった。

「そんなに長くねえ付き合いだが、お前が根っからの悪者だとは俺には思えねえ。だが、お前にはおかしなことがいくつかあるのも事実だ。最初に出会ったときもそうだったな。吟遊詩人のくせに、妙に巧みに剣を使いやがる。それもどうみても、まっとうに剣をならったことのあるヤツの癖がある。あんときはまあ、そういうヤツもいるか、とさして気にもとめなかったが」

「チェン・リー、それは……」

「それに、あの《死の婚礼》のこともそうだ。お前が目を覚まして、最初に俺に頼んだのが、あの事件を調べてくれ、ってことだった。クリスタルならともかく、タイスに来ておいてそんなことを気にするってのはずいぶんと妙なことに興味があるヤツだ、と思ったものさ。それも深くは考えず、吟遊詩人のネタ集めってのはこんなものかね、と思っただけだったが」

「…………」

「だが、こうなったら話は別だ。マリウス。なんでお前に——たかが吟遊詩人のお前に、なんでこんな魔道師の手下がいる？　しかもディーンだと？　それがお前の本当の名なのか？　お前は吟遊詩人のマリウスじゃねえのか？　なぜお前は偽の名を名乗っている？」

「チェン・リー……それは、その、ぼくは……」

「俺はお前をいつの間にか、信用しすぎていたのかもしれねえ」

チェン・リーはマリウスに詰めよった。マリウスは思わず後ずさった。

「なあ、マリウス。お前の目当てはなんだ？　お前はなぜ、ワン・イェン・リェンにこだわる？　なぜ、それほど関わりもねえお前が、ここまでしてワン・イェン・リェンを助けようとする？　ほんとうにお前はこの娘を助けようとしているのか？　それとも――」

「チェン・リー、頼む。ぼくの話を……」

「お前は何を企んでいるんだ？　いったいイェン・リェンに――俺の可愛い妹分に何をしようとしている？　なあ、おい、マリウス――」

と、チェン・リーがマリウスの胸ぐらをぐい、とつかんだそのとき。

ヒュッ、と風を切る小さな音がした。と同時にチェン・リーがうっ、と小さく呻き、その動きが一瞬とまった。

「――チェン・リー？」

いぶかしんだマリウスの目に映ったもの——

それは用心棒の肩口に深々と突き刺さった一本の吹き矢だった。マリウスははっとして彼の背後を透かしみた。薄暗い洞窟の向こうで、ラルスが吹き矢の筒をかまえていた。

「ラルス！　やめろ！　なんてことをするんだ！　吹き矢を降ろせ！　勝手なことをするな！」

マリウスはあわてて叫んだ。その声にラルスはゆっくりと吹き矢を降ろしたが、もう遅かった。

「マリウス……きさま……」

胸ぐらをつかむチェン・リーの手に、おそろしい力が一瞬こもった。だが、次の瞬間、その力はふいに失せ、用心棒はまるで空気が抜けたようにその場に崩れ落ちた。

「チェン・リー！」

あわてて支えたマリウスを、チェン・リーは敵意のこもった目で睨みつけた。

「マリウス……きさま……よくも裏切ったな……」

チェン・リーは声を絞り出すように云った。

「きさま、やはり、ワン・イェン・リェンを……」

「違う！　違うんだ、チェン・リー！　これは間違いなんだ！」

マリウスは必死に訴えたが、その声はもはやチェン・リーには届かなかった。マリウスの腕のなかで用心棒の表情がふいに失われ、その目がくるりと白目を剝いた。太い首ががくりと折れ、全体重がマリウスの腕にかかる。マリウスは思わずよろめいた。

「チェン・リー……」

マリウスはかろうじて用心棒を支えながら、床にそっと寝かせると、すぐさま息を確かめた。完全に気を失ってはいるが、息は止まっていない。マリウスはラルスを睨みつけた。

「ラルス、なんてことを！　チェン・リーは恩人なんだ！　化け物に襲われていたぼくらを助けてくれたんだぞ！　それなのに、お前は！」

「………」

ラルスはなにも云わぬ。マリウスは詰めよった。

「毒はなにを使った。はやく毒消しをよこせ！」

「心配はありません。ただの麻酔です」

ラルスは素っ気なく云った。

「しばらく放っておけば目を覚まします。──それよりも、ディーン様、お怪我は。ずいぶんと乱暴な男のようでしたが。殴られたりはしませんでしたか」

「殴られなどするものか。チェン・リーは味方なんだぞ！　それなのに、お前はろくに話も聞かずに、いきなり毒を打ちこむなんて！」

「とにかく、はやく毒消しをよこせ。はやくしろ、ラルス！」

「ディーン様」

「ディーン様、落ちついてください」

ラルスの声にため息が混じった。

「まったく、みっともない」

「ラルス、お前――」

マリウスはかっとなった。

「お前、誰に向かってそんな口をきく！」

「そろそろいいかげんになさらないと」

フードの奥で、ラルスの目が光ったような気がした。

「ディーン様にも眠っていただきますよ」

「――なんだと？」

マリウスはぎょっとしてラルスを見た。

「どういうことだ」

「どういうこともなにも」

ラルスは肩をすくめた。

「申し上げたとおりのことです。吹き矢はまだたっぷりありますし、毒ならほかにもまだ」

「お前、この──」

　ぼくを誰だと思っている──

　と云いかけたとき、マリウスは、ふいに違和感を覚えた。

　なにかがおかしい。

　ラルスにはなにか、おかしなところがある。その無礼な物言いだけではなく、もっと根本的ななにかが──

　マリウスはランプの灯りに浮かぶラルスの姿をあらためてみつめた。その小柄な──マリウスよりも、もしかするとヴァレリウスよりも小さな体軀。すっぽりと頭を覆う黒いフード。地面すれすれまで伸び、体をすっかり包んでいる黒いマント。その腰に巻かれたルーン、い、い、ルーンの縄──

（──そうか！）

　マリウスははっとした。

（あれだ。ルーンの縄だ）

　魔道師の腰に巻かれたルーンの縄──

　それが意味することは明白だ。

（もし、ラルスがほんとうにギルドの魔道師ならば、ルーンの縄などを腰に巻いている

はずがない）

（ということは……）

「ラルス」

　マリウスは低い声で云った。

「お前、誰だ」

「はて。と、いいますと？」

「ヴァレリウスの部下だというのは、嘘だな。そもそも……」

　マリウスはラルスに指をつきつけた。

「お前はギルドの魔道師ではない」

「ほう」

　ラルスのフードがかすかに揺れた。

「なぜ、そう思われるのです？」

「そのベルト」

　マリウスはラルスの腰を指さした。

「そのベルトだ、ラルス。そのルーンの縄だ。もし、お前がギルドの魔道師なら、そんなものを腰に巻いているはずがない。魔道師ギルドのものなら、腰にあるのはまじない紐のサッシュと相場が決まっている。ルーンの縄を――ギルドに属さぬ闇魔道師が好むというルーンの縄を巻いているギルドの魔道師など、ぼくはこれまでみたことがない。違うか？」

「…………」

ラルスのフードが無言のまま、かすかに揺れた。マリウスは続けた。

「なにが目当てだ」

マリウスは無意識にジャスミンとイェン・リェンを背後にかばい、ルーンの印を切りながらラルスを睨みつけた。

「なにが目当てだ、ラルス。ぼくか？　イェン・リェンか？　ジャスミンか？　やはりお前も闇妓楼の手の者なのか？　もしや、さっきの妖蛇もお前の仕業なのか？　あるいはモンゴールの――」

「――やれやれ」

ラルスは苦笑まじりのため息をつくと、フードを後ろに払った。その顔を見て、マリウスは息を飲んだ。

「お前――お前、女か！」

さよう、フードの下から現れたのは、五十がらみの女の顔だった。肩ほどまで伸びた黒髪は銀の組み紐で無造作にまとめられ、ところどころに白髪が混じっている。ややつり上がった切れ長の目はいかにもクム風で、長いまつげの下から油断なくマリウスを見つめている。口もとには冷ややかな笑みがかすかに浮かび、細い顔立ちも氷の彫像のようだ。とはいえ造作は極めて端正で、若いころにはさぞかし男どもの心をざわつかせただろうと思わせる女だ。

「まったく、あんたが勝手に勘違いしてくれたときには、しめしめと思ったんだがね。そう簡単にことは運ぶもんじゃないね」

「誰だ、お前は」

マリウスは、チェン・リーの大剣を拾いあげた。ラルスはわざとらしく、マリウスを押しとどめるように両手をあげた。

「おっと、物騒なことはよしとくれ」

「なにが物騒だ。先に襲ってきたのはお前じゃないか」

「あたしが襲ったのは用心棒さ。あんたじゃない」

ラルスは肩をすくめて云った。

「ちょいとあんたらの話を聞いていたが、あの用心棒は相変わらず堅物だね。結局、西の廓が大事、しきたりが大事、決まりごとが大事――冒険して何かを手に入れようって気がないのさ。そんなことだから、剣闘士としても大成しなかったんだろうがね。あたしがもし男なら、ジャスミンとイェン・リェンを連れて、とっとと逃げちまうがね。タイス一の美女と美少女との逃避行なんざ、男にとっちゃ夢のようなもんじゃないのかねえ。それをこの男と来たら、西の廓に連れかえるの一点張り。こんな奴にはさっさと退場してもらうに限るのさ。——その点、ディーンさん、いや、マリウスさんかい？　あんたはもう少し話がわかりそうだ」

「それだ、ラルス」

マリウスは大剣を油断なくかまえながら云った。

「なぜお前はその名を——ディーンという名を知っている」

「ふん。どうしてだろうね」

魔女は小さく鼻を鳴らした。

「人ってのはね、あんたが思っているほど、そうそう隠しごとはできないもんなのさ。あんたのその名も、案外有名なんじゃないのかね——たとえば、そう、パロとか、モンゴールあたりではさ」

「お前——」

マリウスはぎくりとした。

「いったい、なにを知っているんだ」

「なんだっていいじゃないかね」

ラルスは含み笑いをした。

「あたしがなにを知っているかなんて、そんなに重要なことじゃない。——そんなことよりさ、マリウスさん。あんた、あたしと手を組まないかい」

「手を組む？」

「ああ」

「どういうことさ」

「むろん、その遊女と娘をここから逃がしてやるのさ。タイスの外へね。あんた、その手助けをしておくれでないかい」

「なんだって？」

マリウスは驚いた。

「逃がす？」

「ああ。あんたもそれをお望みなんだろう？　さっきの話だとさ」

「それはそうだけど……」

マリウスはじっと目をすがめて魔道師をみた。

「お前の狙いはなんだ。なぜジャスミンとイェン・リェンを逃がそうとする。――いや、いったい何を企んでいるんだ、ラルス。お前は――」

と、マリウスがいいかけたときだった。

「あっ！」

突然、それまでぼんやりとたたずんでいたイェン・リェンが叫び、急に目を輝かせて洞を飛び出したのだ。

「イェン・リェン！」

「イェン・リェン、だめだ！」

ジャスミンが叫び、マリウスは驚いて引き留めようとした。が、少女はその手をすばやくかいくぐると、一目散に魔道師のもとへと駆けていった。

「リナおばさん！」

イェン・リェンは嬉しそうに叫んだ。

「リナおばさん！　久しぶり！　会いたかった！」

「やあ、イェン・リェン」

ラルスは――否、リナと呼ばれた魔道師はかすかに微笑み、夢中でしがみついてきた少女を抱きしめた。

「久しぶりだね。元気だったかい」

「――な……」

その二人の様子を見て、マリウスは愕然とした。

（リナおばさん、だって？）

（リナおばさん、って、確か……）

マリウスの脳裏に、かつて少女とかわした会話がよみがえった。

(そうだ、あのとき——イェン・リェンの母親を探そうと決意したとき、彼女が口にした名前じゃないか。《館》にいたころ、世話をしてくれた人だ、と。もしかしたら、彼女の母親のことをなにか知っているかもしれない、と。確か、産婆だか、医者だかを務めていたという女だ)

(ということは、どういうことだ？　この女魔道師——こいつ、もしかして、本当にイェン・リェンたちの味方なのか——？)

(いや、だけど……)

なにかが心に引っかかる。

(なんだろう。なにかがぼくに警告を発してる。なにか、気になることをぼくは誰かから聞いているはずだ。——そうだ！)

マリウスははっとした。

(エウリュピデス！)

(そう、奴はいっていた。一連の事件の黒幕、魔道使いを突きとめたと。そして、その名は、メッサリナ——)

(メッサリナ——リ、リナ！)

娼婦メッサリナ——毒使いとして中原に知らぬものとてないメッサリナ。エウリュピデスが西の廓の神隠しの犯人として名指ししていた女——

（そうか、この女、メッサリナか！）

噂では、薬種問屋の娘として生まれ、生家が没落したのちに娼婦になったという。その薬物の知識に当時のクムの参謀が目をつけ、暗殺者として彼女を雇った。メッサリナは参謀の命に従い、彼女の美貌に誘われたクム国内の反乱分子や外国の高官などをたくみに次々と暗殺したといわれる。彼女の毒使いは巧妙で、決定的な証拠を握られることはなかったが、モンゴールのヴラド大公の暗殺に失敗したことがきっかけとなり、どこぞへと姿をくらました。皮肉なことに、彼女の名を中原に広めたのは、彼女が唯一暗殺に失敗したといわれるその事件であった。ちょうどそのころ、彼女の雇い主であった参謀が不慮の死を遂げたが、それも彼女のしわざではないか、とささやかれている。薬物のみならず、魔道――ことに幻覚系の魔道にも極めて長けているといわれる女だが――

（だとすると、エウリュピデスの話はほんとうだったのだろうか）

もし、メッサリナが神隠しの犯人だというのなら、その狙いは明白だ。

（美しい遊女見習《イエリャン》いたち――それも産まれてから一度も廓の外へ出たことのない《館》の娘たち。そのなかでも一目で判るような特徴のある娘たちをさらったのが、闇魔道師たるメッサリナであるというのなら）

（そう、ヴァレリウスがいっていたではないか――魔道は異質を好む、と。彼女たちのような存在は、ことに黒魔道師にとって格好の獲物なのだと）

(だとしたら――)

ヴァレリウスが云っていたこと――西の廓の神隠しの影には、なにか大がかりな魔道がからんでいるのではないか、といったあの言葉は、やはり真実に違いない。そして、イェン・リェンはメッサリナにとって最後の切り札なのだ。

おそらくメッサリナは、まだ少女が《館》にいたころから目をつけていたのだろう。あるいは、イェン・リェンのような特別な存在を探すためにこそ、《館》に出入りしていたのやもしれぬ。ならば、この神隠しは何年も前から、周到に目論まれていたものだということになる。それほどの陰謀なのだ。だとしたら――

(絶対にイェン・リェンを渡すわけにはいかない)

マリウスはきっとして大剣をかまえた。ミアイルを死なせたとき、もう二度と剣はにぎらぬ、と誓ったが、もはや猶予はならぬ。

(もう誰も死なせない！)

マリウスの脳裏にミアイルの、ホン・ガンの、そしてタオの最期の顔が浮かんだ。もう自分のために人を死なせることはできない。このままイェン・リェンを魔の手に引き渡してしまうくらいなら、一度だけ不殺の誓いを破ったってかまわない。それで自分の身に天罰が下るというのであれば、甘んじて受けようではないか。

「メッサリナ！」

マリウスは叫んだ。

「イェン・リェンを離せ！　いますぐにだ！」

「おや」

魔女は少女を片手で抱いたまま、目をすがめた。イェン・リェンは顔をうずめるようにメッサリナにしがみついている。

「あんた、あたしのことを知っているのかい。会ったことはないと思ったがね」

「会ったことなどなくてもわかるさ。ぼくだって馬鹿じゃない。あれやこれやを考えあわせれば、お前の正体などお見通しだ。そして、お前の邪なたくらみもな！　そう、お前の云うとおり、人というのはそう簡単に隠しごとなどできないのさ、メッサリナ！」

「やれやれ」

魔女は肩をすくめた。

「なんだか面倒なことになってきたねえ。なんだい、そのたくらみってのは。あたしはただ、イェン・リェンとジャスミンを助けてやりたいだけなんだけれどもねえ」

「嘘をつくな！」

マリウスは激しく首を振った。

「ならば、あの神隠しはなんだ。《館》の娘たちを次々とさらったのもお前だ。そうだろう！　いったい、なんのためにあんなことをした？」

「だから、それも同じことさ」

メッサリナは含み笑いをした。

「娘たちを廓から助けてやろうと思ってね。それだけのことさ」

「馬鹿なことをいうな！　ならば、なぜ《館》の少女ばかりをさらった？　なぜ一風変わった少女ばかりをさらった？　偶然とはいわせないぞ。お前のような闇魔道師にとって、そういう少女たちがどういう意味を持っているのか、ぼくが知らないとでも思っているのか？」

「……なるほどね」

一瞬の沈黙のあと、魔女の声が少し低くなった。

「あんたはほんとうに面倒な人のようだね。あんたとなら、手を組めるんじゃないかと思ったんだがね。あんたみたいに訳ありで、単純な男ならね。お互い、いい目をみられると思ったんだが。だけど、こうしていても時が移るばかりだ。もう、あんたのことは放っておいて、あたしはとっととおいとまするよ」

「待て！」

マリウスは大剣をかまえなおした。

「イェン・リェンを置いていけ！　さもないと――」

「――ジャスミン！」

魔女がイェン・リェンをしっかりと抱いたまま、突然、遊女の名を叫んだ。次の瞬間、マリウスのうなじに鋭い痛みが走った。

「な……」

マリウスはとっさにうなじに手を伸ばし、突き刺さったものを引き抜いた。それは、さきほどメッサリナが飛ばした小さな吹き矢だった。マリウスは驚いて振りむいた。そこには小さく手を震わせながら、彼を見つめる遊女の姿があった。しかし、その眼つきは鋭く、狂ったような異様な光が浮かんでいた。そしてその手にはもうひとつ、小さな吹き矢が握られていた。

「ジャスミン……」

マリウスは信じられぬ思いで彼女を見つめていた。

「ジャスミン……まさか……なんで……」

「ごめんなさい。マリウスさま」

遊女は低い声でささやいた。

「これまでのこと、心からお礼を申し上げます。マリウスさまが助けに来てくださったこと、ほんとうに夢のようでした」

「ジャスミン……きみはいったい……」

いいつのるマリウスの全身に、急速にしびれが広がっていった。耳が遠くなり、視界が灰色のもやのようなものに急速に覆われてゆく。そういえばエウリュピデスは云っていなかっただろうか。ジャスミンのことを、男を惑わす魔女だと——

（ジャスミン……なぜ……）

マリウスはもはやなすすべもなく、遊女にもたれるように崩れ落ちた。その彼の頭を抱きかかえながら、なにかを低く、ささやき続ける遊女の声が、まるで子守唄のようにマリウスの意識へと滑り込み——

その声にマリウスは抗うことさえできぬまま、どこまでも深い夢のなかへと墜ちていったのだった。

それから、どれほどの時が流れたころか——

マリウスの頬をざらり、となにかが舐めた。

その温かな舌は、マリウスの頬を舐め、耳たぶを舐め、鼻さきをちろちろと舐めた。わずかな湿り気が気化し、熱をかすかに奪ってゆく。鼻の下、唇、あご、のどからうなじへ——そのちろちろとした心地よい感触が、マリウスを深い眠りから少しずつ、覚醒に向かって引きあげてゆく。それはとても甘美で心地よいまどろみの、まさしく至福の瞬間だった。

（くすぐったい……）

目覚める直前のたゆたうような夢のなかで、マリウスはかすかに微笑んだ。

（くすぐったいよ、ライラ。やめてよ……）

愛らしい酒場女はなにも云わず、ただ微笑みながらマリウスのうなじを舌でねぶった。そのくすぐるような愛撫と温かな吐息に、思わずマリウスは体をよじらせ、彼女の舌から逃れようとした。しかしライラはかまうことなく、彼の頬を優しくさすりながら、なにかを探るようにうなじを舐めつづけた。

（いたたっ）

マリウスはちくりと痛みを感じ、思わず首をすくめた。ライラの舌が小さな傷あとを探しあて、そこを執拗に舐めはじめたのだ。やがてライラはその傷あとに唇をつけ、ちゅうちゅうと強く吸いはじめた。

（いたい、いたいよ、ライラ。やめてよ）

（やめないわよ）

懇願するマリウスに目もくれず、ライラは彼の傷を吸いつづけた。

（あんたが目を覚ますまでは、絶対やめない）

（わかった、わかった。目を覚ますから――）

といいながら、マリウスが再び心地よい深い眠りに落ちようとしたとき。

（だめ！　いいかげんに目を覚ましなさいよ、マリウス！）

と叫びながら、突然ライラが彼のうなじにかみついたのだ。

（――うわっ！）

まるで太い針に刺されたかのような鋭い痛みに、マリウスは驚いて飛び起きた。とたん、頭の奥にもずきりと激しい痛みが走った。

「いたたた……」

マリウスは頭を抑え、うなじをさすりながら、そっとあたりを見まわした。

（夢か……）

そこは、例の地下道であった。脇には変わらず鉄格子があり、その向こうからは地下の川の流れる音が聞こえてくる。洞内はしんとしずまりかえっており、コウモリもどこかへ逃げ去ったか、はばたきの音も聞こえぬ。ただ、壁と天井にびっしりとこけむしたヒカリゴケの淡い光だけが、かろうじて周囲を照らしだしていた。

（あれ、ぼくはなんでここにいるんだっけ……）

痛む頭をさすりながら、マリウスは思い出そうとした。周囲の洞窟と同じようにうす暗く、ぼんやりと霧がかかったような思考の向こうから、少しずつ記憶が戻ってくる。

（そうだ、ぼくはイェン・リェンを助けようとして……蛇に襲われて、魔女がやってきて……）

（それで……そうだ、吹き矢を刺されたんだ。ジャスミンに――）

彼が少女とともに救い出そうとしていた遊女の思わぬ裏切り――あのとき遊女は魔女メッサリナの呼びかけに応えるように、マリウスの首に吹き矢を突き刺したのだった。自分が思えば、ジャスミンはノヴァルのぼんのくぼに髪飾りを刺し、殺した女なのだ。どれほど危険な状況にあったかを悟り、マリウスはぞっとしてうなじをなでた。

（でも、ということは……）

ジャスミンはメッサリナの仲間であった、ということになる。とてもにわかには信じがたいが、そう思えばひとつ、腑に落ちることもある。あのとき、なぜメッサリナがマリウスたちの前に突如現れたのか、ということだ。

（あの髪飾り。あの髪飾りの笛だ）

妖蛇に追われ、窮地に陥ったとき、ジャスミンはマリウスから奪うように髪飾りを取りあげ、地下水路の虚空に向かって高らかに仕込み笛を吹き鳴らしたのだった。あのとき、ジャスミンは「友と約束した」というようなことを云っていたが、その相手がメッサリナだとしたら、メッサリナは笛の音を聞いてジャスミンの居場所を突きとめたのに違いない。

（そもそも、あの髪飾りをイェン・リェンに渡したのって――）

そう、かつて少女は云っていた。彼女が《館》から蓮華楼に移るときにこっそりと、母の形見だと云って髪飾りを渡してくれたのがリナおばさん――メッサリナであったと。

（だとしたら――）

やはりメッサリナはその当時から、ワン・イェン・リェンに狙いを定めていたのだ。あの髪飾りがほんとうはどのようなものであるのかは判らぬが、あるいは魔道の細工が施してあるのやもしれぬ。それをイェン・リェンに渡したというには、なにかしらの目論見があってしかるべきではないか。

そしてジャスミンもおそらく、そのことを知っていたはずだ。なぜならジャスミンの口ぶりでは、イェン・リェンの髪飾りは彼女とメッサリナにとって特別なものであるからだ。その特別な髪飾りを、メッサリナがジャスミン付きの遊女見習いに渡したということに、なんの意味もないはずがない。

だとすれば、そもそもジャスミンがイェン・リェンとともにタイスから逃げだそうとしていたのも、魔女に少女を引き渡すためだったのだろうか。あるいは西の廓の一連の神隠しにさえ、ジャスミンはかかわっていたということにもなりかねぬ。となれば、マリウスはそもそも、メッサリナによる少女誘拐に――そして神隠しを巡るメッサリナの大きな陰謀に、知らず知らずのうちに手を貸そうとしていたことになるのだろうか。

（イェン・リェンはさらわれてしまった――のだろうか？）

むろん、そうとしか思われぬ。あたりには魔女たちの姿はおろか、気配すらも残っていない。そもそも、マリウスが気を失ってからどれほどの時間がたったのか、日も射さぬ地下ではかいもく見当がつかぬ。

（そうだ、チェン・リーは……）

マリウスはあたりを見まわした。ほんの少し離れたところに用心棒が力なく、うつ伏せに倒れていた。マリウスは彼のそばへ行き、その重い体をどうにか仰向けさせた。完全に意識を失っているが、口もとを確かめると息はある。マリウスは、その肩を揺さぶりながら声をかけた。

「チェン・リー！　大丈夫？　チェン・リー！」

マリウスはチェン・リーの頬を最初は軽く、徐々に強く叩いてみたが、まったく反応はない。なおも肩を揺さぶり、耳もとで呼びかけてみるものの、用心棒は青ざめた顔のまま、深い眠りのなかでぴくりとも動こうとはしなかった。隠しから気付け薬を取り出し、鼻の下にあてがってみても、まったく反応はない。メッサリナはただの麻酔だ、といっていたが、そうだとしてもよほど強い薬なのだろう。むしろ、マリウスがなぜ目覚めることができたのか、不思議なくらいだ。マリウスはしばらくいろいろ試してみたが、とうとうあきらめ、そっとため息をつきながら、その場に座りこんだ。

（どうしよう……）

なによりも気がかりなのはワン・イェン・リェンの行方だ。少女がまだ黒蓮の夢のなかにいるのであれば、自分になにが起こっているのか判ってはいないだろう。しかしその夢から覚めたとき、自分が誰よりも信頼していたジャスミンと、幼い日に慈しんでくれたメッサリナに裏切られていたと知ったら、少女はどれほど傷つくだろうか。かつて、彼が唯一の味方であると信じ、唯一の家族であると思っていた兄の裏切りは、決して癒えることはない傷をマリウスに与えたのだ。それをイェン・リェンもまた、わずか十二歳で経験することになるのかと思うと、とてもいたたまれない。

（とにかく、イェン・リェンを助けなければ）

　とはいえ、もはやその手がかりは完全に失われてしまった。いまや、マリウスの手にはなにも残っていない。ランプも大剣も、おそらくは魔女たちが持ち去ってしまったのだろう。ヴァレリウスにもらったケムリソウも、先ほどの妖蛇との闘いで使い果たしてしまった。この鉄格子に閉ざされた地下道――かねてより牢獄として使われていたであろう暗渠にひとり残され、視界をほぼ奪われ、武器をなくした彼に、いったいなにができるというのだろうか。チェン・リーが目を覚ましてくれれば、とも思うが、考えてみれば彼は、メッサリナの吹き矢を受けたとき、マリウスが自分を裏切ったと信じていたのだ。ジャスミンとメッサリナが共謀してイェン・リェンを掠ったのだ、などという話に、彼がそうやすやすと肯《がえ》んじるとは思えない。となれば、彼が麻酔の深い眠りのなかにあることは、かえって僥倖なのかもしれぬ、とさえ思えてくるが――

（これまで、なのだろうか）

そもそも、あの魔女たちは、この洞窟からどうやって抜けだしたのだろう。

マリウスは、地下水路と洞窟のあいだをさまたげる鉄格子をつかみ、思い切り揺さぶってみたが、やはりびくともせぬ。むろん、鉄格子の一部が破られた痕跡もなく、地下水路への抜け道などもみあたらぬ。あるいはこの地下道を戻り、焼け落ちた闇妓楼の入口から逃亡した、というのだろうか。だがジャスミンも云っていたように、そのままロイチョイのまんなかを誰にも見つからずに抜けることなどできるだろうか。メッサリナは魔道を使うようだが、先ほどのようすでは、街なかでふたりを隠しおおせるほどの強い結界を張れるような力があるとは思えない。そしてもし、ロイチョイでふたりが見つかってしまえば、そのまま西の廓に連れもどされることは必定だ。となれば、もはや再び廓から抜け出ることは不可能に近いだろう。ましてやチェン・リーが危惧していたように足抜けを疑われるとなれば、ジャスミンはおろか、イェン・リェンまでもが苛酷な罰を受けないとも限らない。

あるいは、メッサリナのみが知る秘密の通路があるのやもしれぬ。もし、そのような通路があるのであれば、それを探さねばならぬが、灯りもなく、助けもないマリウスに、そのようなことができるのだろうか。

（やっぱり、ぼくには誰も救うことはできないのだろうか……）

マリウスは再び絶望に押しつぶされ、両手で顔を覆った。

（またしてもぼくは、誰も——）

（ミアイルさまも、タオも、そしてワン・イェン・リェンも……）

知らず知らずのうちに、マリウスの頰を涙がつたう。その涙をぬぐおうともせず、力なくしゃがんだまま、顔を覆っていたマリウスのひじを——

後ろからかりかりと小さくひっかくものがいた。

（——え？）

その虫が這いまわるような感覚に、マリウスの背筋に怖気が走った。

（むかで——？）

マリウスは慌てて飛びのき、おののいて振り向いた。するとそこには——

小さな三毛猫が不思議そうに首をかしげながら、マリウスを見あげていた。

（——えっ？）

意表をつかれたマリウスをよそに、仔猫は大きなあくびをし、みゃあ、と小さく鳴きながら、マリウスのほうへとことこと歩み寄ってきた。

「——ミオ！」

マリウスは驚いて小さく叫んだ。

「お前、こんなところにいたのか。ご主人さまに置いていかれてしまったのかい？」

その問いに答えるように、仔猫はまた小さくにゃあ、と鳴き、甘えるように体をこすりつけてきた。

「かわいそうに……せっかく、その小さな体で、こんな遠くまでご主人さまを追ってきたのに」

マリウスは涙に濡れながら、仔猫に優しく話しかけた。

「なあ、ミオ。お前、ご主人さまがどこに連れていかれたのか、みていなかったかい？お前のその鼻で、ご主人さまがどこにいるか、わからないかい？　もし、わかるなら、教えておくれよ、ミオ……」

といいながら、マリウスが仔猫を抱きあげ、そっと撫ではじめたとき――

（やれやれ）

突然、マリウスの脳内にしわがれた声が響きわたったのだ。

（これでようやく話ができる。――我が末裔よ。お前のその望み、我ならかなえてやれるが、どうする？）

GUIN SAGA

グイン・サーガ外伝23

星降る草原

久美沙織

（ハヤカワ文庫JA／1083）

天狼プロダクション監修

草原。見渡す限りどこまでもひろがる果てしないみどりのじゅうたん。その広大な自然とともに暮らす遊牧の民、グル族。族長の娘リー・オウはアルゴス王の側室となり王子を生んだ。複雑な想いを捨てきれない彼女の兄弟たちの間に起こった不和をきっかけに、草原に不穏な陰が広がってゆく。平穏な民の暮らしにふと差した凶兆を、幼いスカールの物語とともに、人々の愛憎・葛藤をからめて描き上げたミステリアス・ロマン。

GUIN SAGA

グイン・サーガ外伝24

リアード武侠傳奇・伝

牧野 修

天狼プロダクション監修（ハヤカワ文庫JA／1090）

村中の人間が集まると、アルフェットゥ語りの始まりだ！　豹頭の仮面をつけたグインがゆっくりと登場する。そこはノスフェラス。セム族に伝わるリアードの伝説を演じるのは、小さな旅の一座。古くからセムに起こった出来事を語り演じるのが生業だ。しかしその日、舞台が終わると役者の一人が不吉な予感を口にして身を震わせた。それは、この世界に存在しないはずの、とある禁忌をめぐる数奇な冒険の旅への幕開けだった。

GUIN SAGA

グイン・サーガ外伝25

宿命の宝冠

宵野ゆめ

天狼プロダクション監修

（ハヤカワ文庫ＪＡ／１１０２）

沿海州の花とも白鳥とも謳われる女王国レンティア。かの国をめざす船上には、とある密命を帯びたパロ王立学問所のタム・エンゾ、しかし彼は港に着くなり犯罪に巻き込まれてしまう。一方、かつてレンティアを出奔したが、世捨人ルカの魔道によって女王ヨオ・イロナの死を知った王女アウロラがひそかに帰還していた。そして幾多の人間の思惑を秘めて動き出した相続をめぐる陰謀は、悲惨な運命に導かれ骨肉相食む争いへと。

早川書房

GUIN SAGA

グイン・サーガ外伝26

黄金の盾

円城寺忍

天狼プロダクション監修

（ハヤカワ文庫JA／1177）

ケイロニア王グインの愛妾ヴァルーサ。おそるべき魔道師たちがケイロニアの都サイロンを恐怖に陥れた『七人の魔道師』事件の際、彼女はグインと出会った。王と行動をともにした〈まじない小路〉の踊り子が、のちに豹頭王の子を身ごもるに至る、その数奇なる生い立ち、そして波瀾に満ちた運命とは？　「グイン・サーガトリビュート・コンテスト」出身の新鋭が、グイン・サーガへの想いを熱く描きあげた、奇跡なす物語。

GUIN SAGA

アニメ原作として読むグイン・サーガ

グイン・サーガ〔新装版〕Ⅰ〜Ⅷ

（新書判並製）

栗本薫

〝それは――《異形》であった〟。衝撃の冒頭から三十余年、常に読者を魅了してやまない豹頭の戦士グインの壮大な物語、アニメ原作16巻分、大河ロマンの開幕を告げる『豹頭の仮面』から、パロの奇跡の再興を描く『パロへの帰還』までを新装して8巻にまとめました。全巻書き下ろしあとがき付。

早川書房

著者略歴　東京生まれ。東京大学大学院工学系研究科博士課程修了。「グイン・サーガ　トリビュート・コンテスト」優秀作を経て、グイン・サーガ外伝『黄金の盾』でデビュー。

HM=Hayakawa Mystery
SF=Science Fiction
JA=Japanese Author
NV=Novel
NF=Nonfiction
FT=Fantasy

グイン・サーガ外伝㉗

サリア遊廓《ゆうかく》の聖女《せいじょ》２

〈JA1545〉

二〇二三年四月 二十 日 印刷
二〇二三年四月二十五日 発行
（定価はカバーに表示してあります）

著者 円《えん》城《じょう》寺《じ》 忍《しのぶ》
監修者 天狼《てんろう》プロダクション
発行者 早川 浩
発行所 株式会社 早川書房
郵便番号 一〇一‐〇〇四六
東京都千代田区神田多町二ノ二
電話 〇三‐三二五二‐三一一一
振替 〇〇一六〇‐三‐四七七九九
https://www.hayakawa-online.co.jp

乱丁・落丁本は小社制作部宛お送り下さい。
送料小社負担にてお取りかえいたします。

印刷・株式会社亨有堂印刷所　製本・大口製本印刷株式会社

ISBN978-4-15-031545-0 C0193